PEAKY BLINDERS

Le professeur Carl Chinn est un historien, écrivain, conférencier et enseignant. Lui-même bookmaker (preneur de paris) jusqu'en 1984, il est à la fois fils et petit-fils de bookmakers illégaux à Sparkbrook du côté paternel, et issu d'une famille ouvrière d'Aston du côté maternel. Ses écrits, profondément marqués par ce milieu ouvrier et sa vie à Birmingham, lui ont valu une notoriété nationale. Il croit passionnément que l'histoire doit être démocratisée, car chacun d'entre nous la marque de son empreinte et a quelque chose à y ajouter. *Peaky Blinders: The Legacy* est son trente-quatrième livre.

CARL CHINN

Peaky Blinders

L'histoire vraie

TRADUIT DE L'ANGLAIS (ROYAUME-UNI) PAR BRIGITTE HÉBERT

HACHETTE

Titre original :

PEAKY BLINDERS, THE REAL STORY
Publié chez John Blake Publishing, Royaume-Uni, en 2019.

ISBN : 978-2-253-24972-6 – 1re publication LGF

De véritables gangs ont régné sur la vie des Brummies,
les habitants de Birmingham, pendant des générations.
C'est donc à ces derniers, à la majorité travailleuse
de la classe ouvrière, digne et respectueuse des lois,
que ce livre est dédié. Aussi peu glorieuse que leur vie
ait pu être, ce sont eux qui méritent notre respect.

Numéros 33-35 Cheapside. C'est dans ce quartier que s'est rassemblé, en 1872, le premier gang de cogneurs connu.

À gauche : Mon arrière-grand-père, Edward Derrick, en 1895, à l'âge de dix-sept ans, lorsqu'il a été libéré faute de preuve de son implication dans un cambriolage.

À droite : Edward Derrick, cette fois en 1906 quand il a été arrêté pour avoir volé un attelage. Il mesurait environ 1,65 m.

REMERCIEMENTS

Je suis né en 1956. Comme les autres Brummies de ma génération et des générations précédentes, j'ai entendu parler des Peaky Blinders durant mon enfance. J'ai écrit à leur sujet pour la première fois en 1986, dans ma thèse de doctorat sur le quartier de Ladypool Road à Sparkbrook. C'est également dans cette thèse que j'ai discuté du rôle de Charles Haughton Rafter, le directeur de la police de Birmingham à qui l'on attribue l'élimination des Peaky Blinders. J'ai pu mener à bien ce travail grâce aux souvenirs de mes deux grands-oncles Bill Chinn et Wal Chinn, nés respectivement en 1892 et 1897. Ils ont été les premières personnes que j'ai interrogées en tant que jeune historien de la transmission orale.

En 1987, j'ai commencé des recherches pour mon deuxième livre, une histoire sociale du bookmaking illégal, un sujet en rapport avec mon parcours. Mon grand-père, Richard Chinn, avait commencé comme bookmaker clandestin en 1922 ; mon père, Alfred « Buck » Chinn, a grandi dans le jeu et supervisé, en 1961, l'ouverture d'officines de paris légaux. À l'âge de treize ans, j'ai commencé à mi-temps dans ce métier, puis entre 1978 et 1984, j'ai dirigé les magasins de paris de ma famille à Sparkbrook. Nous avons vendu ce commerce en 1984. Papa est resté impliqué dans le bookmaking, en devenant président de l'organisation locale de la Bookmakers' Protection Association. Grâce à ses contacts, j'ai interviewé plusieurs vieux bookmakers d'hippodromes londoniens. Parmi eux, Simeon Solomon, dont le nom de bookmaker était Sydney Lewis, frère cadet du vrai Alfie Solomon, romancé dans la série *Peaky Blinders*. Lui et les autres ont été les premiers à me raconter la guerre des hippodromes de 1921, qui a opposé le Birmingham Gang au Sabini Gang.

Je suis profondément reconnaissant à toutes ces personnes d'avoir partagé leurs histoires avec moi, et à toutes les autres qui l'ont fait depuis, car ce livre s'est enrichi de leurs souvenirs. Ma gratitude va aussi à ceux qui m'ont autorisé à inclure des photographies de leur collection personnelle : Brian McDonald, qui m'a aussi transmis avec générosité sa connaissance inégalée des gangs londoniens ; Juliet Banyard et son frère, Justin Jones, les arrière-petits-enfants du vrai Billy Kimber, issus de son premier mariage ; Lesley et Robert Staight, arrière-petits-enfants d'Edward Tuckey, membre du gang de Birmingham ; Tommy Garnham, dont le père dirigeait un petit gang à Islington et qui œuvrait pour Billy Kimber ; Mark Hanson, le petit-neveu de la militante syndicale Jessie Eden.

Je remercie la bibliothèque de Birmingham, le Centre d'histoire locale d'Islington, les bénévoles du poste de police de Sparkhill, qui ont cherché dans leurs archives pour moi, ainsi que le West Midlands Police Museum pour leurs collections de photographies. L'existence de ce musée doit beaucoup aux efforts infatigables de feu Dave Cross. Celui-ci m'a fait découvrir sa collection inestimable de photographies de prisonniers. D'autres photos proviennent du fond *Birmingham Lives Archive* à la bibliothèque de Birmingham, qui s'est développé à partir de ma collection personnelle.

Un ouvrage de ce type et de cette envergure n'aurait pu être publié sans le soutien et l'expertise d'une équipe très talentueuse – de deux équipes, en réalité. Chez History West Midlands, je remercie le Dr Jenni Butterworth pour son travail éditorial attentif, John et Averil Maskew pour leurs retouches photographiques, Peter Bounous pour avoir obtenu les autorisations de publication de diverses photographies.

Je souhaite rendre un hommage particulier à Mike Gibbs, directeur de publication chez History West Midlands, pour son enthousiasme et son engagement dans l'histoire de Birmingham et du Black Country, ainsi que pour sa confiance en mon travail.

Un grand merci à la deuxième équipe, celle de Bonnier Books UK pour leur contribution, leur enthousiasme et leur soutien : Kelly Ellis, directrice de publication en non-fiction adulte, Ellie Carr, rédactrice adjointe, Liz Marvin, rédactrice en chef.

Merci à toutes les personnes des autres départements qui ont collaboré à la publication de ce livre.

Enfin, je remercie ma famille élargie de Sparkbrook, Aston et Highgate pour toutes les anecdotes qu'ils m'ont racontées et qui ont suscité ma volonté de devenir historien du social ; Kay, mon épouse originaire de Dublin, qui a compris ma passion pour l'histoire de Birmingham et de la classe ouvrière urbaine, qui a partagé avec moi ses souvenirs d'enfance à Finglas West et m'a témoigné son soutien indéfectible.

Introduction

En 2013, *Peaky Blinders* produit par BBC Two captive le public dès la première scène, lorsque Tommy Shelby arrive en ville, pareil à un hors-la-loi redouté de l'Ouest américain. Effrayées, les femmes s'écartent de son chemin ; apeurés, les enfants se terrent. On n'entend que le claquement des sabots de son pur-sang. Quand le cavalier arrête sa monture, il n'y a personne autour de lui.

Notre héros n'est pas un bandit du Far West, c'est un homme de pouvoir des faubourgs pauvres et industriels de Birmingham en 1919, vêtu avec élégance, en costume trois-pièces et chemise à col rigide. Sa présence est à la fois autoritaire et mystérieuse – impression qu'accroît la casquette gavroche qui ombrage ses yeux.

Après une brève rencontre avec un Chinois révérencieux et une femme en costume traditionnel, Shelby s'éloigne lentement sur l'air de *Red Right Hand* de Nick Cave and The Bad Seeds. Cette musique entêtante martèle les oreilles, son rythme hypnotique de blues provoque des frissons, ses paroles inquiétantes semblent avoir été écrites pour Tommy Shelby : « C'est un homme, c'est un fantôme, c'est un dieu, c'est un gourou[1] ». Alors qu'il se fraie un chemin dans un décor sordide, de la vapeur tourbillonne derrière lui, de la fumée et des flammes s'échappent d'une fonderie. Des invalides de la Grande Guerre mendient, des hommes boivent et jouent en lançant des pièces de monnaie, deux policiers en uniforme touchent respectueusement leur casque au passage de « M. Shelby », qui s'avancc dans la ruc aux façadcs mornes[2].

Ce lever de rideau donne le ton de l'épopée, magnifiquement tournée, animée par un souffle cinématographique, avec des décors somptueux, une mise en scène intelligente, une production élégante, des combats au ralenti et les performances accomplies d'acteurs célèbres. Ce que nous conte Steven Knight, un Brummie lui-même, est passionnant : l'histoire d'une bande de dangereux et redoutés voyous, appelés les Peaky Blinders. Ils ont la main sur le quartier Small Heath de Birmingham au lendemain de la Première Guerre mondiale. Leur nom, empreint de peur, provient des lames de rasoir qu'ils glissaient dans leurs casquettes. Lors des combats, les hommes s'en saisissaient pour taillader et aveugler leurs adversaires.

Depuis leur quartier général, le pub Garrison, les Peaky Blinders engrangent l'argent des paris illégaux. Ils sont rassemblés autour de la redoutable famille Shelby, dirigée par Tommy, le frère cadet. Celui-ci est violent, menaçant, hanté par son expérience traumatisante de la Première Guerre mondiale, et d'autant plus dangereux qu'il ne craint pas la mort. Shelby est loin d'être un ignorant. Il est astucieux, débrouillard, motivé par sa soif de devenir riche, animé par une loyauté très forte envers sa famille, qu'il veut éloigner des bas quartiers tout en lui apportant une certaine légitimité. Le chemin pour y parvenir est tortueux.

Au fil des épisodes au rythme effréné, les Shelby et les Peaky Blinders se battent contre d'autres malfrats, comme Billy Kimber, Darby Sabini ou Alfie Solomons de Londres, ils sont mêlés à l'IRA et aux aristocrates russes, affrontent l'inspecteur-chef Campbell venu d'Irlande du Nord pour les éliminer. Ils deviennent propriétaires d'usines, sont défiés par la déléguée syndicale Jessie Eden, particulièrement intelligente, ils survivent à une mission vengeresse d'un mafieux new-yorkais appelé Luca Changretta.

Dès les premiers épisodes, la série a gagné un fervent public au Royaume-Uni. Tout ce qui concerne les Peaky Blinders est devenu à la mode, que ce soient les boissons, les bars ou les visites à thème dans Birmingham. Aujourd'hui, le phénomène est international, les fans ne se comptent plus. *Peaky Blinders* a remporté de nombreux prix, dont le BAFTA de la meilleure série dramatique en 2015 et en 2018. Ces distinctions se sont accompagnées de nombreux éloges ; certains critiques ont même surnommé *Peaky Blinders*, « Brummie Boardwalk », parce que, comme la célèbre série américaine *Boardwalk Empire*, elle est visuellement esthétique et met en scène des personnages historiques des années 1920[3].

La série a suscité un regain d'intérêt pour les personnages, les événements et les lieux réels tirés de l'obscurité historique par les Peaky. Car il y a eu un vrai Billy Kimber, un vrai Darby Sabini, un vrai Alfie Solomon, et une véritable guerre de gangs les impliquant s'est déroulée en 1921. Les Changretta, une famille italienne, a bel et bien vécu à Birmingham. Jessie Eden, la militante du mouvement ouvrier, aussi. Dans les années 1920, les bookmakers illégaux ont réellement vécu dans les quartiers les plus pauvres de Birmingham, tout comme le chef de la police qui arrivait d'Irlande du Nord. Et surtout, de véritables Peaky Blinders ont existé et vécu à Birmingham, mais ils ont prospéré avant la Première Guerre mondiale et non après, quand il n'y avait pas un seul gang, mais plusieurs. De plus, ces Peaky Blinders n'étaient pas des gangsters glorieux et puissants, mais des voyous de rue. Certains d'entre eux étaient des crapules, mais la plupart avaient un emploi, et aucun n'appartenait à un gang pour vivre d'activités illicites à grande échelle.

À une époque où Birmingham était proclamée « la ville la mieux gouvernée du monde », comme l'a assuré le journaliste américain Julian Ralph en 1890, elle était aussi connue pour ses gangs de rues et considérée comme l'un des endroits les plus violents de Grande-Bretagne[4]. Derrière la façade du conseil municipal, connu pour son socialisme et son activisme, la vie de dizaines de milliers de citoyens travailleurs et respectables des faubourgs les plus pauvres a été gâchée par les agissements crapuleux des bandes organisées.

Ces associations de malfrats n'ont pas surgi du néant : elles ont émergé à la fin des années 1850, lorsque la nouvelle police de Birmingham, sous la pression de la classe moyenne, réprima les sports violents et les jeux de hasard des jeunes des quartiers les plus pauvres. Cette action policière se heurta à la résistance des voyous de la ville qui se regroupèrent alors en *slogging gangs* (« gangs des cogneurs ») à partir de 1872. Mais ces fortes têtes ne se contentaient pas d'attaquer la police, ils se battaient, agressaient avec cruauté quiconque les croisait, homme ou femme, jeune ou vieux. Des bandes similaires avaient surgi à Manchester, Salford, Liverpool et Londres. Il y avait bien des hommes violents ailleurs, mais ce n'est que dans ces villes et à Birmingham que les gangs de rue sévissaient.

À partir de 1890, les cogneurs de la ville sont appelés « *peaky blinders* », un terme qui sera ensuite étendu à tous les malfrats, qu'ils appartiennent ou non à un gang. Dans le folklore de Birmingham, ce nom est associé aux lames de rasoir cousues sur la visière de leurs casquettes. Elles servaient à entailler le front ou la tête des ennemis. Le sang qui coulait alors dans leurs yeux aveuglait temporairement ces derniers. Avec un nom imprégné d'effroi, les Peaky Blinders ont rapidement gagné en notoriété à travers la Grande-Bretagne tout comme à Birmingham, où certaines familles peuvent encore nommer un de leurs ancêtres Peaky Blinder. Ma famille, par exemple, en la personne de mon arrière-grand-père, Edward Derrick, était issue de trois générations de criminels. Le grand-père paternel de celui-ci était un récidiviste, condamné à la déportation pour vol, sa grand-mère était une voleuse condamnée à plusieurs reprises[5]. Quant au père d'Edward, il avait été condamné pour agression sur un policier quand ce dernier l'avait appréhendé pour avoir frappé un mur d'un coup de tisonnier lors d'une dispute avec sa femme[6].

John, le frère aîné, était également un homme violent et chef d'un gang de cogneurs. En février 1891, à l'âge de vingt ans, John fut accusé d'agression sur un agent de police qui avait un prisonnier en garde à vue à Thomas Street (plus tard Highgate Road) à Sparkbrook. John, accompagné d'autres brutes, jeta une brique sur le policier. Dans le procès-verbal de son procès, on peut lire que John était impliqué dans presque toutes les disputes du district. Il écopa de six semaines d'emprisonnement avec travaux forcés[7].

À cette époque, mon arrière-grand-père, Edward Derrick, âgé de onze ans, fréquentait la Penn Street Industrial School. Les garçons de moins de quatorze ans y étaient placés lorsqu'ils avaient commis des délits tels que la mendicité ou s'ils avaient fugué. On espérait que cette école sauverait l'enfant en mauvaise passe de l'influence de son entourage[8]. Cet espoir a été déçu en ce qui concerne mon arrière-grand-père. Bien qu'il n'y ait aucune preuve de son appartenance à un gang de cogneurs, comme dans le cas de son frère aîné, lui aussi fut un Peaky Blinder.

En 1893, Derrick fut reconnu coupable de vagabondage. En octobre 1894, il purgea une peine de sept jours de prison pour avoir chapardé cinq pains. Quelques semaines plus tard, âgé alors de seize ans, il fut condamné à quatre mois de travaux forcés pour cambriolage. En 1897, on le renvoya en prison pour cinq mois, puis il reçut une ordonnance de surveillance de deux ans pour vol de bicyclette. Il ne resta pas longtemps hors de prison avant d'être reconnu coupable de « langage obscène ». Peu après, en octobre 1898, il fut à nouveau emprisonné pendant douze mois pour s'être introduit par effraction dans un bureau de comptabilité. Il est consigné qu'il mesurait « 5 pieds 3½ pouces » (environ un mètre soixante), avait une marque bleue sur un avant-bras et le poignet, et un tatouage de sirène sur l'autre avant-bras.

Désormais qualifié de délinquant récidiviste, Derrick agressa de nouveau un agent de police en 1899 – une activité typique des Peaky Blinders. Un an plus tard, il fut arrêté pour état d'ivresse ; en octobre 1901, sous le pseudonyme de Fredrick Pitt, il écopa de trois ans d'emprisonnement pour agression corporelle. En octobre 1906, il fut condamné à deux mois de travaux forcés pour avoir volé un chariot à paniers – véhicule à trois roues, utilisé par les colporteurs pour transporter leurs marchandises[9].

Alors âgé de quatorze ans, mon grand-oncle Bill Chinn se souvenait d'avoir vu Derrick et son frère, Fred, avec le chariot et « un morceau de bacon volé chez *Payne's*, sur Ladypool Road, au coin de Colville Road ». Il me raconta : « J'étais là-bas en train de vendre le *Birmingham Mail*, quand j'ai vu Fred et Derrick attraper la perche qui servait au boucher à suspendre son bacon. Fred a décroché un jambon et l'a balancé dans ce chariot ; après ça, les deux frères sont repartis par Colville Road[10]. » Derrick vendit la charrette pour huit shillings, parce qu'il avait besoin de cette somme pour les huissiers qui étaient chez lui. L'argent récolté ne fut pas utilisé à cette fin : Derrick reconnut devant le tribunal qu'il l'avait « sifflé en pintes de bière[11] ».

Un an plus tard, il épousa mon arrière-grand-mère, Ada Weldon, à la Christ Church de Sparkbrook. Son acte de mariage indique « maçon », bien qu'auparavant il ait prétendu être tailleur puis, plus tard, ferrailleur et chiffonnier. Le mariage ne le changea pas vraiment. Lors des recherches pour ma thèse de doctorat, au début des années 1980, j'ai échangé avec Lil Nead, née Preston. Sa famille vivait à Studley Street, dans le même pâté de maisons mitoyennes habitées par les Derrick et leur fille, Maisy, ma grand-mère. Lil me rappela que Derrick était un homme coléreux, tyrannique, qui se défoulait sur les murs de sa maison. Quand il était ivre, sa femme et sa fille partaient se cacher à la brasserie communale (lavoir) ou chez Granny Carey, la grand-mère de Lil, surnommée « Old Mother Carey », une femme bienveillante. Comme elle avait des fils, tous costauds, Derrick n'osait pas poursuivre sa femme jusque chez Old Mother Carey[12].

Une autre histoire circulait dans la famille selon laquelle mon arrière-grand-mère aurait divorcé après que mon arrière-grand-père l'eut abandonnée. J'en ai toujours douté, divorcer étant bien trop cher pour une personne de la classe ouvrière, mais j'avais tort. Après des années de cruauté de la part de son mari, mon arrière-grand-mère a divorcé de Derrick en 1922, et fut reconnue « personne pauvre » selon les règles de la Cour suprême. Dans les documents, on peut lire qu'à partir de l'été 1913, il ne subvenait plus à la nourriture et aux vêtements de son épouse et de son enfant. Mon arrière-grand-mère se débrouillait avec son salaire d'ouvrière dans le commerce du cuivre. En avril 1915, il l'avait violemment agressée et menacée de mort chez elle, au 25 Studley Street.

Six mois plus tard, Derrick la bourra de coups de poing, lui causant des lésions corporelles. Il est souligné dans le jugement « qu'il cédait fréquemment à la boisson et utilisait un langage grossier et injurieux » à l'égard de son épouse, qu'il brisait régulièrement des meubles et qu'il avait dégradé deux maisons. Heureusement, à partir de janvier 1916, il abandonna sa femme et sa fille et partit s'installer à Coventry[13].

Derrick vécut jusqu'à quatre-vingt-cinq ans, il est mort en 1964, à Nuneaton. Quant à Ada, son épouse, elle l'aurait quitté pour un homme plus doux[14]. Malheureusement, elle mourut d'un cancer de l'estomac en 1925, à trente-neuf ans.

J'ai entendu parler des Derrick quand j'étais enfant, mais c'est à l'âge adulte que j'ai appris davantage sur eux. Ils m'ont marqué. Mon grand-père paternel, Richard Chinn, était grand, à la peau claire et aux yeux bleus. Je suis petit, j'ai les cheveux noirs, des yeux bruns et la peau mate, comme mon arrière-grand-père maternel Edward Derrick… mon ancêtre Peaky Blinder, un homme pour qui je n'ai que mépris. Un bon à rien, voleur, qui frappait sa femme, le profil type du Peaky Blinder.

Contrairement aux personnages de la série, les Peaky Blinders n'étaient pas habillés à la mode, ils n'avaient pas particulièrement de charme ni le sens de l'honneur, et ils n'étaient pas respectés par la classe ouvrière de Birmingham qui, au contraire, fut grandement soulagée lorsque leur règne cessa.

Leur disparition en 1914 doit beaucoup au maintien de l'ordre énergique initié par le chef de police de Birmingham, Charles Haughton Rafter. On lui attribue le nettoyage des points sensibles de la ville[15]. Pourtant, même après l'élimination officielle des Peaky Blinders, il en resta suffisamment pour former le fameux Birmingham Gang dirigé par Billy Kimber. En 1921, ils menèrent une guerre sanglante contre une alliance de gangs londoniens dirigés par Darby Sabini, dont faisait partie aussi Alfie Solomon, pour le contrôle du racket de protection et les vols à la tire sur les hippodromes du sud de l'Angleterre. Aucune bataille de cette guerre n'a eu lieu dans les Midlands ou à Birmingham, qui avaient désormais perdu leur réputation de violence.

Certains Peaky Blinders se sont battus pour leur pays pendant la Première Guerre mondiale et sont rentrés changés, plus respectueux des lois. Leur nom a survécu – après le décès du dernier d'entre eux – dans le folklore local. Ainsi, les personnes âgées menaçaient d'appeler les Peaky Blinders, un peu comme on parle du croque-mitaine, pour effrayer les enfants, d'autres « racontaient » les affrontements sanglants avec les fameuses casquettes. La légende des lames lacérant les fronts des ennemis et les yeux des ennemis était lancée.

Lentement, les souvenirs s'estompèrent à mesure que les enfants et petits-enfants de ceux qui avaient connu les Peaky Blinders vieillissaient et mouraient. Puis la série télévisée a revitalisé leurs noms auprès d'un public moderne et élargi. Certes, la réalité du gang historique diffère de celle dépeinte à l'écran, car les véritables Peaky Blinders étaient peu recommandables, sans gloire et indignes de respect. Pourtant, aussi répréhensibles soient-ils, ils demeurent collectivement des figures majeures de la fin de l'époque victorienne et edwardienne à Birmingham. Ignorés ou simplement mentionnés dans les études sur la ville, les Peaky Blinders et les cogneurs ont affecté – en mal – la vie de milliers de citoyens sur plusieurs générations et ont terni la réputation de Birmingham. Leurs actions sont aussi inextricablement liées à la ville et à son histoire que celles de ses principaux politiciens ou ses grands industriels. Voici donc la véritable histoire des Peaky Blinders.

Henry Lightfoot photographié par la police de Birmingham en janvier 1904, quand il a été arrêté pour vol. Il a été le premier à être surnommé « Peaky Blinder » en 1895.

© *West Midlands Police Museum*

Chapitre 1

Avant les Peaky Blinders : les gangs de cogneurs

Le 12 septembre 2013, lors de la diffusion du premier épisode de *Peaky Blinders* sur BBC Two, le public découvrit une image sombre et terrifiante de Birmingham en 1919. Dans « Birmingham's reel Peaky Blinders » sont décrites les rues froides et humides de la ville gouvernées par des gangs de centaines de jeunes armés de couteaux, de lames de rasoir et de marteaux. Les meurtres étaient monnaie courante, de même que « les vols, les larcins et les émeutes étaient quotidiens, par les jeunes des bandes qui tenaient la ville d'une poigne effrayante et sanglante ». La police faisait de son mieux pour contrôler ce cauchemar quotidien, mais elle était largement dépassée en nombre. Cette violence des gangs avait éclaté dans les années 1870, explique le commentaire, lorsque des centaines de jeunes se battaient « parfois jusqu'à la mort dans des bagarres de masse qui duraient des heures » afin de « posséder » des zones comme Small Heath et Cheapside. Les plus importants et les plus impitoyables de ces premiers gangs étaient les Sloggers ou le Cheapside Slogging Gang qui, pendant trente ans, régnèrent en imposant leurs rackets de protection par la violence. De nombreux gangs rivaux surgirent, le plus redoutable étant celui des Peaky Blinders. Habillés avec style, violents, leur surnom à glacer le sang provenait « des lames de rasoir soigneusement cousues sur le devant de leurs casquettes, qu'ils utilisaient pour aveugler de sang leurs victimes[1] ».

La réalité est fort différente. En 1919, Birmingham n'était pas la proie d'une guerre de gangs, les meurtres n'étaient pas monnaie courante, il n'y avait pas d'émeutes et pas de Peaky Blinders. Si l'on considère le nombre d'agressions perpétrées contre la police comme indicateur du niveau de délinquance, cette année-là il y eut 134 condamnations, pour un effectif de 1 341 policiers et une population de 900 000 habitants environ. À comparer aux 557 condamnations, pour un effectif de 685 policiers en 1899, et une population d'un peu plus de 500 000[2]. La baisse est remarquable. En fait, les crimes violents avaient tellement diminué qu'ils ne méritaient plus d'être mentionnés dans le rapport annuel du chef de la police de Birmingham en 1919. Ce dernier commentait, cependant, l'augmentation des paris de rue, les suicides et les accidents de la route, ainsi que la baisse marquée de la délinquance juvénile, en particulier dans les classes populaires[3].

Son rapport ne mentionne pas les dix-huit meurtres et homicides involontaires sur trois années, de 1918 à 1920, ce qui représente une moyenne de six par an. Même si le *Riot Act* avait été appliqué à Glasgow et à

Birkenhead en 1919, et qu'il y ait eu des émeutes dans les Midlands à Coventry, Bilston et Wolverhampton, il n'y en eut pas à Birmingham[4]. Cela malgré les bouleversements de l'immédiat après-guerre, alors que le pays était en proie au désordre causé par les soldats en colère, les grèves généralisées, le sectarisme en Irlande du Nord et les attaques racistes à Cardiff, Hull et dans d'autres ports[5].

Pourtant, Birmingham connut des batailles, des émeutes et des meurtres liés aux gangs, mais avant la Première Guerre mondiale, non après. En fait, avant la guerre, Birmingham avait une notoriété de longue date, à tel point qu'en 1901, le *Birmingham Mail* titrait « Hooliganism Reborn » et déplorait dans son article :

« [...] Birmingham a très vite gagné la distinction d'être l'une des villes les plus agitées du Royaume ! Certes, nous avions autrefois cette réputation, mais depuis qu'un écrivain flatteur nous a conféré le titre de ville la mieux gouvernée du monde, nous nous sommes améliorés, ou alors nous avons échoué à reconnaître nos défauts. Il est certain que le chahut actuel n'est pas chronique, mais endémique. Il éclate dans certains de nos faubourgs de la même manière que la variole et la scarlatine[6]. »

Slogging gangs ou gangs de cogneurs

La mauvaise réputation de Birmingham en matière de violence est née de ses gangs de brutes. Leur nom vient de *slogger*, « quelqu'un qui cogne à grands coups ». L'origine de ce terme remonte aux années 1820. Son utilisation s'est rapidement répandue en dehors des rings de boxe[7]. En une génération, le terme *sloggers* allait susciter des images effrayantes de voyous des rues de Birmingham, ces derniers ayant été remarqués pour la première fois en avril 1872.

Le dimanche 7 avril, quatre cents garçons belliqueux se rassemblèrent pour en découdre dans le quartier de Cheapside à la grande consternation des habitants. Le « gang des cogneurs » était né. Après avoir causé moult perturbations et brisé des fenêtres, ils se dirigèrent vers Hill Street où ils « jetèrent des briques et des pavés dans les vitrines des magasins ». Les commerçants durent baisser le rideau, un blessé fut transporté à l'hôpital. Les émeutiers terrorisèrent les passants avec des menaces et des insultes. Ils prirent la fuite à l'approche d'un petit groupe de policiers. Revenus à Cheapside, les cogneurs furent, enfin, dispersés par un détachement de police[8].

Cette flambée de violence fut le point culminant de plusieurs semaines de troubles, au cours desquelles la police reçut énormément de plaintes à propos du nombre considérable de garçons qui se rassemblaient pour casser des vitres autour de Cheapside et Barford Street, près du Bull Ring[9]. Trois jours plus tard, le mercredi 10 avril, de soixante-dix à quatre-vingts jeunes se rassemblèrent à Northwood Street et Constitution Hill. Armés de bâtons, pourvus de grosses pierres, ils lapidèrent un agent de police avant de converger vers Cox Street. Deux jeunes furent arrêtés : John Gibbon, conducteur de locomotive âgé de treize ans, vivant à Water Street, et Michael Lowry, ouvrier, quatorze ans, habitant à Hospital Street. Tous deux furent condamnés à quatorze jours de prison. Les personnes appréhendées lors de la précédente émeute du dimanche étaient également des adolescents.

Alderman Melson, l'un des magistrats devant lesquels les garçons comparurent, avait lui-même eu maille à partir avec ces cogneurs : le dimanche, il en avait battu un devant chez lui à coups de bâton. Son fils, qui avait poursuivi le gang, était rentré couvert de sang, la lèvre et les oreilles entaillées. Melson déclara que « ces jets de pierres étaient intolérables » et que « la dangerosité des rues de la ville devenait proverbiale ». Melson décida de « les traiter sévèrement[10] », que l'accusé ait été vu ou non en train de lancer des pierres.

Malgré cette menace, les gangs continuèrent de jeter des pierres. Un vendredi soir du juin 1872, une vingtaine de jeunes postés au coin de Great Barr Street et de Watery Lane à Bordesley bombardèrent les passants en criant : « Nous sommes la bande des cogneurs[11]. » Les projectiles ne manquaient pas ! Les trottoirs des ruelles étaient pavés de « reins pétrifiés » – des pierres rondes de la taille d'une grosse pomme de terre. Ces moellons, à la fois résistants et désagréables quand on marche dessus, se détachaient aisément.

Étant donné que les pierres étaient une arme facile à trouver et disponible, il y avait des émeutiers ailleurs qu'à Birmingham. À partir de la fin des années 1860, le désordre prit de l'ampleur, des foules de jeunes hommes vindicatifs se rassemblèrent pour attaquer les biens, les autres gangs, les passants innocents, la police[12]. En mai 1871, une explication possible à cette escalade fut présentée en réunion du comité de surveillance, l'organe de conseillers qui supervisait le maintien de l'ordre. Chaque lundi matin, des garçons étaient traînés devant les magistrats pour avoir jeté des pierres et joué dehors le dimanche. Le conseiller municipal Lewis était convaincu que le manque de terrain de loisirs poussait les jeunes à se défouler dans la rue. Car, selon la loi sur les usines (*Factory Act*), « les gars ne sont pas autorisés à travailler après six heures, et comme il n'y a pas d'espace pour les loisirs, ils vont dans la rue, commencent à lancer des pierres ou à jouer au *bandy*[13] » (jeu ressemblant au hockey avec une petite balle et, dans le cas des jeunes de la classe ouvrière, avec des bâtons).

Cette opinion était fondée, Birmingham n'avait aucun terrain de loisirs. Son seul espace public était Calthorpe Park à Edgbaston, à la périphérie sud-ouest, dans un quartier habité par la classe moyenne. Un lieu éloigné des parties centrales densément peuplées de la ville, tout comme Adderley Park à Saltley à l'est, qui se trouvait alors en dehors des limites de Birmingham.

Loyauté envers la rue

Les gangs de rue du début des années 1870 n'ont pas surgi du néant, il y avait d'autres raisons à l'escalade de la violence que le manque de terrain de loisirs. Depuis les années 1840, il existait, d'une part, une défiance envers la police nouvellement formée et ses tentatives de contrôler le public et, d'autre part, le phénomène de loyauté envers la rue dans les quartiers les plus pauvres. En effet, la rue était le salon et le terrain de jeu des pauvres. Les habitants étaient liés par des réseaux de parenté, une vie communautaire et des expériences partagées. Dans une nation où tant de choses étaient refusées aux pauvres, la rue leur appartenait.

Bien qu'elle se réfère aux années de l'entre-deux-guerres, l'étude de Jerry White sur Campbell Bunk, la rue la plus difficile du nord de Londres, donne un aperçu de l'émotion liée à « l'appartenance à la rue ». L'expérience collective la plus importante se concentrait dans « The Bunk », à travers « sa culture populaire, les relations entre voisins, son identité face à un monde plus ou moins hostile[14] ». Elle s'exprimait dans la pensée, les valeurs partagées, la vision du monde et les actions.

Les familles pauvres étaient inhérentes à leur rue : elles en venaient, la rue leur appartenait et elles lui appartenaient aussi. Les rues des quartiers pauvres étaient des entités vivantes, incarnant les qualités que les pauvres eux-mêmes vantaient : la dureté, la capacité à se battre, posséder un caractère trempé, prêt à tout, franc et terre à terre. Dans la classe ouvrière, on ne parlait pas séparément des habitants et de la rue ; ils formaient un tout, une unité indivisible, effrayante pour ceux qui n'en faisaient pas partie. Ainsi, ce n'étaient pas les habitants de Garrison Lane qui étaient durs, mais Garrison Lane elle-même. Cette fidélité à la rue était renforcée par l'endogamie et la matrilocalité : les pauvres étaient plus susceptibles d'épouser un conjoint de la même rue ou d'une rue proche, l'épouse préférait vivre près de sa mère. Ce phénomène a renforcé les réseaux de parenté, à tel point que, dans le quartier de Bordesley, il existait un dicton sur les habitants de St Andrew Road : « Donnez un coup de pied à l'un, ils se mettront tous à boîter. »

Chez de nombreux jeunes hommes, ce sentiment d'appartenance à la rue a stimulé leur fierté pour les prouesses physiques et la virilité et, à travers cela, a accentué la violence de leur rue. Cela pouvait conduire – cela a même conduit – à des combats contre ceux d'autres rues « difficiles ». Dyke Wilkinson en apporte la preuve dans les années 1840. Né vers 1835, il vécut à partir de neuf ans dans la taverne tenue par son père, la *Dog and Partridge* de Kenyon Street, à Hockley. En 1912, il écrit :

« Mon seul terrain de jeu était la rue. Des centaines de fois, j'ai joué avec ma bande à *pitch back*, *fox and dowdy*, *bear and tender*, et d'autres jeux encore au milieu de la chaussée, à la jonction de Constitution Hill et Livery Street. Aujourd'hui, cet endroit est bondé de tramways électriques, de taxis, de véhicules de toutes sortes, des dizaines de personnes déambulent, avec un policier au milieu. Nos jeux inoffensifs étaient entrecoupés par des combats de rue, quand un groupe de garçons décidait de lancer un raid sur un autre groupe d'une localité voisine. Cela se soldait par des blessés. Il n'y a plus jamais eu de combattants aussi invétérés que les gars de Birmingham de cette époque[15]. »

La fidélité à la rue chez les adolescents est restée une caractéristique forte de la vie de la classe ouvrière la plus pauvre jusqu'au XXe siècle. Donald Phillips vécut, enfant, dans une rue du Bull Ring, un quartier associé aux gangs de rue du milieu du XIXe siècle ; il s'en souvenait très bien :

« Tous les enfants, de six ans jusqu'à l'âge adulte (ce qui dans les années 1920 signifiait environ quatorze ans) devaient appartenir à un gang de rue. Il fallait vivre la guerre entre rues rivales pour y croire. L'habitude était que ceux d'une rue, armés de bâtons, de pierres, de bouteilles ou de tout autre objet qui se trouvait à portée de main, se liguaient pour aller faire une incursion en territoire ennemi. L'alarme était alors déclenchée, chaque enfant de la rue envahie se précipitait, saisissant au passage tout moyen de représailles. J'ai vu des accessoires chipés sur les cordes à linge, les chantiers de construction ; le moindre objet nous servait d'arme de combat.

Les batailles rangées qui suivaient ont dû effrayer bon nombre d'adultes et de parents. Elles ont invariablement abouti à de nombreux dommages matériels et corporels. Je porte encore quelques cicatrices de cette époque, notamment un sourcil fendu par un éclat de verre. La bosse que j'ai eue sur le front après avoir reçu une grosse pierre lancée à bout portant a disparu, mais les conséquences demeurent peut-être encore ! Habituellement, l'escarmouche cessait avec l'arrivée de la police. Ensuite, lorsque les enfants rentraient chez eux, les parents s'en mêlaient, ce qui conduisait à de nouvelles bagarres si le rejeton était trop amoché, hommes et femmes cherchant à se venger[16]. »

Mon grand-oncle, George Wood, un dur à cuire, devint sergent dans le 2e bataillon SAS durant la Seconde Guerre mondiale. Né en 1915, il grandit à Whitehouse Street, Aston, connue pour son gang de cogneurs dans les années 1880. Il me raconta :

« Quand nous étions enfants, nous avions l'habitude de nous battre contre ceux des autres rues : Avenue Road, Chester Street, Holland Road, Rocky Lane. Merde alors, c'est que nous étions de Whitehouse Street. Il y avait moi, Dougie Ayres, Jackie Hunt, Herbert Mortiboy, Bobby Steel, et d'autres potes. Les gens nous regardaient nous battre à coups de poing. Ils savaient qu'on nc sc faisait pas mal. Quand tu te retrouvais sur le cul, t'avais perdu. Jamais de coups de pied[17]. »

Fred Franklin, de Sparkbrook avait des souvenirs similaires : « Les enfants se battaient avec des bâtons couverts de sang, des accessoires de toutes sortes. Une rue contre une autre. Nous avions l'habitude des batailles. » Fred était de Chesterton Road. « Ceux de Studley Street, les *Studs*, venaient armés de poteaux à linge, de fourches de jardin. Les Studs régnaient en maîtres[18]. »

Mon père, Alfred Buck Chinn, était un enfant de Studley Street dans les années 1930. Il disait toujours que c'était « très, très dur » et qu'« il fallait toujours faire ses preuves. » Voici quelques souvenirs de papa, à sept ou huit ans, juste avant la Seconde Guerre mondiale :

« Une grande bataille s'est déroulée – comme j'étais enfant, elle me semblait vraiment grande – entre Studley Street et Queen Street. Je me souviendrai toujours de ce gars de Queen Street, un géant à mes yeux de petit. Lui et les autres tenaient des balais, des manches d'outils, des pièces de bois carrées, des couvercles de poubelles aussi. Un truc avait déclenché les hostilités, et cette grande bataille a eu lieu[19]. »

C'est la seule bataille dont papa se souvenait, bien qu'en grandissant il ait été impliqué dans des combats de boxe, un contre un, avec d'autres jeunes : « Là, on se cognait dessus un bon coup, après c'était fini, mais toujours avec nos poings. »

Ce genre de combats à la régulière était considéré comme la norme dans l'entre-deux-guerres, une différence majeure avec les batailles des cogneurs et des Peaky Blinders, équipés d'armes en tout genre. Il en va de même avec l'attitude moins agressive des jeunes de la classe ouvrière envers la police. Il y a une chute spectaculaire du nombre d'agressions contre la police entre 1915 et 1934, ce qui révèle « une baisse substantielle de la brutalité ». Les condamnations sont passées de 240 en 1920 à seulement 96 en 1934, sur une population d'un million d'habitants[20].

L'attitude moins belliqueuse de nombreux jeunes hommes de la classe ouvrière envers la police a été résumée par Syd Hetherington. Né en 1919, il a grandi dans la pauvreté à Holborn Hill, Nechells, et livré le témoignage suivant :

« Il y avait une morale surprenante dans ces communautés très pauvres. Tromper l'autorité du gouvernement ou de l'entreprise ne posait pas de problème, mais voler ou accabler ses pairs était méprisable. Par exemple, si les enfants causaient des dommages chez le voisin en jouant, ils les réparaient sur-le-champ, selon une loi non écrite qui s'imposait à tous. Pour remplacer une fenêtre brisée, les joueurs se cotisaient sans rechigner. En revanche, le verre d'un réverbère brisé entraînait l'arrêt du jeu le temps de jeter un bref coup d'œil à la ronde afin de s'assurer que personne, surtout la gendarmerie locale, ne l'avait remarqué. Les relations avec les policiers étaient honorables, leur travail consistant à nous empêcher de jouer au cricket ou au football dans la rue, alors que le nôtre était de ne pas se faire attraper. Un jeu du chat et de la souris avec la justice qui était parfois rendue sur-le-champ lorsque l'agent nous tirait l'oreille d'un coup sec. Le pire était que le fautif soit ramené chez ses parents : ces derniers réprimandaient le policier de s'être dérangé pour une broutille pareille et, dès que la maréchaussée tournait le dos, l'enfant était battu pour avoir amené la police à la porte[21].

Les nuisances causées par les jeux

L'ambiance était très différente entre le milieu et la fin du XIXe siècle : de nombreux jeunes de la classe ouvrière considéraient les policiers comme des ennemis qui appliquaient des lois attaquant la culture populaire et ayant été adoptées au nom de la classe moyenne. À leurs yeux, les centres urbains et industriels comme Birmingham, en plein essor et surpeuplé, étaient des lieux effrayants. La population est passée de 178 000 habitants en 1841 à plus de 400 000 en 1881, 35 % étaient âgés de moins de 15 ans, et la majorité de moins de 30 ans. Tous s'entassaient dans une couronne de quartiers ouvriers et pauvres autour du centre-ville que la classe moyenne quittait pour des banlieues plus salubres, comme Edgbaston. Libérée des règles et de l'ordre imposés par l'ancienne société paternaliste qui avait été balayée par la montée de l'industrialisation, l'urbanisation et la conscience de classe, une grande partie de cette jeune population était tapageuse, moins déférente et friande de sports brutaux et d'amusements illégaux.

En novembre 1839, le *Birmingham Journal* publia un article sur les inquiétudes de la classe moyenne quelques jours avant l'intronisation des forces de police de Birmingham. Le chroniqueur manifestait sa forte opposition à un « groupe de garçons déchaînés qui a pris l'habitude de se rassembler sur le terrain vague près de l'église St Thomas (plus particulièrement le jour du sabbat), à la très grande contrariété des habitants du voisinage[22] ». Par « nuisances », il désignait certains jeux comme *pitch and toss*, *back-jumping*, les courses de vitesse et le *tip-cat*. Ce dernier, un jeu ancien très répandu, nécessitait une batte (*tip*) d'un peu moins d'un mètre et un morceau de bois (*cat*) d'une dizaine de centimètres de long, effilé à chaque extrémité. Le *cat*, d'abord posé sur le sol pour l'engagement, était propulsé à la batte, puis frappé par les joueurs pour voler le plus loin possible.

Pitch and toss, un jeu de hasard, posait problème à l'échelle nationale. Les joueurs alignés lançaient des pièces de monnaie en direction d'un repère. Celui dont la pièce atterrissait le plus près gagnait le droit d'obliger les autres joueurs à lancer toutes leurs pièces et de ramasser celles qui tombaient côté face. Les parties s'enchaînaient jusqu'à épuisement de l'argent.

À Birmingham, du fait de la croissance rapide de la population, la plupart des terrains étaient bâtis : les maisons adossées les unes aux autres, sans jardin, prédominaient dans ces quartiers. Les jeunes ne disposaient que des coins de rue ou de petites parcelles de friches pour se rassembler. Comme ils travaillaient six jours par semaine, il ne leur restait que le samedi après-midi ou le dimanche, avec pour passe-temps favori, le *pitch and toss*.

Malgré l'appel à l'ingérence des autorités pour faire cesser les rassemblements près de l'église St Thomas, rien ne se passait. Geoffrey Floy le précise dans son étude sur la police de Birmingham avant la Première Guerre mondiale : la brigade avait été créée en 1839 et, dans ses premières années, sa direction avait adopté une attitude pragmatique quant à l'application de la législation contre les activités de rue[23]. Mais au cours des années suivantes, la police fut de plus en plus encouragée à adopter une approche interventionniste à l'encontre des « nuisances » causées par les garçons nageant dans le canal, les concours de pigeons voyageurs obstruant la voie publique, les garçons *black your boot* (« cireurs de chaussures ») et les marchands ambulants[24]. Cette forme plus sévère du maintien de l'ordre s'accompagna d'une application plus stricte de la loi contre les jeux de rue. Alors qu'entre 1820 et 1849 il n'y eut que six mentions de *pitch and toss* dans les journaux locaux et une seule condamnation, à partir de la fin des années 1850, on assista à une augmentation marquée des avis d'arrestation liés à ce jeu d'argent.

À l'échelle nationale, la classe moyenne s'inquiétait de plus en plus des activités attirant des foules importantes et potentiellement indisciplinées, de jeunes de la classe ouvrière, en particulier le jour du culte. À Birmingham, l'appel à l'action contre les rassemblements liés au *pitch and toss* retentit en mars 1856, lorsque l'influent révérend G. S. Bull de St Thomas affirma lors de la réunion annuelle de la Church Pastoral Society qu'aucun encouragement n'avait été donné à la police pour arrêter cette pratique[25]. Mais l'inaction ne dura pas. Le 27 septembre 1857, le *Birmingham Journal* annonça une « croisade contre le jeu de rue ».

Plusieurs affaires furent portées devant les magistrats. Kynnersley, magistrat, fit remarquer que le *pitch and toss* « dans les rues, surtout le dimanche, était trop répandu et causait une grande gêne publique ». Pour servir d'exemples, on arrêta des garçons imprudents et on condamna un individu placide à une amende de dix shillings. Ce dernier s'était fait prendre avec un autre dont la moralité était sans faille selon ses patrons[26]. Cette mention positive amadouant quelque peu les magistrats, ce second contrevenant ne fut condamné qu'à payer deux shillings. Ce qui n'en était pas moins une condamnation : autrement dit, les travailleurs « respectables » pouvaient aussi se retrouver entre les mains de la police.

La répression des jeux de rue fut à la fois le catalyseur de l'augmentation des agressions contre la police et de l'émergence des gangs comme les cogneurs et les Peaky Blinders. En 1853, une seule arrestation pour obstruction de la voie publique par *pitch and toss* est relevée dans les journaux de Birmingham. Un samedi de novembre, l'officier-détective Palmer tomba sur une foule de trente à quarante « voleurs », qui jouaient dans Thomas Street, un quartier très pauvre de la ville. Après les avoir observés sans se montrer, il se dirigea vers eux mais « les voleurs s'enfuirent comme si un détachement entier de policiers était à leurs trousses ». Palmer captura Joseph Ranford, « un costaud de plus d'un mètre quatre-vingts[27] » sans user de la force.

En revanche, quatre ans plus tard, par un dimanche d'avril 1857, alors que l'agent de police O'Hara escortait deux « compères de *pitch and toss* » au poste, James Jennings, un habitant de Well Lane, tenta de les libérer en jetant une pierre sur O'Hara, « pierre qui lui percuta violemment la tête ». Jennings exhorta les deux autres à l'imiter. Son employeur témoigna pourtant en sa faveur. Jennings fut néanmoins condamné à une amende de vingt shillings et aux frais occasionnés par son agression en rapport avec sa gravité. En cas de non-paiement, il encourrait de vingt et un jours d'emprisonnement[28].

L'année suivante, le 28 avril 1858, un titre du *Birmingham Daily Post* associait directement les jeux de rue aux agressions contre la police et relatait ceci : quand deux policiers voulurent arrêter des hommes jouant au *pitch and toss* dans Thomas Street, « ils furent assaillis par des volées de pierres, aussi fortes que de la grêle, lancées par une bande d'environ trente à quarante chenapans ». Un agent comparut devant le tribunal, la tête bandée. Trois hommes furent condamnés. Les délits de jeux de rue et les jets de pierres sur la police étaient devenus quasi quotidiens[29].

La « croisade de la police contre le *pitch and toss* des rues » prit de l'ampleur. En septembre 1860, jusqu'à seize « gredins à bien des égards, accusés du mal, étaient amenés quotidiennement devant les magistrats[30] ». Cependant, tout au long des années 1860, les journaux continuèrent de se plaindre de l'inaction de la police. En 1861, le révérend H. H. Horton écrivit une tribune pour se plaindre d'actes dominicaux parmi les plus honteux sur le terrain vague de Dartmouth Street. Il exigeait que la police de Duke Street agisse avec sévérité. Malgré les promesses reçues, le problème persista. Le révérend déclara qu'il n'avait plus aucune confiance dans les forces de police, parce qu'il constatait de ses propres yeux la persistance des jeux et l'inaction des agents, malgré ses exhortations[31].

Il n'est pas surprenant que certains policiers, voire beaucoup, aient été réticents à affronter les bandes jouant au *pitch and toss*, compte tenu de leur violence. La période la plus turbulente pour les troubles de rue se situe entre 1867 et 1880, soulignait Floy. La police se montra lente face à ces flambées – et c'est compréhensible – quand elle procédait à des arrestations[32]. En période victorienne, la police était également chargée d'appliquer des lois basées sur les opinions de la classe moyenne. Son infériorité numérique était notoire : en 1867, on comptait 400 policiers à Birmingham, soit un officier pour 813 habitants. Ils subirent 465 agressions cette année-là[33] (bien entendu, toutes n'étaient pas liées à des gangs de *pitch and toss*).

Dans son importante étude sur les contrevenants à la loi et les forces de l'ordre de Birmingham entre 1867 et 1877, Barbara Weinberger montre que dans les années 1870, « une grande partie de l'hostilité envers la police résultait de leurs tentatives d'appliquer la loi sur les licences, leur présence autour des pubs et des débits de boissons de la classe ouvrière, leur ingérence dans les habitudes de consommation d'alcool[34] ». Pourtant, les rassemblements de foules jouant à *pitch and toss* étaient intimidants et dangereux car les hommes étaient prêts à attaquer la police si elle tentait d'arrêter les jeux d'argent.

Bagarres de rue

L'attention accrue portée sur les « durs à cuire » s'accompagnait d'une description nouvelle de leurs activités : le « ruffianisme » de rue. Associé d'abord aux gangs de Londres, le terme fut employé pour la première fois à Birmingham en juin 1864, lorsque trois jeunes furent accusés d'obstruction de la voie publique et de langage obscène au coin de Cottage Lane et Nelson Street West à Ladywood[35]. Il s'agissait de Matthew Boyle, dix-huit ans, installateur de gaz, Alfred Ellis, vingt-six ans, cordonnier, et John Sheridan, vingt-deux ans, ouvrier métallurgique. L'officier de police déclara que « pas un jour ne s'écoulait sans qu'il reçoive quatre ou cinq lettres de plaignants au sujet de la conduite honteuse de ces ruffians ». Quant au magistrat Kynnersley, il ne manqua pas de rappeler que les interpellés appartenaient à « une bande de vauriens qui constituaient une nuisance intolérable ». Sheridan et Ellis furent envoyés en prison pendant quatorze jours, avec travaux forcés, Boyle fut libéré pour bonne conduite[36].

Mais les peines infligées n'eurent aucun effet dissuasif, puisqu'en juillet 1866, « une bande de crapules » infestait toujours Cottage Lane et Nelson Street, au grand dam de leurs paisibles habitants[37]. Des gangs similaires pullulaient un peu partout. En mars

1868, la police s'intéressa à celui qui se réunissait quotidiennement au coin de Loveday Street et de Princip Street, dans le Gun Quarter. Les membres troublaient le quartier avec leurs jeux et leur langage grossier.

Des lois furent promulguées, avec possibilité de réprimer plus sévèrement ces rassemblements. De ce fait, à partir de 1868, la police changea de tactique. Les brigades s'étoffèrent en nombre et en officiers en civil pour infiltrer les bandes. En moins d'une semaine, « une cinquantaine de parasites des rues et des chemins de traverse, qui se délectent du mécontentement qu'ils créent aux quatre coins de la ville avec leurs jeux » furent arrêtés et traduits en justice. Quinze autres arrestations suivirent, assorties d'amendes de deux shillings et six dimes. Âgés de douze à vingt-deux ans, les garçons venaient des rues de la classe ouvrière de Birmingham, Bordesley, Hockley, Highgate, le Gun Quarter, Ladywood, Ashted, le centre-ville et St Bartholomew (Digbeth)[38].

Les principaux lieux de *pitch and toss* étaient situés en centre-ville, comme sur Edmund Street. Mais cette zone se transforma ensuite en quartier commercial, et les points de ralliement disparurent. En revanche, les quartiers ouvriers continuèrent d'attirer les foules. Il est probable que les gangs de rue de Birmingham soient nés de ces rassemblements[39]. L'un d'eux était actif dès 1870. En avril, vingt à trente jeunes de Barford Street et Bissell Street furent sermonnés par un policier parce qu'ils criaient et juraient. Armés de bâtons et de pierres, ils lui répondirent qu'ils étaient en route pour combattre un gang de Sun Street qu'ils avaient déjà affronté la nuit précédente. Des renforts de police furent alors dépêchés pour séparer les deux bandes[40].

Le gang de la rue Barford se retrouvait systématiquement sur un site de *pitch and toss*. En 1871, un correspondant rapportait les « scènes honteuses se déroulant dans Barford Street, surtout le dimanche ». Il s'insurgeait aussi contre les rondes inefficaces des policiers, car « non seulement les gangs de voyous jouent au *pitch and toss* le jour du sabbat, mais ils cassent des vitres et commettent d'autres actes de violence avec leurs projectiles. Ces ruffians sans foi ni loi savent parfaitement qu'ils n'ont jamais de visite de ces messieurs en bleu[41] ».

Les gangs et les problèmes qui allaient avec eux se répandaient ainsi dans la classe ouvrière de Birmingham. En 1870, le groupe de garçons d'Islington (à Five Ways) fut surnommé les « Mohawks » par un journal local. Un peu plus à l'est, un gang sévissant sur Henrietta Street, dans le quartier de Summer Lane, terrorisait régulièrement les habitants[42]. En septembre 1870, une lettre fut adressée au Birmingham Watch Committee, le groupe de conseillers supervisant la police. Son auteur se plaignait des voyous bloquant les voies de circulation autour de Sandpits et de leur langage si grossier, soutenant que les habitants en souffraient jusque dans leurs maisons. Un chirurgien d'Exeter Row près de Smallbrook Street faisait part des dangereux jets de pierres qu'il essuyait en rentrant chez lui. Le conseiller municipal Manton fit remarquer en séance que, la veille, seize garçons avaient été amenés devant les magistrats pour jets de pierres[43].

Quelques mois plus tard, le dimanche 30 avril 1871, une bande se révolta dans Gun Quarter. Une fois de plus, un problème lié au *pitch and toss*. Les policiers Falvey et Palmer étaient de service dans Weaman Street ce soir-là. Quand les jeunes les aperçurent, ils se ruèrent vers un passage menant à Slaney Street où ils s'armèrent de pierres et « menacèrent de les jeter sur les gendarmes s'ils tentaient de les toucher ». Une brique fut lancée sur Palmer ; heureusement, elle le manqua. Le policier rattrapa le lanceur, Edward Lundy, « très violent, qui tenta même de se soustraire à sa garde à vue ». Un complice, Walter Joyce, frappa l'officier qui perdit connaissance. Alors qu'il était « allongé et inconscient, Lundy lui jeta plusieurs pierres ». Joyce, dix-sept ans, fut condamné à trois mois de travaux forcés, et Lundy placé en détention provisoire[44].

Durant les troubles de l'année suivante, l'usage du terme « gangs de cogneurs » se généralisa. Sans doute en réponse à leur nombre en hausse. En 1873, le nombre de policiers en poste à Birmingham fut augmenté pour atteindre un total de 450. Cela ne représentait pourtant qu'un agent pour 778 habitants. Cette année-là, il y eut 473 agressions contre des officiers de police[45]. Le 30 mars, « une série d'attentats séditieux dans diverses parties de Birmingham » fut rapportée. Dans Rea Street South, par exemple, une foule tenta de libérer un prisonnier des mains de la police à l'aide de jets de pierres. De l'autre côté de la ville, dans Great Hampton Street, des agents ainsi que les passagers d'un omnibus furent assaillis de boue et de pierres. Les fauteurs de troubles grimpèrent sur les toits des maisons pour en arracher les tuiles et les balancer sur les forces de police. À proximité de Newtown Row, des policiers furent blessés à coups de pierres par la foule qui tentait de libérer un prisonnier. D'autres agents furent lapidés en plein centre-ville, sur Great Queen Street. À Aston, une bande de voyous « avait pris l'habitude de casser des vitres et de frapper des passants dans les rues ». Le 25 mars, ils attaquèrent quinze policiers avec des pierres[46]. Ces faits sont rapportés par la police du Warwickshire, car à cette époque, Aston se trouvait à l'extérieur de Birmingham. L'endroit favori des cogneurs d'Aston pour se battre et se rassembler était le pont-canal d'Avenue Road[47].

Dans ses colonnes du 1er avril 1873, le *Birmingham Daily Post* écrivait que les graves agressions contre la police dans l'exercice de ses fonctions devenaient beaucoup trop fréquentes. Plus particulièrement le dimanche, lorsque les rassemblements de *pitch and toss* étaient à leur maximum et que « les lâches donnaient libre cours à leur brutalité[48] ». Dix jours plus tard, le même journal déplorait « onze semaines de délinquance à Birmingham » et énumérait les actes en « une liste sinistre de faits sans précédents qui caractérisent Birmingham depuis quelque temps », dont une scène honteuse qui s'était déroulée à Livery Street, à nouveau un dimanche : alors que des policiers cherchaient à disperser des garçons rassemblés dans une maison délabrée, une pluie de briques s'abattit sur eux. Quatorze des contrevenants furent placés en garde à vue, mais « des manifestants s'attroupèrent en hurlant et en jetant de la boue et des pierres. [...] Puis, une centaine de personnes des deux sexes suivit le fourgon le long de Great Hampton Street, Constitution Hill et Snow Hill, jusqu'au poste de police de Moor Street, en le bombardant de boue, de pierres et d'autres missiles[49]. »

Les gangs de cogneurs étaient de plus en plus associés à certaines rues. En plus d'attaquer la police et les passants, ils se battaient entre eux. En mars 1873, le *Birmingham Daily Post* relevait que le gang de Bradford Street s'en était pris à celui de Park Street, à coups de pied et de bâtons[50]. La même année, deux policiers furent pris à partie par les cogneurs de Little Francis Street, à Duddeston, armés de fouets et de bâtons à bout métallique. Une bande de Great Tindal Street, à Ladywood, était décrite comme « la terreur du quartier[51] ».

La loyauté à la rue et les efforts des policiers pour réprimer les jeux du dimanche et les rassemblements furent des facteurs clés de cette montée en puissance des gangs. Une tendance identifiée par Weinberger, historienne pionnière de la police et du crime. Ses recherches soulignent l'hostilité croissante envers la police au sein de la classe ouvrière, surtout de la part des plus pauvres, qui étaient aussi les moins représentés. Une hostilité qui s'enracina dans la résistance aux nouvelles directives des gouvernements central et local.

Le style passif du maintien de l'ordre fut remplacé par une approche plus coercitive et punitive. Dans le but de faire respecter la discipline, la police interférait de plus en plus avec des personnes dont elle ne se souciait pas auparavant. En conséquence, la tolérance de la classe ouvrière diminua encore davantage et les nouvelles initiatives policières contre les délits comme l'ivresse et les jeux sur la voie publique suscitèrent la résistance. Cela conduisit à une recrudescence des agressions contre les policiers dans toutes les villes d'Angleterre dans les années 1870. Weinberger précise que les cogneurs rejetaient l'autorité de la police dans les territoires dominés par les gangs[52].

Même si l'évolution des méthodes policières contribua à la montée des gangs de rue à Birmingham, beaucoup de ces garçons peu recommandables gâchèrent la vie de travailleurs respectables. Selon le *Birmingham Daily Post* du 24 juin 1873, malgré les peines sévères prononcées par les magistrats, « les cogneurs continuent leurs agissements à Birmingham ». Dans certains quartiers, les dimanches étaient « monopolisés par les vauriens qui s'amusent à jouer, jeter des briques, agresser les passants paisibles et soustraire les prisonniers aux mains de la police ».

Edwin Cook, résidant à Potter Street dans le quartier de Gosta Green, fut l'un de ces citoyens pacifiques violemment agressés par les cogneurs. Le dimanche 8 juin, alors qu'il prenait le thé avec sa famille, il entendit quelqu'un jeter des pièces de monnaie en jurant. Il sortit de chez lui et se retrouva face à plusieurs costauds jouant au *pitch and toss*. Cook leur demanda d'aller plus loin mais les malotrus se moquèrent et l'insultèrent, Joseph French, le meneur, en tête. Ce dernier frappa Cook avec un fouet à tige métallique, une arme dangereuse. Blessé au front, les vêtements en sang, Cook affronta French, puis le cloua au sol jusqu'à l'arrivée d'un agent de police.

Alors que ce dernier ramenait le prisonnier au poste, la foule parvint à le libérer. Le dimanche suivant, Cook reconnut son agresseur dans York Street. Il alerta la police qui parvint à mettre la main sur French, non sans une course-poursuite à travers les rues. Alors que le sergent Millard l'escortait vers le poste, « une foule agitée arriva à l'improviste et le bombarda de pierres ». French en profita pour s'échapper à nouveau. Quand il fut enfin traduit en justice, les magistrats le condamnèrent à deux mois de prison avec travaux forcés[53].

Gangs irlandais et anglais

À la suite de l'agression de Cook, la police redoubla d'activité, ce qui redonna espoir aux habitants de la ville. Début juillet 1873, le *Birmingham Daily Post* espérait avec optimisme que les autorités soient désormais « sensibilisées à la gravité du mal qui galope dans les rues de Birmingham[54] », et qu'il appartiendrait bientôt au passé. Un tel espoir était prématuré. Début février 1874, John « Jacky » Joyce, quinze ans, poignarda John Thomas Kirkham, quinze ans, dans ce qui semblait être une rixe entre gangs de Park Street et de Milk Street. La victime décéda à l'hôpital. Joyce fut reconnu coupable d'homicide volontaire, condamné à un mois d'emprisonnement, puis cinq ans de maison de correction par le tribunal de Warwick[55].

Le quartier de Milk Street était désormais redouté comme s'il était « infesté de durs des deux sexes et qu'il était devenu dangereux pour un policier d'y effectuer son travail seul contre une foule le pourchassant à coups de pierres pour qu'il déguerpisse hors des rues[56] ». Non loin, les cogneurs de Barn Street gagnaient aussi en notoriété, tout comme le gang d'Allison Street[57]. Cette rue étant parallèle à Park Street, il est probable que les deux gangs ne formaient qu'un. Le « capitaine » des cogneurs d'Allison Street n'était autre que Thomas Joyce, frère de John « Jacky » Joyce[58].

Nés à Birmingham de parents irlandais, les frères Joyce se sont probablement installés près de Park Street dans les années 1870[59]. Le recensement de 1881 confirme que Thomas Joyce habitait Park Lane, le prolongement de Park Street. À vingt-six ans, il était ferblantier[60]. Comme son jeune frère, Thomas Joyce était violent. Le vendredi 23 septembre 1874, Thomas Joyce et Andrew Toy, ouvrier chaudronnier de Bordesley Street, furent impliqués dans une bagarre sanglante avec William Smallwood, dix-huit ans, de River Street. Ils comparurent devant le tribunal avec des bandages sur la tête. Joyce expliqua qu'en rentrant du travail, sur Deritend Bridge, Smallwood entouré d'une vingtaine de jeunes s'approcha pour savoir ce qu'ils regardaient. Joyce accusa Smallwood de les avoir frappés à la tête avec une sangle à boucle, leur infligeant de graves blessures. Toy corrobora ce témoignage, ajoutant que Smallwood l'avait aussi frappé à coups de couteau. L'agent de police Butler ne retrouva aucun couteau sur les belligérants, et Smallwood déclara qu'il n'avait utilisé sa ceinture que lorsque « ceux d'Allison Street avaient tenté de le poignarder ». Une version soutenue par le fils d'un propriétaire d'usine, entendu comme témoin. Il raconta avoir vu Joyce et Toy lutter avec un jeune près du pont et entendu l'un d'eux utiliser un langage très grossier envers Smallwood, qui n'aurait pas utilisé sa boucle de ceinture avant que ses agresseurs ne sortent leurs couteaux. Les magistrats décidèrent que Smallwood, en légitime défense, avait infligé à Joyce et Toy « une bonne raclée, en guise d'avant-goût de leur propre médecine[61] ». Smallwood fut libéré.

Le point de départ de ce combat de rue et du précédent entre les gangs de Park Street et Milk Street, quand le jeune Kirkham avait été tué, semble être l'animosité liée à l'origine. Park Street et Allison Street, adjacente, étaient considérées comme une zone irlandaise. À seulement cinq rues de Digbeth, Milk Street passait pour anglaise. Selon Weinberger, « les gangs de rue des années 1870 se regroupèrent sur la base du territoire et de l'appartenance ethnique, plutôt que sur celle du chapardage, chaque gang jalonnait et défendait son territoire contre les étrangers, qu'il s'agisse de la police ou d'un gang rival[62] ». Philip Gooderson fournit la même explication pour la formation des gangs de rues : « au début des années 1870, l'appartenance ethnique semble être l'une des bases, du moins dans le secteur de Digbeth, même si elle a reculé au fur et à mesure que les Irlandais étaient assimilés[63] ». L'émergence de gangs de cogneurs est donc liée à l'appartenance ethnique, mais il est important de ne pas la considérer uniquement sous l'angle de la présence irlandaise.

Alors qu'il avait atteint son apogée une décennie auparavant, à Birmingham, le nombre d'habitants d'origine irlandaise en 1871 n'était plus que de 9 076 personnes. Ce qui représentait 2,64 % du total de 343 787. La proportion aurait été plus importante si les enfants de migrants nés en Angleterre avaient été inclus.

Les Irlandais étaient présents dans tous les quartiers de la ville, mais avec des différences marquées en termes de concentration. Les familles ouvrières les plus pauvres de Roscommon et Mayo vivaient dans plusieurs rues des vieux quartiers, les plus insalubres de Birmingham. Il n'y avait donc pas de ghetto irlandais en tant que tel, même si Park Street était considérée comme le quartier irlandais. Ceux qui y vivaient avaient beaucoup souffert lors des émeutes qui agitèrent Murphy en 1867. C'est à Park Street que naquit l'un des premiers gangs pour protéger les Irlandais à la fois de la police et des cogneurs anglais.

Les émeutes de Murphy débutèrent le 16 juin 1867, quand les Irlandais de Park Street se rassemblèrent pour siffler et jeter des pierres à William Murphy, un prédicateur protestant tristement célèbre pour ses attaques contre le pape, les nonnes et l'Église catholique. Une bagarre avec la police éclata. Le lendemain, en rétorsion, une foule anglaise chargea les Irlandais sur Park Street ; ces derniers se défendirent contre cette bande de brutes, décrite par un sympathisant irlandais comme composée « principalement de pugilistes, voleurs à la tire, étrangleurs et de ceux qu'on qualifie de "classes dangereuses" ». Aidé par la police, ce « parti de l'ordre » mal nommé chassa les Irlandais qui tentèrent de protéger leur rue.

Presque toutes les habitations de Park Street furent saccagées par la foule, alors que les femmes et les enfants irlandais, sans protection, se blottissaient dans les coins et pleuraient le naufrage de leurs petites maisons. Ces actes de violence se déroulèrent « dans un silence interrompu seulement par les lamentations et les pleurs des enfants[64] ». Finalement, le maire appela les militaires de la caserne d'Ashted et les magistrats qui lurent la loi anti-émeute (*Riot Act*). Selon cette législation, les autorités locales pouvaient proclamer un ordre de dispersion face à tout groupe de plus de douze personnes, rassemblées illégalement ou de façon tumultueuse. Si les manifestants ne se dispersaient pas dans l'heure suivant la proclamation, les autorités avaient le droit de recourir à la force.

Pendant les émeutes de Murphy, la police de Birmingham, en infériorité numérique notoire, fut accusée d'être partiale et de cibler uniquement les Irlandais pour les arrêter. Dans son étude détaillée, Patsy Davis montre que les 450 agents spéciaux qui avaient prêté serment pour soutenir la police s'étaient rangés derrière la mafia anglaise. Le chef de la police de Birmingham, George Glossop, raconta lui-même que l'émeute du lundi s'était terminée quand les personnes « respectables » de la foule anglaise « s'étaient massées devant la police pour lapider les Irlandais avec une telle force, que les policiers étaient devenus maîtres de la rue[65] ». Les Irlandais furent rendus coupables des émeutes et punis pour elles, alors qu'ils avaient déjà tout perdu.

Les troubles se poursuivirent tout au long de 1867. En octobre, une foule anglaise marcha sur St Alban et tenta d'attaquer les quartiers irlandais et les paroisses catholiques de St Chad, St Peter et St Michael, défendues par les Irlandais. Les tensions demeurèrent vives au cours des années suivantes. Le 28 avril 1872, trois semaines après la première mention des gangs de cogneurs, plusieurs agents de police tombèrent sur « environ 400 ruffians, divisés en deux “gangs” irlandais et anglais ». John Morris fut arrêté pour avoir causé des troubles, jeté des pierres et incité les autres à l'imiter. Âgé de trente-quatre ans, c'était un maçon de Galway vivant avec ses parents à Barford Street. Point intéressant, cette rue était majoritairement anglaise[66].

Gooderson explique également que l'antagonisme relevait de l'appartenance ethnique : en 1874, le superintendant Glossop montra au comité de surveillance un drapeau en noir et vert sur lequel étaient dessinés un crâne, des os croisés et un trèfle ; ce drapeau en papier avait été retrouvé collé sur le viaduc ferroviaire d'Allison Street après une bagarre entre bandes rivales[67]. L'inimitié entre les gangs anglais et irlandais vivant à proximité les uns des autres à Digbeth s'estompa à mesure que la population d'origine irlandaise diminuait et que les mariages mixtes augmentaient. L'attitude partiale des policiers durant les émeutes de Murphy avait renforcé l'hostilité des Irlandais de la deuxième génération, vivant à Park Street et Allison Street. En même temps, les gangs des quartiers où prédominaient les Anglais pauvres partageaient cette même antipathie. La haine s'étendait à ceux qui témoignaient contre les cogneurs, considérés comme des « flics » – des informateurs de la police[68].

Ainsi, quelques jours avant l'émeute de l'été 1874, impliquant de 500 à 600 personnes à Digbeth, un habitant du quartier s'était présenté au poste comme témoin d'une attaque contre la police. Le coupable put être appréhendé et condamné à six semaines de prison. Mais dans la nuit du 13 juillet, ce témoin fut reconnu dans la rue et poursuivi. Il se réfugia dans une maison de Bordesley Street qui devint aussitôt la cible de jets de pierres. Un détachement de quinze gendarmes et un sergent pourchassa les émeutiers jusqu'à Allison Street, puis à Coventry Street, où « il fut bloqué par les pierres lancées par la foule, véritable tempête de grêle ».

La police arrêta quatre meneurs, âgés de vingt à soixante-quatre ans. D'autres furent accusés de comportements émeutiers, comme Julia Giblin, quinze ans, fabricante de parapluies à New Canal Street. Un cas rare de jeune femme dans une manifestation de cogneurs dans les années 1870. On trouve davantage de femmes impliquées aux côtés de cogneurs et Peaky Blinders dans les décennies suivantes. Giblin était d'origine irlandaise, comme d'autres gens qu'on avait arrêtés ce jour-là, mais il y avait aussi des personnes d'origine anglaise. L'usine du conseiller Arthur Chamberlain, frère cadet du maire Joseph Chamberlain, se trouvait dans le quartier. Il évoqua, en tant que témoin, la fréquence des émeutes autour de son usine, ainsi que la présence des gangs de Park Street et de Milk Street[69].

Les agressions contre la police se poursuivirent, tout comme les combats entre gangs de rue. En mars 1875, par un après-midi de dimanche, entre 100 et 200 jeunes se balancèrent des pierres et des briques à Hall Street, Ashted. Deux jeunes furent condamnés à une amende de deux shillings et six pences chacun, pour avoir jeté des pierres à Coleshill Street et agressé un agent de police[70]. Le 7 mars 1875, la violence se déchaîna dans Navigation Street après que deux inspecteurs eurent arrêté William Downes, soupçonné d'avoir participé à un vol. Ils l'appréhendèrent à l'auberge *Bull Head*, sur Wharf Street, qui était bondée. Alors que Downes marchait sur Navigation Street, les officiers qui l'encadraient furent « bombardés de pierres et de boue par un petit groupe qui attira rapidement une immense foule ». Le sergent Fletcher accourut pour les aider et tenta de contenir la foule, mais une trentaine de voyous le cerna et le battit à coups de matraques. Pendant ce temps, les inspecteurs étaient parvenus jusqu'au coin de Suffolk Street, où ils virent arriver l'agent Lines. « Pour l'amour de Dieu, aidez le sergent Fletcher. Ils l'assassinent ! » s'exclama l'un des inspecteurs. Lines courut aider Fletcher qui avait été touché au visage et à la tête. Fletcher réussit à s'enfuir, mais ce fut au tour de Lines d'être assailli de toute part. Un témoin raconta : « Ils se sont accrochés à lui comme des rats, et ont essayé de le faire tomber. Il les a repoussés, mais dans le feu de la bagarre, un des vauriens lui a planté un couteau dans le cou, sous l'oreille gauche. Lines est tombé. » Ses assaillants le rouèrent de coups de pied jusqu'à ce qu'un coup de sifflet retentisse indiquant que des policiers arrivaient enfin. L'agent Lines fut transporté au Queen's Hospital de Bath Row, où il décéda le 25 mars.

Douze hommes furent arrêtés pour leur rôle dans l'émeute de Navigation Street. Âgés de dix-sept à vingt-trois ans, ces fauteurs de troubles étaient déjà connus de la police[71]. Jeremiah Corkery, alias Corcoran, fut reconnu coupable du meurtre de Lines et pendu. Quatre autres, John Creswell, Thomas Whalin, Thomas Leonard, Charles Mee, furent reconnus coupables d'agression et condamnés à la réclusion à perpétuité[72]. Selon un article paru en 1955 dans le *Birmingham Weekly News*, Creswell aurait été libéré au bout de vingt ans, et aurait vécu ensuite près de Broad Street, en tant qu'ouvrier respectable[73].

Will Thorne, fondateur du Syndicat des travailleurs du gaz, est né en 1857 et a grandi à Farm Street, Hockley. Dans l'histoire de sa vie, il relate l'existence « d'une bande de brutes qui cherchaient toujours les ennuis » autour de Navigation Street. En plus de voler et s'en prendre à la police, les mauvais garçons pratiquaient une forme grossière de racket.

Cependant, après le meurtre de Lines, l'action de la police aboutit au nettoyage définitif du quartier. Ce fut un soulagement, en particulier pour les clients du Birmingham Royal Theatre, proche de Navigation Street, l'endroit de prédilection du gang pour sévir.

L'un de leurs jeux consistait à venir les soirs de spectacle, alors que les abonnés faisaient la queue pour entrer. Au moment où les portes s'ouvraient, les affreux bousculaient tout le monde, couraient devant pour bloquer l'accès aux meilleurs sièges du centre. Ils exigeaient alors un paiement pour rétrocéder ces places. Avant les émeutes, ni la police ni les autorités du théâtre n'avaient réussi à empêcher ces raids.

Entre ce racket organisé et le meurtre d'un policier il y a une différence de degré importante en termes d'agressivité, mais le témoignage de Will Thorne nous montre l'agitation générale de l'époque, avec un environnement propice à l'escalade d'une telle violence. Les troubles ne se sont malheureusement pas limités à cette seule zone. Malgré l'éclatement de la bande de Navigation Street, ailleurs, les gangs de rue continuaient sans relâche de gâcher la vie des travailleurs respectables et de tourmenter les agents de police. Le problème était si grave qu'en mai 1875 une délégation de Duddeston Ward rencontra des magistrats de l'arrondissement, convaincus que les délinquants n'étaient pas assez sévèrement punis.

Menée par le conseiller municipal Derrington, la délégation expliqua que de nombreuses bagarres de rues se déroulaient dans les quartiers de Duddeston, Nechells et St Bartholomew. En cause, l'alcool, mais aussi les combats de factions entre « forces opposées se rassemblant dans le quartier, avec mêlée générale ». Le *Birmingham Daily Post* estima que la délégation avait exagéré cette petite flambée, leurs affirmations étant réfutées par les statistiques criminelles officielles[74].

De tels propos n'auraient pas réconforté Margaret Moran. Fabricante de jouets, âgée de vingt et un ans et vivant dans le quartier de Navigation Street, elle fut l'un des nombreux témoins contre les émeutiers persécutés et menacés. Après avoir reçu des coups de couteau par la sœur de Corcoran, elle « craignait pour sa vie[75] ».

En revanche, les magistrats prirent au sérieux les plaintes de la délégation. Alderman Manton souligna que le journal omettait de rapporter un cas sur six, tandis que le magistrat Kynnersley déclara que « sans aucun doute, de grands outrages ont été commis, mais les personnes arrêtées étaient surtout accusées d'avoir refusé d'aider la police ». Ce serait une injustice de punir ces gens comme s'ils étaient les auteurs, alors que les véritables meneurs étaient rarement traduits devant les magistrats[76]. Pourtant, poussé par la délégation et le meurtre de Lines, le comité de surveillance augmenta les effectifs de police afin de sécuriser les zones les plus dangereuses.

Il semble que cette décision ainsi que les peines sévères infligées aux émeutiers de Navigation Street eurent de l'effet car, en février 1876, le *Birmingham Daily Post* écrivait : « Nous avons bénéficié d'une si longue immunité à Birmingham en matière de bagarres de rues que nous espérions que l'esprit émeutier du “résidu” local fut enfin maîtrisé, à défaut d'être franchement éteint. » Ces espoirs avaient cependant été anéantis par une nouvelle bataille de rue entre brutes et policiers et par une émeute organisée[77].

Un an plus tard, il était rapporté qu'« un grand nombre de jeunes se rassemblent au coin de Great Charles Street depuis des mois pour s'adonner à ce qu'on appelle vulgairement le *slogging* ». Ils se cognaient avec des bâtons, se bombardaient de pierres et de briques, tout en évitant la police, et décampaient dès qu'ils étaient repérés[78].

La délinquance à Birmingham attirait désormais l'attention, non désirée, à l'échelle nationale. En 1877, aux assises de Northampton, le juge Hawkins déclara que « nuit après nuit, les rues de la ville deviennent le théâtre d'une violence et d'une brutalité quasi irrépressibles ». Dans une lettre publiée par le *Times*, son auteur s'interrogeait et cherchait une explication à l'écart entre les éloges accordés à Birmingham pour la perfection de ses institutions municipales et le grand nombre de cas de violences dans la ville. Cela suscita « une discussion houleuse » lors d'une réunion du comité de surveillance. Les conseillers conclurent que ces remarques n'étaient autres qu'une stigmatisation fondée sur de fausses déclarations. Birmingham était ridiculisée, méprisée non seulement dans tous les coins de l'Angleterre, mais aussi dans le monde civilisé. « Qu'affirme le *Times* ? » disait-on. La réponse invariable était que les crimes violents se produisaient la nuit à Birmingham. En réaction, il fut décidé que le major Bond, officier en chef de la police de Birmingham, adresserait des statistiques au journal pour réfuter ses allégations[79].

Les dirigeants de Birmingham attachaient une grande importance à la réputation qu'ils avaient acquise à l'échelle nationale et internationale, en matière de bonne gouvernance, de politiques progressistes et de socialisme municipal. Quatre ans auparavant, en 1873, le conseil avait été repris par de jeunes membres du Parti libéral. Sous la direction de Joseph Chamberlain, d'importantes réformes furent menées, dont la municipalisation des compagnies privées de gaz et d'eau. Comme Chamberlain, de nombreux conseillers étaient non conformistes, et représentaient les plus grands industriels. Bien qu'ils aient eu un lien avec la classe ouvrière la plus qualifiée et régulièrement employée, ces représentants municipaux étaient coupés des plus pauvres à tous égards : sur les plans résidentiel, économique, éducatif, autant que par les discours, attitudes et croyances. Par conséquent, les pauvres ne furent pas inclus dans ce nouveau concept civique de Birmingham.

Comme Weinberger le souligne, le démenti des allégations de désordre par le conseil, ainsi que l'absence d'action décisive des magistrats « dénotent une attitude des autorités qui continuaient de penser que le chahut dans certains quartiers de la ville concernait peu de personnes autres que les habitants locaux ». Weinberger a centré son étude sur la « classe criminelle » et conclu qu'une stratégie d'exclusion avait été mise en œuvre par les dirigeants parce qu'elle ne présentait « aucune menace politique réelle, alors qu'elle en était venue à servir une fonction économique décroissante[80] ». Ces commentaires pertinents pourraient s'appliquer aussi aux jeunes hommes les plus pauvres. Leur exclusion de l'entité civique fut un autre facteur contributif à l'expansion des gangs de rue dans les années 1870, décennie considérée pourtant comme positive car Birmingham se modernisa et progressa.

Les bagarres de rue étaient répandues dans les quartiers ouvriers de Birmingham. En 1878, il y eut 478 agressions contre la police. Au cours des années suivantes, ce nombre chuta sensiblement : il était de 279 en 1883[81]. Cela pourrait être lié à l'attitude plus réservée des agents de police envers les joueurs du dimanche. Les poursuites à leur encontre semblaient en diminution et les arrestations portaient davantage sur de tout jeunes garçons plutôt que sur de jeunes adultes[82]. C'est ce que laissait entendre un habitant d'Aston, qui écrivit que le *pitch and toss* autour de Kensington Street constituait une nuisance intolérable à cause des brutes qu'il attirait. Le policier en faction protégeait l'Armée du Salut dans Porchester Street, mais se fichait des joueurs[83].

Le remblayage progressif des terrains vagues peut avoir eu un effet temporaire sur la baisse des poursuites pour jeux illicites. Avec la perte d'espaces, les lanceurs de pièces se rassemblaient désormais le dimanche, en plus petit nombre, dans les rues latérales des quartiers populaires[84]. Cette pratique se poursuivit jusque dans les années 1920. Lorsque les pubs fermaient le dimanche après-midi, ma grand-mère Lil Perry et d'autres jeunes regardaient les hommes qui sortaient de l'Albion au coin de Whitehouse Street et Aston Road North « jeter leurs sous jusqu'à l'arrivée de la police. Ils s'enfuyaient alors[85] ».

Il n'est pas impossible que la police ait agi avec plus de prudence lors des rassemblements de *pitch and toss* et en présence des gangs de cogneurs. Au début des années 1880, le nombre de rapports de police à leur sujet diminua, sans que les bandes aient disparu pour autant. En juin 1882, les gangs de Harding Street et Whitehouse Street s'affrontèrent près de Miller Street. D'après le *Birmingham Mail,* le problème était né de l'habitude de se rassembler prise par les brutes qu'on appelle « gangs de cogneurs ». Ils encourageaient leurs partisans à combattre, ce qui provoquait des dégâts considérables. Ce fut le cas à Miller Street. Thomas Dan reçut une brique sur la tête et, une fois à terre, de nombreux coups de pied. Un coup de barre de fer lui brisa le crâne, un bras et un pouce[86].

Cette année-là, un gang en particulier causait des troubles au coin de New Canal Street et Fazeley Street. La renaissance des gangs de cogneurs était commentée dans la presse[87]. Le chef de la police, M. Farndale, livra son analyse pleine de dédain au comité de surveillance : certes, il y avait des plaintes contre les gangs de cogneurs, mais la majorité des affaires avec coups de couteau se produisaient dans les arrière-cours ou les maisons privées[88]. Une observation qui donne du poids à la thèse de Weinberger selon laquelle les attaques contre les plus pauvres ne préoccupaient que ceux de leurs quartiers.

Le problème des cogneurs surgit aux yeux de tous en 1884, lorsque deux gangs s'affrontèrent à coups de pierres à Summer Lane. Deux ans plus tard, la bande d'Aston fit la une des journaux[89]. En juillet 1886, alors que les agents de police Dawson et Houghton escortaient Alfred Simpson de Whitehouse Street au poste de police, « ils furent attaqués par une bande de brutes, qui leur jetèrent des pierres et se montrèrent particulièrement violents ». Les officiers furent obligés de chercher refuge dans un magasin. Simpson insulta Houghton et aussitôt « des pierres volèrent dans toutes les directions, l'une d'elles frappa Houghton à l'arrière de la tête », tandis qu'un passant, touché aussi, dut être transporté en taxi.

Au tribunal, il fut dit que Simpson était membre du gang de cogneurs qui infestait Aston Road, Whitehouse Street et les environs. En effet, il n'y avait « pas un seul jour sans que le gang d'Aston n'affrontât un autre gang de Birmingham, en se livrant à des batailles rangées à coups de pierre et de brique ». Le problème était tel que des policiers supplémentaires avaient été déployés. Simpson fut envoyé en prison pendant 21 jours avec travaux forcés[90].

Un mois plus tard, le mercredi 18 août, le surintendant Walker déclara au tribunal de police d'Aston que le dimanche précédent, « une violente bagarre entre le gang d'Aston et un autre gang avait eu lieu, qu'elle s'était poursuivie jusqu'à Rocky Lane et Aston Cross ». À dix-sept heures, près de 2 000 jeunes étaient impliqués, certains âgés de treize à seize ans, des hommes d'âge mûr, tous armés de lourdes ceintures, de bâtons et de briques. La perturbation était si grande que la police de Birmingham dut envoyer des renforts en limite d'arrondissement et que l'ensemble des forces disponibles d'Aston furent mobilisées pour faire cesser les combats. Seuls, deux hommes furent arrêtés et inculpés[91].

Les gangs de cogneurs proches d'Aston étaient ceux de Nechells, concentrés sur Charles Arthur Street, et de Duddeston, sur Great Lister Street et Cromwell Street. D'autres gangs existaient toujours dans le quartier de Digbeth, comme celui d'Oxford Street. En octobre 1888, on craignait que la délinquance des rues ne s'aggrave à la fois à Birmingham et à Aston, malgré l'organisation rudimentaire de certains gangs[92]. Lors de son procès, Charles Frith, dix-neuf ans, tourneur d'essieu résidant à Cromwell Street, fut désigné « roi » du gang de Charles Arthur Street. Son gang était impliqué dans des affaires de chantage[93].

Selon plusieurs articles parus en septembre 1888, ce gang avait mis au point un système d'assurance obligatoire contre les amendes, sous la forme d'une contribution à un fonds commun. Une fois découvert, ce « régime d'assurance » permit aux magistrats d'Aston d'envoyer tous les membres en prison. En réponse, un autre stratagème naquit : la collecte de fonds au profit de tout membre nouvellement libéré de prison. Par la suite, Simpson et ses acolytes du gang d'Aston inventèrent « l'appel à un résident d'Aston : ils exigeaient de lui une souscription au fonds ; s'il refusait, la victime était frappée à coups de ceinturons. ». Simpson fut arrêté et emprisonné pour deux mois[94].

Les cogneurs d'Aston n'en restèrent pas là : en février 1889, cinq d'entre eux, appartenant au gang de Whitehouse Street, furent accusés d'agression sur la police à Birmingham. Un samedi soir, ils avaient décidé de se venger d'un larron de Digbeth. Deux policiers virent William Greening et Frederick Robinson retirer leur ceinturon avant de s'en prendre à leur victime. Greening criait : « Pour ceux de Whitehouse Street ! » Quand l'un des gendarmes procéda à son arrestation, il se débattit si violemment que l'agent fut contraint de le faire entrer dans une boulangerie proche. De l'intérieur, Greening hurlait à ses comparses : « Allcz lcs gars, ne cédez pas. Enc… ces… » (les points de suspension remplacent les jurons). Il frappa le policier à la tête, qui reçut également des coups de pied de Robinson.

Des pierres furent lancées dans la vitrine par les membres du gang arrivés en renfort. John Coley et sept ou huit membres frappèrent les policiers avec leurs ceinturons. Le magistrat déclara que ces troubles étaient une honte dans une ville civilisée et que la loi était là pour les réprimer. Coley et Gibbs furent condamnés à deux mois de prison avec travaux forcés, Ridding écopa de six semaines, Greening et Robinson furent chacun condamnés à une amende de vingt shillings plus les frais de justice, à défaut, à un mois de prison avec travaux forcés[95].

Les cogneurs d'Aston semblaient incontrôlables. En février 1889, James Casey et d'autres avec lui agressèrent trois policiers. Casey fut condamné à deux mois de prison avec travaux forcés pour chaque agression. Alors qu'on l'escortait hors de la salle d'audience, il lança aux magistrats qu'il « leur ferait la peau dès sa sortie ». Pour cette menace, il fut renvoyé sur le banc des accusés et condamné à un mois de prison supplémentaire. Casey déclara, imperturbable : « cela ne fait que sept mois et quinze jours ; je sais que vous ne pouvez pas me donner plus de douze mois, donc je ferai ce que j'ai dit en sortant[96] ».

La férocité avec laquelle les cogneurs attaquèrent la police fut mise en évidence en juillet 1889. Ce mois-là, le tribunal de police d'Aston apprit que George Guy, ouvrier, avait violemment frappé et renversé l'agent Payne. Lorsqu'il se releva, Payne fut ensuite battu par Guy, Joseph English et William Perkins. Alors qu'il se débattait au sol, les malfrats lui volèrent son sifflet, son brassard et son casque. Heureusement, les agents de police Lander et Griffiths accoururent. Une foule immense s'était rassemblée. Un homme, William Haywood, aida la police. Il témoigna de la brutalité de Guy, mais aussi de l'indifférence de la foule : personne n'aidait les policiers transformés « en ballons de football ». Haywood les aida aussi à emmener les trois prisonniers au poste. L'un d'eux continuait de se montrer très violent. Le surintendant Walker déclara que les prisonniers étaient les trois plus grands voyous d'Aston et qu'il avait du mal à conserver ses effectifs en raison de « la brutalité de ces cogneurs, des activistes du gang[97] ».

Seules quelques autres villes avaient un problème de gangs comparable à Birmingham et Aston. Les nuits de Liverpool étaient peuplées de *corner men* qui attaquaient les passants. Londres avait des gangs de rue depuis au moins les années 1880, tandis que Manchester et Salford avaient des *scuttling gangs*[98]. Les *scuttlers* ont inspiré le premier culte de la jeunesse britannique, une désignation qui devrait englober aussi les cogneurs. Les deux groupes de jeunes rejoignirent des gangs territoriaux, se battaient violemment à coups de ceinturon et lançaient des pierres sur leurs ennemis. Dans son livre très documenté sur les gangs de Manchester et de Salford, Andrew Davies met en évidence un article d'Alexander Devine : « Scuttlers and Scuttling », publié dans le *Guardian* en 1890. Il expliquait l'utilisation du ceinturon comme arme :

« La partie la plus dangereuse de la ceinture est la boucle en laiton, qui mesure généralement environ trois pouces de diamètre, mais j'en ai vu aussi de plus grandes et de plus petites. Le *scuttler* enroule la lanière de cuir à son poignet, en gardant de huit à dix pouces de la ceinture en guise d'arme pour frapper. L'enroulement au poignet ou au bras empêche qu'elle soit arrachée trop facilement au cours du combat.

La seule différence entre *scuttlers* et *sloggers* était que les premiers portaient des sabots cloutés de laiton tandis que les seconds préféraient les bottes à embout métallique[99]. À la fin des années 1880, les gangs de cogneurs continuaient de causer des problèmes à Birmingham et Aston. Les journaux signalaient régulièrement les jets de pierres, les agressions et les attaques par des gangs nommés : Nechells[100], Floodgate Street[101], Allison Street, Milk Street et Charles Henry Street, ainsi que Blucher Street et Legge Street[102]. Sans surprise, les gangs d'Aston et de Birmingham, de sinistre renommée au niveau local, avaient également acquis une mauvaise réputation à l'échelle nationale. En 1882, le *Sheffield Daily Telegraph* notait avec sarcasme : « Le dernier cadeau de Birmingham aux institutions de notre pays est le *slogging gang*. Le nom n'a rien de joli, mais il est approprié. Ses membres sont des brutes qui réfutent le droit à la propriété et le caractère sacré de la vie[103] ». À partir de 1890, les cogneurs et leurs gangs furent désignés sous un autre nom qui deviendra encore plus tristement célèbre : les Peaky Blinders.

Charles Battle, âgé de quatorze ans,
photographié par la police de Birmingham
en octobre 1892. Sur la droite, il porte
le chapeau rond et l'écharpe en soie typiques
des premiers Peaky Blinders.

CHAPITRE 2

La cité des Peaky Blinders

Casquettes et lames de rasoir

Tout en étant tacticien et réfléchi, Tommy Shelby n'en est pas moins un combattant redouté. Cela transparaît très clairement dans la première saison télévisée, lors d'une confrontation avec la famille Romany Gypsy Lee. Trois d'entre eux se moquent d'Arthur Shelby. Irrité, Tommy se dirige vers eux d'un air offensif, pour exiger une explication. Les gitans font face à Tommy, menaçants, mais ne lui répondent pas, ce qui alimente sa colère. L'un des Lee insulte la mère de Tommy.

Tommy saisit alors sa casquette gavroche. Sur la visière, cachées par le pli du tissu, sont cousues des lames de rasoir jetables. Dans la scène de combat, magnifiée par le ralenti, on le voit fouetter Lee au visage. Aveuglé par la douleur et le sang, celui-ci tombe à la renverse. Arthur frappe un autre Lee, puis avec John, le troisième frère, les Shelby continuent de donner coups de poing, coups de pied et coups de tête aux frères Romany Gypsy, qui s'écroulent[1].

En 2013, le créateur et scénariste de la série, Steven Knight, expliqua qu'il avait choisi de l'appeler *Peaky Blinders* parce qu'au tournant du XXe siècle à Birmingham, « des jeunes risque-tout avaient l'habitude de glisser ces lames de rasoir dans leurs casquettes ; ils s'appelaient les Peaky Blinders ». Après la Première Guerre mondiale, « ces jeunes gens qui avaient causé des problèmes se sont organisés en un gang spécifique connu sous le nom de Peaky Blinders[2] ». Cette explication s'est généralisée et a fini par être acceptée comme réalité historique. En septembre 2013, par exemple, John Crace écrit que l'émission « est basée sur un gang réel (ayant tiré son nom des lames de rasoir que ses membres gardaient dans leurs casquettes pour aveugler leurs ennemis) qui opérait à Birmingham après la Première Guerre mondiale. Je suppose qu'il y a une part de vérité dans cette représentation de la ville comme avant-poste anarchique dirigé par des gangs d'anciens combattants endurcis et traumatisés, revenus des tranchées, armés jusqu'aux dents[3] ».

Après 1918, Birmingham n'était pas un avant-poste anarchique dirigé par des gangs de vétérans ; d'ailleurs, aucun gang ne s'appelait Peaky Blinders. « Peaky Blinders » était un terme générique pour les mauvais garçons de la ville. Une expression devenue populaire depuis les années 1890 et, à l'origine, interchangeable avec « gangs des cogneurs », étiquette donnée à tout membre de gang à l'époque. De plus, il n'existe aucune preuve que les véritables gangs de Peaky Blinders aient cousu des lames de rasoir dans leurs casquettes. Disons plutôt qu'ils se baptisèrent ainsi en raison de leur façon de porter ces fameuses casquettes, inclinées sur un côté de la tête, en couvrant ou en aveuglant l'œil. Cependant, il est vrai qu'à leur apogée les vrais Peaky Blinders étaient aussi cruels et violents que leurs homologues fictifs ; en revanche, leurs armes de prédilection étaient les ceinturons à boucles, les pierres, les couteaux, les gourdins et les bottes – que les Peaky Blinders possédaient tous ou avaient à leur portée, qu'ils pouvaient se procurer gratuitement ou à bon marché. Les gangs n'étaient que vaguement organisés et davantage préoccupés par les combats que par l'argent illégal. Plus important encore, ils n'étaient pas glorieux, mais brutaux et infâmes.

Ces Peaky Blinders furent éliminés avant la Première Guerre mondiale grâce à l'action policière énergique menée par le chef de la police de Birmingham, Charles Haughton Rafter, protestant nord-irlandais, de même que Campbell, l'inspecteur-chef (plus tard major) de la série. Campbell est décrit comme puritain, alors que Rafter était respecté par les nationalistes irlandais et par son adjoint, Michael McManus, un catholique. Rafter et ses hommes firent de Birmingham une ville plus paisible, la débarrassant des Peaky Blinders. Ils étaient, d'un côté, soutenus par les nombreux citoyens respectueux des lois ; de l'autre, ils s'appuyaient sur les peines très sévères, la popularité croissante du football associatif et l'émergence de la boxe en tant que sport codifié.

Le mythe des lames de rasoir

Dans l'imaginaire folklorique, l'infamie des Peaky Blinders était renforcée par leur nom, imprégné de gangstérisme, de violence et de peur. Le mythe selon lequel ils cousaient des lames de rasoir jetables sur les visières de leurs casquettes plates pour entailler le front de leurs ennemis et faire couler du sang dans leurs yeux pour les aveugler est né une génération après que les gangs de Peaky Blinders et de cogneurs ont été éradiqués. Un mythe qui a commencé dans les journaux, et s'est répandu à travers eux. La première mention de l'utilisation d'une casquette comme arme semble avoir eu lieu en 1929, lorsque le *Warwick and Warwickshire Advertiser* rendit hommage à James Ravenhall, le chef de police adjoint du comté qui partait à la retraite. Il servit comme sergent à Aston en 1892, où, parmi les *peakies*, il montra ses aptitudes de détective ; il retourna plus tard à Aston en tant qu'inspecteur-détective. Pour expliquer le terme *peakies* à ses lecteurs, voici ce que le journal déclara :

« [Ils] sont également connus sous le nom de Peaky Blinders, un nom acquis en raison de leur couvre-chef particulier. Ce sont des personnages violents qui portent une casquette à visière, inclinée sur un œil. Leur visière contient souvent un morceau de métal pointu, qui peut servir d'arme redoutable. Au-dessus de l'autre œil, une boucle de cheveux soigneusement dressée. Ils s'affrontent en bande, contre des gangs rivaux appelés gangs “de cogneurs”. Leurs principales armes sont de lourdes ceintures avec d'énormes boucles. Quand un gang entre en conflit avec un autre, ils s'infligent de terribles blessures. Après l'arrestation d'un "Peaky Blinder", M. Ravenhall a vu le sol du poste de police maculé de son sang. Les pantalons à énormes pattes d'éléphant sont une autre caractéristique de leur style vestimentaire[4] ».

C'étaient les mots du journal, pas ceux de Ravenhall.

La même année, le *Daily Mail* déclara qu'il fut un temps où Birmingham était connue comme « la ville aux nuits épouvantables », patrie des Peaky Blinders qui avaient « l'ingénieuse habitude de porter des lames d'acier au sommet de leurs casquettes dont ils se servaient pour frapper les yeux de leurs victimes[5] ».

Une décennie plus tard, en avril 1939, dans un article intitulé « Jours des ceinturons et des boucles. Saga des Peaky Blinders de Birmingham », le *Birmingham Mail* écrivit que « la tenue vestimentaire du gangster était couronnée par une casquette en tissu ordinaire, sauf que sa visière était renforcée. Une inclinaison soudaine de la tête qui portait cette arme pouvait déclencher un combat et, très souvent, le terminer en même temps[6]. »

À la fin des années 1950, cette histoire de casquettes utilisées comme armes par les Peaky Blinders prit de l'ampleur en raison d'une campagne largement médiatisée par le célèbre polémiste local, Norman Tiptaft, contre ce qu'il percevait comme une augmentation des crimes violents à Birmingham. Ancien lord-maire, on le surnommait le « justicier extraordinaire[7] ». Un titre qui soulignait son implication dans le Comité national de la Ligue antiviolence, dont il était l'un des fondateurs et qui militait pour des peines plus sévères contre les délinquants violents. À ce titre, de 1957 à 1961, il publia plusieurs lettres dans la presse, appelant à la flagellation dans certains cas de crimes violents. Pour étayer cela, il rappela :

« [...] l'époque, au début de ce siècle, où les jeunes "Peaky Blinders" commettaient des agressions avec les lames de rasoir glissées dans leur casquette à visière. Les magistrats les condamnaient à des amendes de cinq et dix shillings. Ensuite, le juge Day est arrivé de Liverpool. Il a condamné un jeune voyou à vingt coups de fouet, en a envoyé d'autres en prison pour sept, quatorze et vingt ans. Il leur a donné l'enfer, ce qu'ils méritaient amplement. Au bout de deux ans, il ne restait plus un seul Peaky Blinder[8]. »

Une bonne partie de ce qu'affirmait Tiptaft dans cet article tendancieux était fausse. Dans les années 1880, le juge Day avait ordonné la flagellation de membres de gangs à Liverpool, mais aux assises de Warwick ; il n'a pas infligé de telle punition aux Peaky Blinders. En effet, la flagellation n'était appliquée qu'en cas de vol à main armée. De plus, la peine d'emprisonnement la plus longue infligée par Day fut de dix ans – et cela restait exceptionnel. Enfin, Day ne se trouvait plus dans les Midlands au tournant du siècle, il n'a donc pas pu éliminer les Peaky Blinders en deux ans. Soutenir qu'ils menaient des agressions avec des lames de rasoir dans leurs casquettes était, enfin, aussi incorrect que le reste.

Bien qu'il soit né en 1883 et qu'il ait grandi durant les décennies de gangs de cogneurs et de Peaky Blinders, à l'évidence, Tiptaft en savait peu sur eux. Il vivait dans une maison située derrière la quincaillerie de son père, à Spring Hill, et reçut une éducation religieuse, en fréquentant une école privée de Handsworth, un quartier de la classe moyenne. Par la suite, son père devint bijoutier manufacturier. Après l'école, en 1898, Tiptaft entra naturellement dans l'entreprise paternelle et devint voyageur de commerce. De ce fait, il passait beaucoup de temps loin de Birmingham. Nulle part dans son autobiographie, il ne mentionne la délinquance de rue, les Peaky Blinders ou les gangs de cogneurs[9].

Dans les années 1960, le mythe des lames de rasoir s'est imposé dans l'imaginaire populaire, renforcé par le nom de « Peaky Blinder » qui suggère « un pic qui aveugle ». En 1977, le roman largement médiatisé de John Douglas, *A Walk Down Summer Lane*, lui donna un coup de pouce supplémentaire. L'histoire, située dans l'entre-deux-guerres, se déroule dans ce qui était considéré par beaucoup comme le quartier ouvrier pauvre représentatif de Birmingham. De nombreux habitants exprimèrent leur fureur en jugeant que cela renforçait les stéréotypes négatifs. Lane était dépeint comme un lieu de misère, infesté d'ivrognes, de brutes et de mauvais garçons qui ne pensaient qu'à se battre. Douglas écrit ceci :

« Des groupes d'hommes traînent dans la rue en attendant l'ouverture des pubs. Ils portent leurs habits du dimanche, chemises propres, certaines amidonnées, aux poignets effilochés, mais peu ont un col et une cravate, juste un foulard de soie blanche noué autour du cou. Si la tenue est complète, c'est qu'il s'agit d'un Peaky Blinder. Sur la tête de celui-ci trône un couvre-chef particulier : une casquette coupée puis recousue après y avoir glissé des pièces de monnaie, des lames de rasoir ou des morceaux d'ardoise. Parce que les casquettes des peaky blinders sont utilisées dans les combats pour aveugler l'adversaire ou lui taillader les joues. La signature du "blinder". La dernière tendance est de s'acheter une casquette à visière chez Zissman qui vous demandera si vous voulez que la visière soit brisée pour qu'elle descende de biais sur l'œil. La classe.

Des hommes discutent des rixes de la veille. Beaucoup ont des cicatrices, le visage tuméfié, les yeux pochés, les lèvres ou les oreilles fendues. Certains sont à l'écart, avec une pose de gangster, comme sur les photos du *Globe*, où Edward G. Robinson, les mains derrière le dos, joue des épaules[10] ».

En réponse à la représentation de Summer Lane par Douglas, Pauline et Bernard Mannion ont écrit un livre plus simple et réaliste sur la même époque. Ils reconnaissent que « beaucoup d'histoires ont été racontées sur Summer Lane ; certaines sont vraies, d'autres plus fantaisistes ». Ils étaient tous deux de « véritables Summer Laners » et souhaitaient offrir à tous leurs souvenirs des années 1920 et 1930 dans le Lane. L'approche terre à terre des Mannion mettait l'accent sur le voisinage des habitants et la fierté qu'ils éprouvaient pour leur rue, un sentiment qu'ils partageaient avec beaucoup de ceux qui vivaient dans les quartiers ouvriers les plus pauvres de la Grande-Bretagne urbaine. Les auteurs ne cachent pas qu'il y avait des bagarres, surtout le samedi soir, mais c'était aussi le cas dans de nombreux autres quartiers, tout comme il y avait des affrontements de gangs dans les rues latérales : « une bagarre entre les clients de deux pubs, et les fourgons Black Maria quittent en trombes le commissariat [de police] puis reviennent chargés de contrevenants[11] ». Pourtant, les Mannion ne font aucune mention des Peaky Blinders, ce qui n'est pas surprenant car il n'y en avait pas à Birmingham dans les années 1920 et 1930.

Quant aux véritables Peaky Blinders des années 1890 et du tournant du xxe siècle, rien ne prouve qu'ils aient cousu des lames de rasoir dans leurs casquettes. Dans les rapports de police, les tribunaux, les journaux mentionnant les armes utilisées lors des combats de gangs de cogneurs et Peaky Blinders, aucun ne mentionne l'utilisation de lame de rasoir cousue dans la visière d'une casquette. De même, aucune arme de ce type n'est évoquée dans leurs souvenirs par les témoins de l'époque.

George Morris naquit en 1885 à Thorp Street, un « foyer de troubles » dans les années 1890, époque où « deux agents de police ne pouvaient même pas pénétrer dans le quartier sans interférence ». Son père, né à l'endroit que l'on nomme aujourd'hui New Street Station à Bread Street, avait l'habitude de raconter des histoires sur les Peaky Blinders et « les mauvais jours passés de la guerre des gangs » à Birmingham. Il se souvenait d'avoir vu uniquement « des bagarres avec des revolvers, des couteaux, des baïonnettes, des ceintures à boucle, des bouteilles, des briques, et surtout des têtes défoncées[12] ! »

Un argument pertinent est que le type de lames de rasoir attribuées aux Peaky Blinders dans le folklore de Birmingham et la série télévisée n'était pas aisément disponible à l'époque la plus prolifique des gangs. Au XIXe siècle, les hommes se rasaient avec des coupe-choux (rasoir droit à lame de couteau) ou allaient chez le barbier car les rasoirs étaient coûteux. Les rasoirs équipés d'une garde protectrice entre le bord de la lame et la peau se sont répandus à partir des années 1830, mais ils n'étaient pas jetables, ce qui, dans le cadre de ce mythe, est la clé. Pour être insérées dans les visières, les lames auraient dû être jetables ; or, les rasoirs disponibles à l'époque ne l'étaient pas ce qui les rendaient donc inadaptés à cet usage.

En 1880, un brevet sur un rasoir de sûreté à lame amovible fut déposé aux États-Unis. Celui-ci était équipé d'une poignée attachée à angle droit à une tête dans laquelle une lame mince, en acier souple et amovible, était placée. Mais elle n'était pas jetable et, comme celle d'un coupe-chou, son tranchant devait être aiguisé. Ce qui signifiait que l'usage d'un rasoir de sûreté coûtait cher.

Une publicité de 1883 annonçait le prix de différents rasoirs de sécurité ; ils allaient d'un à six shillings (auxquels il faudrait ajouter le prix des savons à barbe, cuirs, brosses et lames.) Achats prohibitifs pour des hommes de la classe ouvrière : un ouvrier non qualifié gagnait environ quinze shillings par semaine. Au début du XXe siècle, le seuil de pauvreté était fixé à une livre (20 shillings) par semaine. En 1904, le nouveau rasoir de sécurité Wilkinson Sword se vendait huit shillings et six pences, avec un étui comprenant six lames de rechange à 35 shillings. Au total, cela représentait plus du double du seuil de pauvreté.

Ce n'est qu'au début du XXe siècle que King C. Gillette réussit à mettre au point une lame de rasoir de sûreté jetable. Les premières publicités apparurent en Grande-Bretagne en 1910… quand les Peaky Blinders et les gangs de cogneurs avaient disparu. Un ensemble de rasoir standard dans un étui en cuir doublé de velours, avec douze lames à double tranchant, coûtait 21 shillings, tandis qu'un ensemble avec savon à raser et blaireau Gillette se vendait entre 25 shillings et 3 livres. De telles sommes étaient hors de portée de la classe ouvrière – si toutefois cela avait été le cas, les premiers Peaky Blinders ne portaient pas de casquettes.

Chapeaux ronds (billycocks) *et casquettes*

Grâce à Arthur Matthison, né en 1870, nous disposons d'un témoignage rare et de première main sur les Peaky Blinders. Il vécut à Summer Lane dans les années 1890, à l'apogée des Peaky Blinders. Lorsqu'il avait dix-huit ou dix-neuf ans, son père devint responsable du registre d'état civil pour le district de St George. À ce titre, la famille s'installa dans une grande maison sur Summer Lane. En 1937, Matthison rassembla ses souvenirs dans un livre :

« Avec ses taudis, c'était l'une des rues les plus repoussantes de Birmingham, et le rendez-vous des durs que l'on nommait "Peaky Blinders". Il y a quarante ans, ces gars-là, issus de la pauvreté et de la misère, étaient la terreur des gens respectables. Le Peaky Blinder était fier de son apparence et jouait son rôle à merveille. Il allait vêtu d'un pantalon à pattes d'éléphant, retenu par une ceinture à boucle, d'un veston rehaussé d'une écharpe voyante, d'un chapeau rond (*billycock*) à long bord et chaussé de bottines cloutées. Le chapeau se portait très incliné sur un œil, d'où le nom de *peaky blinder*. Ses cheveux étaient rasés tout autour de la tête, à l'exception d'un long toupet plaqué sur le front. En général, il faisait partie d'un gang de cogneurs, et de terribles combats avaient lieu entre gangs rivaux. Le Peaky Blinder était aussi la terreur de la police. Tous les samedis soir, on les voyait se promener par paires le long de Summer Lane. Personne de ma famille n'a jamais été agressé, sans doute parce que nous étions voisins de l'un d'eux ? Nous étions traités avec courtoisie, comme adoptés en quelque sorte. J'étais employé au Bureau télégraphique à l'époque, je rentrais chaque jour à la maison vingt-quatre heures après ma prise de service. Les brutes que je croisais me faisaient toujours un petit signe de camaraderie en me voyant. Un soir, alors que j'avais joué dans un spectacle amateur, je suis rentré vers minuit avec mon costume de scène, un uniforme de cavalerie, et j'ai croisé un couple de beaux traînant à l'entrée d'un bâtiment. L'un d'eux a dit : “Vl'a le cocher. On va lui retirer ses éperons bien astiqués.” L'autre m'a regardé attentivement, puis a répondu : “Laisse tomber, c'est juste le bâtard du greffier.” Mon illégitimité présumée m'a sans doute évité des coups ce jour-là et je me sentis assez fier d'avoir été reconnu comme un homme et un frère de crime[13]. »

La description des vêtements que livre Matthison est étayée par d'autres plus contemporaines. En

1890, Arthur Cotton, un voyou, fut nommé membre du gang *bell-bottom* (pattes d'éléphant) de Charles Henry Street. Ce type de pantalons faisait partie de la panoplie réglementaire. Un an plus tard, les gangs étaient surnommés « équipes à pattes d'éléphant[14] ». La partie large du pantalon était souvent ornée d'une ligne de boutons en forme de perles[15]. Quant au chapeau rond devenu couvre-chef des Peaky Blinders au début des années 1890, c'était un type de chapeau melon caractéristique des ouvriers de l'époque. Un article du *Birmingham Daily Post* du 19 mai 1891 le mentionne à propos d'un homme retrouvé mort dans le canal de Saltley : « [...] il appartenait manifestement aux classes ouvrières, car il portait une veste de serge bleu foncé, un pantalon en velours côtelé, des bottines à lacets et un chapeau *billycock*[16] ».

Le récit de Matthison soulignant que les Peaky Blinders tirent leur nom de leurs chapeaux ronds inclinés sur l'œil est corroboré par les souvenirs d'autres personnes. En 1936, F. Atkins écrivit au *Birmingham Weekly Post*, en déclarant que les vêtements des Peaky Blinders se composaient de pantalons mesurant 22 pouces autour de la cheville et 15 pouces autour du genou, et que certains préféraient les moleskines ou les cordons. Parfois, ils portaient un *daff* en soie enroulé deux fois autour du cou et noué aux extrémités. On appelait alors cette sorte de cravate un « ras-de-cou ». Quant au chapeau, c'était un melon dont le bord s'ajustait aux côtés de la tête, tandis que l'avant pointait comme le bec d'une cruche. Ceci était obtenu en mouillant le bord, puis en le réchauffant au feu pour lui donner la forme requise.

Comme l'a également observé Matthison, le bord du chapeau était incliné sur le côté de la tête de façon à montrer de l'autre côté, les cheveux en « touffe[17] ». Le père de Norma L. Beattie est né à Langley Road, Small Heath, en 1879. Elle confirme « qu'il n'y avait plus de Peaky Blinders dans les années 1920 », mais ils étaient bien présents quand son père était jeune homme : « ils portaient des chapeaux melon avec le devant rabattu en une visière et tiré bien au-dessus de leurs yeux, d'où leurs noms de "Peaky Blinders"[18] ».

La police de Birmingham a été le premier corps du pays à enregistrer et conserver les photos de personnes en garde à vue. À ce titre, le West Midlands Police Museum possède une collection importante de photos de prisonniers, dont un grand nombre prises entre 1892 et 1895[19]. Parmi les têtes à chapeaux, on trouve soixante-quatre chapeaux melons/ronds, cinquante-neuf casquettes plates et quatre autres types de couvre-chefs. En revanche, sur les photos de prisonniers de 1903 à 1907, quatre cent soixante-dix-neuf ont des casquettes plates et soixante-treize des chapeaux melons/ronds ; seulement une poignée portaient un autre type de chapeau. Ce changement marqué de mode se reflétait dans le couvre-chef des Peaky Blinders.

Né en 1892, V. W. Garrett a grandi à Bath Row, un quartier pauvre. Dans l'histoire de sa vie, publiée en 1939, les gangs de durs étaient composés de Peaky Blinders « qui portaient des casquettes à longue visière et de larges pantalons à pattes d'éléphant effilées jusqu'aux genoux. Une rangée de boutons en laiton cousus sur le devant leur donnait une allure distinctive supplémentaire. » Comme armes, ils se servaient de ceintures et de poings américains[20].

Fred Sutton, né en 1898 et ayant grandi à Aston, livre lui aussi un témoignage de première main sur les Peaky Blinders. Il mentionne les couvre-chefs en expliquant qu'ils appartenaient « forcément à des Peaky Blinders parce qu'ils étaient inclinés sur les yeux. Vous voyez la pointe. Eh bien, ils avaient l'habitude de l'enfoncer très bas pour cacher leurs yeux. On ne voyait pas leurs yeux quand on leur parlait, il fallait faire avec, vous voyez ce que je veux dire. La visière était courbée vers le bas, c'était comme ça[21]. » Avant la Première Guerre mondiale, cette façon d'accentuer la visière sur le visage fut commentée dans divers journaux.

Le choix de remplacer le chapeau rond par la casquette s'est accompagné d'un changement dans la coupe des cheveux. À la fin des années 1890, les Peaky Blinders avaient opté pour les cheveux courts coupés avec une « frange d'âne[22] » (frange d'âne : plus longue d'un côté et plaquée sur l'œil). Selon le *Birmingham Mail*, cette mèche « donnait une apparence diabolique au visage de celui qui la portait[23] ». À l'été 1906, alors que l'existence des Peaky Blinders touchait à sa fin, un nouveau style de coiffure « peaky » fut remarqué au palais de justice de Birmingham. Habituellement, « le hooligan local a les cheveux rasés à l'exception d'une frange, qu'il plaque soigneusement sur son front. Ce style particulier est apparemment passé de mode, la raie centrale l'a remplacé. » En ajoutant celle-ci à la tête rasée, l'effet était considéré comme plutôt curieux[24].

Geoffrey Pearson, un pionnier de la recherche sur le hooliganisme et les gangs, note que les hooligans de Londres adoptèrent également « un code vestimentaire uniforme composé de casquettes à visière, foulards, pantalons à pattes d'éléphant serrés au genou, de lourds ceinturons de cuir avec des motifs en clous métalliques et les cheveux ras avec une frange d'âne pendant sur le front[25] ». Les *scuttlers* de Manchester et de Salford arboraient un style similaire : ils portaient des pantalons à pattes d'éléphant et des foulards de soie colorée autour du cou, leurs cheveux étaient coupés très courts, tout en laissant de longues franges, « lissées et collées sur le front au-dessus de l'œil gauche ». Les casquettes « à longue visière-pigeonnier » étaient également portées inclinées sur la gauche pour laisser la frange visible[26]. »

Pourtant, à Birmingham, on constatait des différences dans les tenues des Peaky Blinders en fonction de leurs revenus, comme l'a commenté J.R.C. en 1899, dans le *Central Literary Magazine*. Cet auteur expliquait que les Peaky Blinders se déplaçaient en gang de vingt personnes ou plus et que leurs vêtements variaient :

« Selon leur niveau de respectabilité, on pouvait distinguer des Peaky Blinders portant des vestes de velours, des écharpes aux couleurs vives, d'énormes anneaux en métal, et une cigarette entre les lèvres pour parachever l'allure ; et d'autres, plus négligés, en velours grossier. L'attroupement ressemblait à une armée qui terrorisait les petits commerçants et constituait une menace perpétuelle à la routine monotone des policiers qui pouvaient craindre pour leur sécurité, si ce n'était pour leur vie. »

Pour cet auteur, un gouffre séparait le Peaky Blinder du vrai citoyen. Né de parents négligents ou indifférents, la rue était son seul terrain de jeu dès le plus jeune âge. C'est là qu'il trouvait ses copains « parmi des lascars tout aussi défavorisés, parce qu'il sentait que personne ne se souciait de lui. Par extension, il estimait n'avoir aucun devoir envers autrui. Le Peaky apprend très tôt à connaître et mesurer la force de ses ennemis, parmi lesquels il inclut des êtres aussi "inutiles" que les directeurs d'école exigeant l'assiduité, les employeurs, les propriétaires de biens immobiliers, les "flics" et les "beaks" (juges). Sa vie quotidienne était une suite de bagarres après les repas, de bêtises ou de pratiques sportives allant du foot de rue au *pitch and toss*, exercées à l'écart dans une cour ou une ruelle[27] ».

Cependant, bien que marginalisés dans la société, les Peaky Blinders et les cogneurs n'étaient pas exclus de leurs propres communautés. Ils vivaient dans des quartiers populaires et exerçaient une grande variété de professions. Les affaires judiciaires de l'époque nous apprennent que beaucoup étaient employés comme ouvriers ou dans le commerce de métaux, l'un était même artisan batteur d'or, certains étaient décrits par la police comme des gars qui travaillaient dur.

Beaucoup de dirigeants méprisaient ouvertement les Peaky Blinders et les cogneurs, parce qu'ils étaient issus d'un groupe en marge de la vie civique. Pourtant, un examen plus approfondi révèle une image différente. Professionnellement, ils n'appartenaient pas à la catégorie des « rebuts », des criminels ou des inemployables, mais aux rangs d'ouvriers industriels formant la majorité de la jeune main-d'œuvre masculine de Birmingham. « Bred and Born Brum », publié dans le *Birmingham Weekly Post*, en 1936, soulignait que le Peaky Blinder était « juste un travailleur ordinaire ». On le trouvait à son travail pendant la journée : dans une fonderie de laiton, au tournage ou à l'étau, ou encore comme polisseur ou dans l'atelier de moulage[28].

Les recherches de Heather Shore sur les gangs de rue et les hooligans de Londres corroborent cette observation. Elle a identifié les garçons et les jeunes impliqués dans la violence de rue, au sein de leurs communautés ouvrières, qui n'étaient pas simplement des bidonvilles. Pour la plupart, ces jeunes « appartenaient à des communautés de classes mixtes dans lesquelles ils travaillaient, buvaient et se fréquentaient ». Manifestement, la rhétorique de la presse victorienne qualifiait les hooligans de criminels, mais « en réalité, l'appartenance et l'identité aux gangs de rue étaient probablement plus désorganisées, plus flexibles et plus éphémères que ne le croyaient les contemporains ». L'étude de H. Shore montre que la plupart des jeunes londoniens étudiés travaillaient surtout dans des métiers peu qualifiés, comme cela semblait être le cas à Birmingham. Il se peut que les gangs leur aient offert un refuge. Puisqu'ils étaient marginalisés socialement, l'insigne identitaire d'appartenance à un gang de rue lié au petit territoire dans lequel ils vivaient avait un sens[29].

Dans un article de journal de 1901, les Peaky Blinders étaient appelés « Arry » et les jeunes femmes qui leur étaient associées, « Arriet ». Ces termes génériques étaient insultants : on peut les comparer à l'utilisation péjorative de « Kevin » et « Sharon » dans la société britannique moderne. En général, les jeunes femmes liées aux Peaky Blinders étaient peu mentionnées dans les journaux, sauf quand elles avaient été agressées. En 1901, par exemple, les lecteurs du *Birmingham Daily Gazette* furent troublés par le cas d'un Peaky, dénommé Dennis Kennedy, localisé à Lower Loveday Street, qui écopa de deux mois de prison pour avoir agressé Isabel Madden. Il venait de purger trois mois pour avoir attaqué sa sœur. Au tribunal, Madden déclara que Kennedy avait traité son enfant de bâtard, mais nia être liée à lui. Cependant, elle expliqua « avoir toujours été en contact avec le jeune homme et qu'il la traitait bien quand elle sortait avec lui ». Elle admit avoir peut-être griffé Kennedy avec son épingle à cheveux et qu'il avait une fine ligne rouge sur le visage mais, bien qu'il l'ait frappée en premier, elle lui pardonnait[30].

Le journaliste déclara que cette affaire jetait un éclairage peu agréable sur la vie de certains habitants de la ville. Mais surtout, une fois de plus en ce qui concernait la classe ouvrière, et en particulier les plus pauvres, cette vision était filtrée par le prisme de la classe moyenne. Il est important de citer les recherches et découvertes de l'historien Alan Mayne sur la représentation à faire sensation des « bidonvilles », dans les journaux de la fin de l'époque victorienne. De nombreux observateurs de la classe moyenne dénigrèrent les quartiers les plus pauvres en soutenant que c'étaient des lieux sombres, lugubres et iniques, où dominaient la pauvreté, mais aussi la violence, le vice, la criminalité et l'abus d'alcool. Les hommes étaient des voyous, les femmes bonnes ou mauvaises ménagères, mais souvent victimes de compagnons ou de maris brutaux[31].

Davies discute de ces questions dans son excellent article sur la jeunesse, la violence et les fréquentations à la fin de l'époque victorienne à Birmingham. Il s'est concentré sur le cas de James Harper, un polisseur de métaux de dix-huit ans. En décembre 1898, ce dernier fut reconnu coupable d'homicide involontaire sur Emily Pimm, son ancienne « chérie », à qui il donna des coups de pied à la tête et au corps alors qu'elle était prostrée sur le sol.

La presse de Birmingham commenta lourdement le statut présumé de Harper, membre d'un gang ou Peaky Blinder, habitant – comme Pimm – un taudis à Summer Lane, le quartier le plus « notoire » de la ville. Pourtant, différentes sources montraient que Harper et sa famille étaient respectables, et que lui ne s'habillait pas en Peaky Blinder. Néanmoins, dans la presse locale et dans le système judiciaire, l'affaire fut rapidement tranchée : Harper, un membre violent de gang, s'était octroyé le privilège du « mari de bidonville » qui battait sa femme. On considéra cet « habitant de bidonville » en marge de la société comme incapable de contenir ses pulsions sauvages, et son comportement comme une tache sur la civilisation. Les actes de Harper étaient sans aucun doute violents et moralement corrompus, mais les attribuer uniquement à sa situation sociale est incorrect et injuste envers ceux qui partageaient les mêmes conditions de vie. L'analyse de Davies jette un doute sur la violence limitée aux seuls « habitants des bidonvilles ». Tout en étant loin d'être universelle dans les couples qui se fréquentaient ou dans le mariage, la violence était coutumière et s'étendait à toutes les classes sociales[32].

Après le tollé provoqué par le comportement de Harper, le *Birmingham Mail* envoya un journaliste à Summer Lane afin de recueillir l'opinion des jeunes habitants. L'une des personnes interrogées était la compagne d'un Peaky, une *moll.* Grâce à elle, les lecteurs eurent un aperçu de « la méthode en cours dans la fraternité des pattes d'éléphant sur la façon de faire l'amour ». Ils apprécièrent sûrement la description de cette femme « exotique », appartenant à la « sous-classe ». La *moll* était facilement identifiable grâce à sa robe et à sa coiffure reflétant le Peaky lui-même. Elle portait un étalage somptueux de boutons de perles, une frange qui obscurcissait son front et descendait sur ses yeux, un foulard de soie de couleur voyante couvrait sa gorge, sa tête était coiffée d'un large chapeau élaboré, décoré de plumes et de coquelicots.

Selon l'article, la *moll* se glorifiait des cicatrices de son amant, chacune étant une preuve de sa virilité[33]. Ce point fut réitéré six ans plus tard par un autre journaliste. Ce dernier révéla qu'un Peaky Blinder privilégiait les cheveux rasés pour afficher les cicatrices laissées par la ceinture à boucle et la matraque du policier. Comme un soldat avec les médailles reçues avec honneur pour ses actes, le Peaky appréciait ses marques, car sa *moll* les regardait avec une fierté ostentatoire. Plus il avait de cicatrices ornant son crâne rasé, plus nombreuses étaient les amoureuses qui lui tournaient autour[34].

Il est important de noter que les représentations des Peaky Blinders et des jeunes femmes qui leur étaient liées sont vues à travers le prisme de journalistes de la classe moyenne ; de ce fait, elles sont imprégnées de préjugés de classe. Comme Benny Green l'a observé avec acuité, les masses urbaines dans leur ensemble ne sont jamais apparues pour elles-mêmes « mais seulement comme des individus qui pourraient être transformés[35] ». C'était d'autant plus le cas pour les groupes en marge de la classe ouvrière, comme les Peaky Blinders, dont aucun ne s'exprimait par lui-même.

Contrairement à ces récits de la classe moyenne, une source rare et précieuse issue de la classe ouvrière plus pauvre est fournie par Cecilia Costello, née Kelly. Née en 1884, elle grandit dans les taudis autour de Bull Ring. Ses parents étaient originaires de l'ouest de l'Irlande. Son père, Edward, lui apprit les chants traditionnels. Cecilia fut découverte par des acteurs de la musique folklorique en 1951. En 1967, Charles Parker et Pam Bishop recueillirent un grand nombre de ses souvenirs et chansons. Voici ce qu'elle raconta au sujet des années 1890 :

« Les pantalons des jeunes hommes, dits à pattes d'éléphant, étaient coupés de façon à flotter comme une jupe de femme. Les garçons portaient toujours une casquette assortie et une écharpe en soie noire avec un motif cousu ou tricoté. Pour les Irlandais, c'était un trèfle vert, pour les Anglais, une jonquille. Les écharpes n'étaient pas nouées comme aujourd'hui : on les portait détachées, pour que les pans se balancent, avec la casquette d'un côté et le pantalon à pattes d'éléphant. De nos jours, les hommes sont banals et ne font plus rêver, on n'a pas envie de les regarder ! Même chose pour les femmes. Alors que les petites copines de Peaky avaient un grand chapeau sur la tête, et leur homme accroché au bras.

Et ils chantaient :
Mon mec est un Peaky, rien de pire que ça
Il a un pantalon à pattes d'éléphant
Et un chapeau de Peaky Blinder
Des bagues aux doigts
Un daff autour du cou
Venez donc y voir les fouille-merde[36] ! »

À Manchester et à Salford, Davies a trouvé des preuves de *scuttlers* féminins. Des indices montrent aussi que certaines jeunes femmes de Birmingham étaient activement impliquées dans les gangs de Peaky Blinders[37]. J.R.C. note que les Peaky Blinders n'étaient pas uniquement des hommes, et que « leurs sœurs se livraient aussi aux saccages, en étant trop souvent des aides ou des complices de leurs compagnons de rue masculins[38] ». Un rapport de police de mai 1897 le confirme : deux gangs inquiétaient la police dans la région de Bath Row. Les représentants de l'ordre se rendirent dans Owen Street, où une bagarre était signalée. Ils se trouvèrent face à une bande de jeunes armés de bâtons, parmi lesquels il y avait une vingtaine de filles[39].

À la fin des années 1890, Birmingham se considérait comme la ville la mieux gouvernée au monde grâce à son conseil municipal efficace, sa gestion et sa fourniture de gaz, eau et autres services. Le *Sheffield Evening Telegraph* le soulignait : « La capitale des Midlands ouvre la voie avec ses nombreuses manifestations d'esprit public. » Pourtant, c'était humiliant que la brutalité y soit si répandue et bon marché. Une situation grave prévalait, des outrages étaient commis au coin des rues. « Birmingham possédait un nombre peu enviable de vauriens ». Le journal du Yorkshire soulignait que ces individus étaient les personnes les plus ignobles du monde et que les magistrats de la ville devaient prononcer une peine d'emprisonnement maximale dans chaque cas de violence perpétrée par un Peaky Blinder dont l'infraction était prouvée[40]. Le règne de ces voyous était si néfaste que Birmingham était souvent considérée comme « la ville des Peaky Blinders[41] ».

Ce terme désignant les membres des gangs de cogneurs de la ville fut écrit pour la première fois dans la presse au printemps 1890. Il était déjà courant de désigner ainsi ceux qui portaient leurs chapeaux tirés sur un œil. Le samedi 22 mars, entre l'heure du thé et 23 heures, George Eastwood, un jeune homme, entra dans le *Rainbow*, un pub situé au coin de High Street Bordesley et Adderley Street, et commanda une bouteille de bière au gingembre. Peu de temps après, des hommes connus sous le nom de « gang des Peaky Blinders » y entrèrent. Eastwood, qui habitait le quartier, connaissait le gang de vue. Ces hommes à la mauvaise réputation, « commencèrent à lui faire des remarques offensantes parce qu'il buvait de la bière et non de l'alcool. » Alors qu'Eastwood interpellait le patron du pub en demandant si oui ou non il était libre de choisir sa boisson, l'un des cogneurs le bouscula. Heureusement, la tension redescendit dès que les trois hommes s'en allèrent. Mais quand Eastwood rentra chez lui, il fut suivi.

En atteignant une partie isolée d'Adderley Street, où deux ponts enjambent la route, Thomas Mucklow, le capitaine du gang cria : « Allez-y les gars ! » Les garçons commencèrent alors à frapper Eastwood qui tenta de se défendre tant bien que mal. Il reçut un terrible coup de ceinture, porté, selon lui, par un dénommé Groom. Eastwood tomba à terre où on le bourra de coups de pied et de ceinturon. Quand il put enfin se relever, une foule le pourchassa jusqu'à l'entrée de Allcock Street Board School où il escalada le mur, traversa la cour de récréation, escalada de l'autre côté pour ressortir dans Allcock Street, où il put se réfugier dans la maison de M. Turner. Eastwood était épuisé et saignait abondamment. Le gang était posté à l'extérieur de la maison de M. Turner et criait : « Si on le chope, on le tue ! ». Ce n'est pas avant le lendemain midi qu'Eastwood put être transporté à l'hôpital Queen. L'infortuné avait subi de graves blessures à la tête, sur tout le corps et les deux jambes. Sur le front, une blessure longue de plusieurs centimètres, l'os frontal était gravement fracturé, « la matière cérébrale également atteinte ». Il avait une autre grave blessure au cuir chevelu et le crâne dénudé.

Eastwood dut être trépané, à l'aide d'un instrument ressemblant à une attelle et un mors de charpentier. Le chirurgien retira une section circulaire d'os du crâne. Sans surprise, le blessé, dans un état critique, resta à l'hôpital près de vingt-quatre jours. Une fois l'agression signalée à la police, une recherche fut lancée le samedi et se poursuivit jusqu'au dimanche soir. Mais craignant les conséquences de leurs actes, les auteurs avaient fui. Un mandat d'arrêt fut émis contre eux[42].

Deux semaines plus tard, un habitant de Birmingham écrivit au journal londonien *St James's Gazette* :

« Il existe à Birmingham et dans le quartier voisin d'Aston ce qu'on appelle des "gangs de cogneurs", qui se plaisent à attaquer et à brutaliser des personnes insouciantes sur les routes isolées. Récemment, ces voyous s'en sont pris à un homme et l'ont martelé de coups de pied jusqu'à ce qu'une pauvre femme les supplie d'arrêter. Ils l'ont bousculée à son tour. Samedi dernier, un jeune homme dénommé Eastwood a été violemment agressé par un certain nombre de voyous de Small Heath, appartenant au gang des Peaky Blinders. D'après le témoignage de ce monsieur, la police ne sait plus où donner de la tête[43]. »

Cette lettre reçut une large couverture dans les journaux, d'Aberdeen jusqu'à Chichester, sous le titre « Gangs des cogneurs[44] ». Le gang fut désigné comme étant celui de Small Heath Peaky Blinders. Cependant, Gooderson précisa qu'Adderley Street se trouvait, en fait, à Bordesley[45]. Comme tous les quartiers centraux de Birmingham, il fusionna avec les zones voisines de Deritend, Camp Hill, St Bartholomew et Small Heath. Ce dernier chevauchait la route principale de Coventry

Road, qui commençait près d'Adderley Street. Il y avait beaucoup de logements rudimentaires du côté de Small Heath ; plus loin se trouvaient de grandes maisons dans les rues associées à la classe moyenne.

Thomas Mucklow, un ouvrier de vingt-quatre ans, fut le seul membre du gang d'Adderley Street à être arrêté par la police et accusé d'avoir violemment agressé Eastwood. Dans le *Birmingham Mail*, on put lire le déroulement de la scène survenue dans le pub : lorsque la victime commanda sa bière au gingembre, Mucklow lança : « Pourquoi tu bois cette piquette ? » Eastwood répondit : « Mêle-toi de tes affaires ». Mucklow le défia, Eastwood refusa de se battre. Le gang quitta les lieux peu avant onze heures, mais attendit Eastwood. Ce dernier admit que ce n'était pas le coup de Mucklow qui avait causé ses blessures, mais celui infligé par l'un des deux autres hommes qui l'accompagnaient. En mai, les magistrats envoyèrent Mucklow aux Sessions pour y être jugé. Il fut libéré sous caution (cinquante livres payées par lui-même), une somme très importante pour un ouvrier non qualifié qui pouvait s'estimer heureux de gagner dix-sept shillings et six pences par semaine[46].

En juin, Mucklow fut reconnu coupable d'avoir infligé par malveillance des lésions corporelles graves. Fait intéressant, l'inspecteur-détective Drinkwater déclara qu'il n'était pas un voyou des rues, mais un homme travaillant dur. Cela met en évidence un point important : de nombreux Peaky Blinders n'étaient pas simplement des bons à rien ou des délinquants, mais des jeunes gens et des adultes occupant des emplois respectables, dont la vie en dehors du travail semblait intrinsèquement liée au combat. Malheureusement pour Mucklow, bien qu'il n'ait pas été le chef de file, la police n'obtint pas de preuves suffisantes pour justifier l'arrestation de son complice qui avait assené les coups de ceinture au malheureux Eastwood. Lors de la condamnation de Mucklow, l'avocat général déclara que l'affaire « était très mauvaise, mais qu'il tiendrait compte de la bonne moralité du prisonnier et, que par conséquent, il serait emprisonné pour neuf mois avec travaux forcés[47] ».

Cela semble avoir été une expérience éprouvante pour Mucklow. Les prisons appliquaient le « système silencieux », conçu pour briser la volonté des condamnés en leur imposant un silence total et un travail dur, long, inutile et épuisant, comme marcher sur un tapis roulant. Il s'agissait d'une roue géante avec des lattes auxquelles les prisonniers s'agrippaient pour remonter la roue pendant dix minutes, suivies d'une pause de cinq minutes. Cela durait huit heures et revenait à grimper près de trois kilomètres. Une autre tâche pour le prisonnier consistait à tourner la manivelle de sa cellule – des pales dans une boîte remplie de sable – afin de gagner sa nourriture.

Après sa libération, lors du recensement de 1891, Mucklow apparaissait comme charretier vivant avec sa femme, Elizabeth, au 160 Adderley Street dans la maison de ses beaux-parents. George Groom, son beau-père était transporteur et sa femme, Mary, ouvrière de boutons de perles. Cinq autres personnes vivaient également dans la maison. Parmi elles, George, le fils des Groom, âgé de vingt ans, charretier aussi[48]. C'était un homme du nom de Groom qui avait été identifié par Eastwood comme étant celui qui lui avait assené un terrible coup de ceinture à boucle. Il échappa à la justice.

Croisade contre les ruffians

Au cours des quinze jours qui suivirent l'assaut brutal contre George Eastwood, sept policiers supplémentaires furent affectés dans le quartier de Milk Street en raison de la querelle qui opposait les gangs de Milk Street et Barr Street. Ils se livraient bataille pour la suprématie du quartier, les deux rues étant à quelques centaines de mètres l'une de l'autre. Le 5 avril 1890, cinq jeunes des deux gangs furent arrêtés. Chacun écopa d'une amende de vingt shillings plus les frais ou, s'il ne payait pas, d'un mois d'emprisonnement avec travaux forcés. Dans une autre bagarre entre gangs, un homme tira au pistolet, un autre brandit une pioche. En tentant de procéder à une arrestation, l'agent Bertie reçut une brique lancée par John Bloxwich, un voyou déjà condamné pour voies de fait. Il fut renvoyé en prison avec trois mois de travaux forcés.

Le frère de Bloxwich, Benjamin alias Block, résidant au 21 Court, 4 House, Milk Street, était tout aussi violent. Le 7 avril, il fut accusé d'agression sur Frank Nolan, qui appartenait au gang de Barr Street et qui marchait le long de Coventry Street, ce soir-là. Bloxwich le renversa, puis le frappa à la tête avec une boucle de ceinture. Quand l'agent Meeson arriva sur les lieux, il entendit Bloxwich jurer de faire sauter la cervelle de sa victime. Comme le voyou se montrait belliqueux, l'officier dut sortir son bâton pour procéder à son arrestation.

Au tribunal, Arthur Chamberlain déclara : « Il est évident que le prisonnier appartient à une bande dangereuse, qui se bat continuellement dans la rue. Les magistrats sont déterminés à mettre un terme à ce genre de comportement et à l'utilisation de ceinture à boucles comme armes ; le prisonnier doit aller en prison pour deux mois, avec travaux forcés. » Quant à Nolan, il fut transporté, inconscient, au Queen's Hospital. Les médecins constatèrent onze blessures au cuir chevelu, dont quatre exposant l'os crânien[49].

En rapportant ces combats, le *Birmingham Daily Post* titra « Croisade contre les ruffians ». Mais celle-ci échoua. Le mercredi 9 avril 1890, le gang de Highgate Street, « un gang notoire de canailles », provoqua une violente émeute à proximité de Longmore Street, Balsall Heath (alors dans le Worcestershire). Certains étaient armés de bâtons en caoutchouc, d'autres de catapultes fabriquées à l'aide de boyaux avec des munitions en plomb, d'autres encore brandissaient des ceintures à boucles, lourdes et redoutables. L'agent Dysons arrêta Henry Butterworth, le chef de gang, l'un des plus turbulents. Même menotté, celui-ci se montrait violent. Ses comparses continuaient d'agresser l'officier à coups de pied. Dysons fut gravement blessé au genou et mordu par Butterworth.

Un jeune homme tenta d'aider l'officier, mais il fut également attaqué et finit par s'enfuir. Une foule nombreuse s'était rassemblée mais « personne d'autre n'osa lever la main pour secourir le policier par peur d'être attaqué. L'officier était si étroitement encerclé qu'il lui était quasiment impossible de parer les coups. » Un témoin raconta : « Je voulais lui porter assistance, mais si je l'avais fait, c'est moi qui aurais eu le crâne fracassé et les côtes brisées. » Il expliqua que le spectacle des voyous essayant de sauver leur « copain » était glaçant, ils cherchaient à droite à gauche des briques, des pierres. L'un d'eux aurait dit : « Par ici, il y a des morceaux de charbon à balancer sur le flic. » Ils sortirent aussi des sangles à boucle de leurs poches.

L'agent Dysons réussit enfin à tirer son prisonnier jusqu'à la boucherie de M. Swadkins, mais les voyous l'en sortirent à nouveau. Une fois de plus, le policier parvient à se mettre à l'abri. C'est alors que « M. Swadkins, avec un aplomb inouï, fit face à la foule en se carrant dans l'embrasure de la porte, un couteau à la main, pour tenir en garde les ruffians. » Deux policiers arrivèrent en renfort. Butterworth fut condamné à six mois de travaux forcés[50].

La même semaine, un autre gang de cogneurs agressa un homme à Perry Barr. Le gang de Sparkbrook terrorisa tellement le quartier en attaquant les piétons, en particulier les femmes et les enfants, qu'il fallut augmenter les forces de police[51].

Avec son lectorat de la classe ouvrière davantage susceptible de subir les assauts des cogneurs, que la classe moyenne qui lisait le *Birmingham Daily Post*, le *Birmingham Mail* manifesta son inquiétude envers « cette loi de la foule à Birmingham ». Un article du 11 avril titra sur le chahut et les comportements violents en augmentation. Il y avait des gangs de cogneurs dans de nombreux quartiers de la ville. Les plus inoffensifs se limitaient à utiliser un langage obscène dans la rue, « mais les gangs les plus connus étaient composés de jeunes qui, individuellement, étaient lâches, mais collectivement, sans aucune limite à leur violence ». Ces associations de ruffians se regroupaient sans intention précise : « Leur seul but était de former une ligue de protection mutuelle. Il était admis que chaque district ait son gang de cogneurs, composé de jeunes âgés de dix-sept à vingt et un ans, qui infestaient les coins de rue. Si la police se mettait en alerte, les jeunes couraient s'installer dans les troquets, où ils discutaient de leurs activités. »

Parmi les gangs tristement célèbres figurait le Digbeth Gang, qui avait été impliqué dans une attaque vicieuse contre le directeur du Canterbury Music Hall, ayant entraîné sa mort. Il y avait aussi le gang de Whitehouse Street, « connu pour ses agressions contre des innocents ayant la malchance de se trouver, tard le soir, près du terrain vague d'Aston ». Les gangs de Suffolk Street et Summer Lane étaient « célèbres pour leur anarchie et leur sauvagerie ». Les courtes peines d'emprisonnement eurent peu d'effet sur ces voyous. Le gang de Park Street, par exemple, se vantait de compter parmi ses membres un jeune qui avait passé près de onze mois en prison sur les douze derniers de l'année.

L'article du *Birmingham Mail* poursuivait sur la matraque, la nouvelle arme préférée des gangs :

« Un bâton court, alourdi à une extrémité, pouvant être dissimulé dans la manche. Les cogneurs ont aussi une prédilection pour les tisonniers auxquels ils nouent un mouchoir rempli de pierres. La gutta-percha (latex) ou le boyau de chat deviennent aussi des armes redoutables entre leurs mains expérimentées. Bien sûr, il y a toujours la brique, la ceinture à boucle et le couteau à cran d'arrêt. Celui qui est désigné pour utiliser son couteau dans une rixe est surnommé le "chasseur". Cela signifie qu'il doit poignarder la victime dans le dos lorsque les autres méthodes d'agression n'ont pas été suffisamment efficaces, sans porter de coup fatal si possible. »

Chaque gang avait un chef. En plus des combats entre gangs, une bande attaquait parfois le lieu de prédilection (pub) d'un gang ennemi, pour le détruire ou pour rançonner les clients qui s'y trouvaient. De telles actions soulignaient la territorialité des gangs.

Malgré tous les indicateurs d'une violence en augmentation, y compris à travers les rapports d'officiers de police, le chef de la police, Joseph Farndale, affirma lors d'une réunion du comité de surveillance, le 22 avril 1890, qu'« il n'avait aucune preuve d'existence de gangs de cogneurs dans la ville depuis longtemps, et que les superintendants rapportaient depuis des années que leur nombre et leur influence avaient diminué ». Le *Birmingham Mail* du 23 avril moqua les propos de Farndale, citant M. Dugtale[52], juge à Birmingham, et ses préoccupations concernant la délinquance de rue. Plusieurs condamnations exemplaires avaient été prononcées peu de temps avant le 22 avril.

Lors des audiences de Worcester Quarter plus tôt en avril, John Harper du gang de Sparkbrook fut condamné à dix-huit mois de prison pour l'agression sauvage de l'agent Bayliss. Le vice-président du tribunal fit remarquer que la peine était sévère à titre dissuasif[53]. Harper, comme son frère Thomas, étaient connus de la justice. Pour le coup de pied donné à Bayliss, Thomas fut condamné à six mois de travaux forcés. Les frères étaient « la terreur du quartier ». Ils agressaient les gens, surtout le samedi soir, et les plaintes s'accumulaient contre eux[54].

Une peine d'emprisonnement plus longue avait été prononcée le 16 avril contre Thomas Henry Everall, ouvrier, âgé de dix-huit ans. En novembre de l'année précédente, lui et Albert Chaplin, âgé de vingt ans, ouvrier aussi, avaient attaqué George Onions. Ils lui reprochaient d'avoir donné un coup de pied à un chien appartenant à l'un de leurs gangs. Pour se venger, ils le frappèrent à coups de pied et de chaîne métallique. Onions resta hospitalisé onze semaines. En condamnant les deux hommes, le juge déclara : « Les agressions de ce type sont les plus répandues dans la ville aujourd'hui. Si on ne fait pas preuve de sévérité, cela se terminera par des meurtres. Il est intolérable que des bandes de jeunes empêchent les gens paisibles de se promener la nuit sans être agressés. » Everall, le chef du gang qui avait organisé l'expédition punitive, écopa de cinq ans de prison et Chaplin fut condamné à quinze mois de travaux forcés[55].

Dans le *Birmingham Mail*, on put lire :

« Les peines sont bien ciblées pour semer la terreur parmi les chefs de gangs qui émergent à Birmingham depuis quelques mois. On peut espérer un effet pacificateur dans les quartiers. Personne n'est disposé à contester la sévérité des peines. Le juge constate les actes de violence, tout le monde les constate. À moins d'une éradication immédiate, les agissements de ces vauriens se termineront comme lors de l'émeute de Navigation Street, par une pendaison et la fausse impression que la miséricorde est facétieuse à l'extrême[56]. »

Au regard du nombre de rapports alarmistes, il est évident qu'à la fin des années 1880, de nombreux quartiers pauvres de Birmingham étaient effectivement en proie à des gangs de rue et le problème, c'est qu'il était difficile de quitter un tel gang, comme le relata William Davis au tribunal. Le 18 juin 1890, il rencontra James Cain, un ouvrier de Belmont Row, et William Copley, de Moland Street. Davis expliqua plus tard devant le tribunal que Cain voulait qu'il harcèle le gang de Bagot Street, mais il refusa. Cain et Copley frappèrent Davis pour son manque de loyauté, lui infligeant de multiples blessures. Cain, du gang de Cross Street et bien connu de la police, fut condamné à vingt et un jours de prison, Copley à quatorze jours[57].

Dangereux Peaky Blinders

Il semble que les activités des cogneurs aient été restreintes durant une courte période par les peines sévères prononcées en 1890. Au cours des années suivantes, les journaux locaux mentionnèrent un peu moins les gangs. Pourtant, malgré cette accalmie, ils n'avaient pas pour autant disparu. En juillet 1891, l'inspecteur McManus soutenait que les cogneurs étaient une nuisance publique et expliquait qu'il avait été contraint d'envoyer une douzaine d'officiers en civil à Moorsom Street pour arrêter les rixes entre gangs.

À Sparkbrook, la délinquance de rues n'avait pas disparu malgré l'exemplarité de la longue peine infligée à John Harper. Tout près, à Charles Henry Street, continuait de sévir un gang notoire[58]. On peut souligner qu'il était fort difficile de quitter un gang. Purger une peine, retourner sa veste, ne garantissait pas la rupture des liens avec ses partenaires de crime. En mars 1891, George Rutter, dix-neuf ans, agressa un compagnon parce qu'il refusait de se joindre à une expédition punitive organisée par le gang[59]. Le mois suivant, William Rabbit attaqua un ancien du gang qui en aurait envoyé un autre en prison. Deux adolescents qui marchaient le long de Charles Henry Street furent attaqués à coups de briques, de ceintures et de couteau[60].

À l'automne 1891, Arthur Croton, du gang des « pattes d'éléphant » de Charles Henry Street, fut reconnu coupable d'agression sur Emma Blade, une vieille dame tenant une buvette dans la rue. Croton s'était disputé avec elle au sujet de la monnaie rendue ; il avait d'abord tenté de la poignarder avec un couteau oublié sur le comptoir, puis frappé avec le tableau d'affichage. Les magistrats, pourtant convaincus qu'il s'agissait d'une très mauvaise affaire, ne condamnèrent Croton qu'à une amende de quarante shillings, avec un mois de travaux forcés s'il ne payait pas[61]. Cette peine, très faible, donne du crédit à la thèse de Weinberger qui soutient que les magistrats étaient insensibles au chahut des quartiers pauvres de Birmingham puisqu'il ne concernait que la population locale.

Des gangs de cogneurs de Summer Lane et d'Aston Road furent également signalés en 1892[62]. Celui d'Aston Road était probablement une émanation du gang de Whitehouse Street, établi de longue date. Le 2 août, il fut déclaré qu'au cours de la quinzaine écoulée, des combats de jets de pierres avaient lieu chaque nuit entre les gangs de Cliveland Street et de Weaman Street. En octobre 1893, John Cambridge, ouvrier de Rupert Street âgé de vingt-deux ans, fut nommé chef d'un gang de cogneurs qui infestait Nechells[63].

En juin 1894, les commentateurs locaux croyaient que « l'épidémie de voyous » s'était calmée en ville[64]. Cela ne dura pas, fin 1895, les gangs de cogneurs et les Peaky Blinders, une fois de plus, attiraient l'attention. Bien que ce dernier terme ait été mentionné pour la première fois en 1890, il ne fut pas repris dans les journaux de Birmingham au cours des cinq années suivantes. Lorsqu'il l'était, il s'agissait d'un autre nom pour les cogneurs et les gangs. Le 27 juin 1895, sous le titre « Les gangs de cogneurs de Birmingham », le *Manchester Evening News* nota que le juge-rapporteur de Birmingham avait prononcé des peines de six mois d'emprisonnement contre deux hommes qui avaient maltraité un troisième avec une bouée de sauvetage, une matraque et des barres de fer. C'étaient des membres de gangs rivaux des Peaky Blinders, « qui se tenaient au coin des rues pour agresser les passants ou se battre contre d'autres gangs ». Le rapporteur déclara que la nuisance ne cesserait pas tant que les magistrats n'expédieraient pas les contrevenants en prison[65].

Cette agression à la matraque et aux barres de fer fut suivie d'une perturbation dans Bromsgrove Street en octobre 1895. Les agents de police Bennett et Telfer se rendirent au pub *Stag and Pheasant*, au coin de Pershore Street, pour des troubles causés par de vingt à trente Peaky Blinders. En tentant d'arrêter Charles Warner, vingt ans, batteur d'or de profession, ils furent d'abord agressés par ce dernier puis « le gang commença à leur donner des coups de pied ». James Cuson, vingt-huit ans, ouvrier de Cheapside, donna un coup à Bennett dans l'estomac, pour le forcer à libérer Warner, puis il s'enfuit. L'agent Telfer le poursuivit et l'appréhenda dans une entrée de maison de Hurst Street. Heureusement, Bennett rejoignit son collègue à temps, car « la situation se gâtait ». Thomas Groves, dix-sept ans, ouvrier sur cuivre, multipliait les coups de ceinture sur la tête de l'officier pour libérer Cuson. Ce dernier, connu des services de police (dix-huit condamnations antérieures), fut arrêté sur mandat et envoyé pour six semaines en prison. Warner, qui avait très mauvais caractère, paraît-il, fut condamné à six mois de prison, tandis que Groves, dont le nom figurait également très souvent dans les registres de police, fut condamné à trois mois de travaux forcés. Les trois hommes vivaient à proximité du pub et faisaient manifestement partie du gang local[66].

Un mois plus tard, on signala qu'un gang de cogneurs opérait dans le quartier de Northwood Street et Kenyon Street, à Hockley. Un policier rapporta aussi qu'une querelle avait éclaté entre le gang de Park Lane et celui de Lichfield Road. Détail intéressant, il déclara que ce dernier était composé de gars qui travaillaient dur, ce qui contrastait avec les fainéants, les petits voleurs ou ceux qui s'en sortaient grâce à l'activité de leurs épouses ou petites amies. Trois membres de ce gang de Lichfield Road – Samuel Preece, Albert Medlicott et Samuel Greer – furent accusés d'avoir blessé William Latham, avec l'intention de lui infliger des lésions corporelles graves. Le 24 août, ils frappèrent Latham avec la boucle d'une ceinture et le poignardèrent. Lorsque leur victime s'écroula, ils lui assenèrent des coups de pied. Transporté inconscient à l'hôpital, Latham y passa six semaines, au cours desquelles on avait craint qu'il ne se remît jamais de ses blessures.

Les trois assaillants furent jugés aux assises de Warwick en décembre 1895. Le juge, M. Day, affirma qu'il se chargerait de « briser la coalition de Lichfield Road[67] ». Surnommé « Judgement Day », il était devenu célèbre pour avoir puni des membres de gangs à Liverpool en les faisant flageller au fouet[68]. Il qualifia le trio de « bande de voyous qui infestait la banlieue de Birmingham », exhorta la police à agir davantage et exprima sa détermination à éradiquer le problème. Greer fut condamné à dix ans de prison, Medlicott et Preece furent chacun condamnés à deux ans de travaux forcés[69].

Dans les jours qui suivirent, le premier homme à être qualifié de Peaky Blinder fut traduit en justice. Henry Lightfoot avait vingt-deux ans et, détail peu courant, était sans domicile fixe. Après une escalade verbale avec des hommes buvant devant une brasserie, il se précipita à l'intérieur et agressa plusieurs personnes avec un bâton. En jetant Lightfoot dehors, le propriétaire et sa femme furent mordus à la main. Le « voyou » remonta ensuite Hurst Street, puis

Bromsgrove Street, frappant tous ceux qu'il rencontrait jusqu'à ce qu'il croise la route de l'inspecteur Tingle. « Pov'type ! » cria Lightfoot en décochant un violent coup de bâton qui atteint Tingle à la tête. L'inspecteur se défendit, frappa Lightfoot au visage, mais un comparse vint au secours de Lightfoot, renversant le policier, ce qui permit à Lightfoot de frapper à nouveau. Il fut quand même arrêté. Au tribunal, le sergent Richards déclara que Lightfoot avait été envoyé en prison à plusieurs reprises pour des agressions contre la police et déjà été sévèrement jugé pour une agression à Hay Mills. Les magistrats déclarèrent qu'il était manifestement un Peaky Blinder, un type dangereux. Ils l'envoyèrent en prison pour six mois[70].

Lightfoot n'était pas le premier membre de sa famille à avoir des démêlés avec la justice. En janvier 1877, son frère aîné, Samuel, fut condamné à une amende d'un shilling et aux dépens, par le tribunal de police de Balsall Heath, pour « pratique dangereuse de *bandy* [un genre de hockey] dans les rues ». Les magistrats étaient issus de riches familles de fabricants. L'amende infligée à Samuel Lightfoot, alors âgé de onze ans, souligne l'hostilité de la classe moyenne envers les sports brutaux de la classe ouvrière et l'utilisation de la rue comme terrain de loisirs[71].

Six ans plus tard, Samuel Lightfoot fut impliqué dans « une mêlée générale » à Balsall Heath Road. L'agent Rudnick procéda à son arrestation parce qu'il refusait de quitter le Sherbourne Hotel Concert Hall, où il s'était « mal comporté ». Depuis 1878, on signalait des « scènes honteuses et des émeutes » les samedis soir, par des bandes de voyous grossiers devant cette salle de spectacle[72]. Lightfoot « incita la foule qui s'était formée à le libérer, ce qu'elle fit ». De nouveau placé en garde à vue, il « agit comme un fou, donnant des coups de pied et agressant les policiers ». Il y avait bien deux cents personnes sur les lieux, et une fois de plus, Lightfoot parvint à se libérer. Il fut condamné par la suite à une amende de 40 shillings et aux dépens[73].

Quant à Henry Lightfoot, le frère, sa première infraction remonte à 1886, pour un canard volé. Il avait treize ans et fut emprisonné pendant sept jours. Deux ans plus tard, il est décrit comme un « criminel endurci » lorsqu'il écopa de neuf mois de prison avec travaux forcés pour avoir volé huit poignées de porte en laiton[74]. Auparavant, il avait aussi volé des fruits, une veste et des pigeons, et continuait d'alterner des séjours en prison pour vols mineurs, jeux d'argent, ivresse, cambriolage, dégradations volontaires et langage obscène. Cependant, en plus d'être un petit malfrat, Lightfoot était aussi un homme violent. En décembre 1892, il fut condamné à neuf mois de prison pour coups et blessures ; il purgea encore six mois en 1894 pour l'agression d'un agent de police, et il fut reconnu coupable de six autres agressions. Sa dernière infraction date de 1907 pour le vol de douze brosses à récurer[75].

Sept ans plus tard, le 14 septembre 1914, peu après le déclenchement de la Première Guerre mondiale, Lightfoot rejoignit le Royal Warwickshire Regiment. Cet homme, qui avait passé la majeure partie de sa vie à enfreindre les lois, décidait de se battre pour son pays. Une conviction forte que souligne son mensonge : il affirma être âgé de trente-quatre ans alors qu'il en avait quarante et un. Mais les vieilles habitudes ont la vie dure, en novembre de la même année, il fut condamné à quatorze jours de détention pour insolence et menaces envers un sous-officier. À la fin de cette peine, Lightfoot fut renvoyé de l'armée, on ne voyait sans doute pas en lui l'étoffe d'un bon soldat[76].

Il vivait à Rowington Terrace, Berkley Road, Hay Mills, comme en janvier 1915, lorsqu'il rejoignit à nouveau l'armée – cette fois-ci, le 2/5e Reserve Battalion du Royal Warwickshire Regiment, une unité de l'armée territoriale. Malheureusement, Lightfoot, était toujours un soldat pénible. En août 1915, il eut des propos insoumis envers un officier supérieur et « le provoqua avec violence ». Il fut mis aux arrêts pendant vingt-huit jours. Le mois suivant, il fut condamné à huit mois de détention pour avoir désobéi à un ordre et pour avoir simulé d'être malade. Peu de temps après avoir purgé sa peine, son bataillon fut envoyé en France, le 21 mai 1916, pour servir dans le corps expéditionnaire britannique au sein de la 143e brigade de la 48e division. Lightfoot participa dès le premier jour à la sanglante bataille de la Somme, le 1er juillet 1916. Le lendemain, il fut blessé à l'œil droit et au flanc. Renvoyé en Angleterre deux jours plus tard, il fut démobilisé en avril 1917 car il n'était plus apte au service actif[77]. Henry Lightfoot mourut en 1936 à l'âge de soixante-trois ans.

En janvier 1896, un correspondant du *Birmingham Mail* regrettait que « malgré toute l'énergie de la police de Birmingham, l'heure actuelle soit un véritable règne de terreur, en raison de la conduite de ce jean-foutre professionnel de Peaky Blinder ». Le journaliste affirmait qu'avoir un Peaky Blinder dans son quartier suffisait à l'enflammer tout entier, car « ce dernier est certain d'être suivi par les jeunes Peakies qui imitent sa conduite désordonnée et s'efforcent d'agir en conséquence dès que tombe l'obscurité le samedi soir, et que la connivence d'une foule nombreuse est propice à leur commerce ». Ce « commerce » consistait à battre et déposséder les vendeurs de marché ivres, et les autres. Si par hasard certains des Peaky Blinders étaient coffrés, ils se présentaient au tribunal « l'air aussi inoffensif et abattu que possible, en portant un bandage inutile ». Ils se disaient vraiment désolés, affirmaient qu'ils étaient en état d'ébriété. Le tribunal se laissait berner et les voyous repartaient avec une petite amende. Une fois dehors, ils faisaient le tour des pubs dans un rayon d'un kilomètre et collectaient « pour untel ou untel, les pauvres, qui s'étaient mis un peu trop dans le pétrin ; et malheur à ceux qui refusaient de cotiser[78] ».

Pat Collins était un animateur célèbre, responsable de nombreuses foires dans les Midlands. Il résista à ces agissements grossiers lorsqu'il reprit la foire aux oignons de Birmingham en septembre 1890. Existant depuis 1400, ce marché se tenait dans le centre-ville et avait la réputation d'être bruyant et vulgaire. Le conseil municipal l'avait aboli en 1875. Randle Williams, le roi des forains, l'avait alors déplacé dans le Old Pleck, à l'extrémité nord de Birmingham, proche de la frontière avec Aston. La foire, coupée par St Stephen Street, devint « le terrain de chasse par excellence des durs et des gangs qui exigeaient un tribut des forains en échange de la tranquillité[79] ».

En raison des Peaky Binders qui extorquaient les marchands en échange de protection, Williams vendit le bail à Pat Collins. Il y eut des rumeurs selon lesquelles celui-ci aurait brisé les gangs en utilisant un coup-de-poing américain, ce qu'il réfutait. Voici ce que Collins racontait :

« Je savais à quoi j'étais confronté. Les gangs réclamaient de l'argent pour laisser les étals tranquilles, deux shillings six dimes ou, si c'étaient des Peaky Blinders, "des gars d'environ dix-huit ans", un shilling. J'ai dit alors que je prendrais un bail et ferais le ménage pour qu'on puisse retrouver sa montre au milieu de la foire si on la perdait. J'ai demandé à l'inspecteur McManus (plus tard directeur adjoint de la police de Birmingham) vingt policiers. Il en avait quinze. McManus mit lui-même K.-O. le premier des voyous qu'il vit exiger de l'argent. Les policiers en civil sont arrivés avec des bâtons, l'air méchant et nous avons très vite chassé les gangs du marché[80]. »

On raconta à Terry Proctor comment son grand-père, Edwin, s'était occupé des Peaky Blinders qui avaient osé entrer dans sa boucherie, située au 89 Summer Lane, pour lui extorquer de l'argent en échange de la protection. Edwin Proctor, un homme dur et sans peur, ne tolérait pas l'intimidation. Il leur ordonna de « dégager en vitesse, ou gare ! » Les voyous ne déguerpirent pas. Alors, selon la légende familiale, « Edwin a attrapé un gros crochet à viande suspendu au-dessus de sa tête, l'a planté dans le cou du plus proche, pour le tirer par-dessus le comptoir. Mon grand-père l'a battu à mort et jeté hors de la boucherie. Après ça, il n'a plus jamais eu de problèmes avec eux ![81] »

L'extorsion à petite échelle des commerçants s'accompagnait de brimades et d'intimidations. En décembre 1896, des jeunes « appartenant à une bande de voyous qui infestent le quartier de Ladywood depuis un certain temps » réclamèrent du tabac à Smith, un commis, alors qu'il quittait son lieu de travail à Sherborne Street. Ils se ruèrent sur lui, mais Smith parvint à s'échapper en rentrant dans la fabrique. Le directeur, Josiah Griffiths, armé d'un fouet, escorta Smith à l'extérieur ; ils furent alors immédiatement attaqués par le gang. Le fouet de Griffiths fut confisqué, « les ceintures à boucle et les couteaux se mirent en action ». Finalement, des ouvriers sortis en masse de l'usine réussirent à chasser les voyous. Grièvement blessé, M. Griffiths fut transporté à l'hôpital[82].

Le règne des brutes

Les combats des gangs de cogneurs et les agressions par les Peaky Blinders en 1895 attirèrent l'attention générale sur Birmingham une fois de plus. Le *Coventry Evening Telegraph* affirma que la ville était connue depuis trop longtemps pour sa brutalité.

« À peine un mois s'est-il écoulé que nous enregistrons à nouveau un acte de violence choquant ». Les infâmes bandes de gangsters sèment toujours la terreur dans certains quartiers[83].

Bien que la violence des gangs se soit calmée l'année suivante, de nombreux citoyens craignaient toujours les Peaky Blinders. Un correspondant du *Birmingham Mail* accusait les magistrats de la ville de les ignorer car, « ceux qui administrent la justice dans notre ville résident soit dans les banlieues chics, soit à la campagne ». Il les somma de se rendre le samedi, à Summer Lane, Hospital Street, ou même dans les quartiers plus respectables de Camden Street ou de Spring Hill. Ils pourraient ainsi se faire une idée de ce que le public endurait, avec les coins des rues de Birmingham « infestés de ces parasites humains, qui semblent guetter le passage d'une fille ou d'une femme pour se répandre en langage ordurier qui pollue les oreilles[84]. »

En 1897, les journaux de tout le royaume se concentrèrent une fois de plus sur la mauvaise réputation de Birmingham. On put lire des titres tels que « Le règne des durs à Birmingham » et « Les durs de Birmingham se déchaînent[85] », à la suite du meurtre de l'agent de police Snipe tard dans la nuit du dimanche 18 juillet 1897, alors qu'il était de service à Hockley Hill, après la fermeture des pubs.

Un homme du nom de Kilrain, sous l'influence de l'alcool, avait un comportement si désordonné que Snipe, accompagné de l'agent Mead, procéda à son arrestation. Kilrain montra une résistance acharnée. Pendant que les policiers luttaient contre lui, un homme du nom de Charles Alvis les attaqua. Une mêlée désespérée s'en suivit, au cours de laquelle un troisième homme, James Franklin, lança une brique qui toucha Snipe à la tête. Il perdit connaissance. On le transporta au General Hospital, où les médecins constatèrent son décès[86]...

Les agents de police étaient sans arrêt confrontés au danger, comme le soulignent les statistiques : au cours des six années précédentes, Snipe avait été agressé huit fois dans l'exercice de ses fonctions[87].

Comme pour le meurtre de l'agent Lines, en 1875, celui de Snipe suscita l'indignation. Un fonds fut créé pour soutenir sa veuve. Le jour de ses funérailles, une foule énorme borda les rues menant au cimetière de Warstone Lane[88]. Franklin fut jugé pour meurtre, mais acquitté en raison de preuves indiquant qu'un autre homme avait jeté la brique : George « Cloggy » Williams, fut reconnu coupable d'homicide involontaire et condamné aux travaux forcés à perpétuité. Les juges envoyèrent quatre autres hommes en prison avec de moindres peines. Lorsque Snipe gisait inconscient sur le sol, Kilrain (également orthographié Colerain), qui avait donné un coup de pied à Mead, le frappa à la tête. Il fut condamné à dix-huit mois de travaux forcés. Thomas Hedges, Charles Edward Elvis et Thomas Moran furent également reconnus coupables pour avoir agressé les deux policiers et condamnés à neuf mois de travaux forcés[89]. Heureusement, le règne de ces Peaky Blinders-ci allait bientôt prendre fin.

CHAPITRE 3

Le règne des Peaky Blinders se termine

Épidémie de brutalité

Le son d'un glas inquiétant résonne tandis qu'un cavalier solitaire galope dans une rue pavée. Un homme de grande taille, qui se tient droit, porte un chapeau melon, un long manteau déboutonné sur un costume et une cravate. Il arrête sa monture devant une rangée de policiers à cheval, chacun tenant une matraque à la main. Leur alignement serré bloque l'extrémité de la rue, il n'y a qu'eux. Derrière les policiers se dresse une usine aux murs hauts et laids. Les machines s'activent sans relâche, ce qui renforce la morosité du décor et l'ambiance sombre. Le cavalier s'adresse aux policiers d'une voix tonitruante, avec un accent typiquement nord-irlandais. Il leur demande de ne pas ménager leurs efforts, de lui rapporter chaque arme, chaque balle qu'ils trouveront lors de l'inspection.

Puis la police montée remonte la rue, les cavaliers se tournent à intervalles réguliers pour faire face aux maisons de part et d'autre. Un important détachement de policiers avec des capes vient se placer deux par deux devant chaque porte. Au signal de leur chef, les fantassins enfoncent les portes d'entrée et s'introduisent dans les maisons, à la recherche de communistes. Au coup de sifflet général, les hommes sont traînés brutalement dehors. On entend les matraques qui frappent. Les enfants effrayés s'enfuient dans la rue, les femmes crient, rcpoussées de force[1].

Il s'agit d'une autre scène captivante de la première série des *Peaky Blinders*. L'homme responsable de l'attaque dans cette rue, le centre névralgique de Shelby, est l'inspecteur-chef Campbell. À la fois massif et rusé, sa réputation le précède : il a débarrassé Belfast du crime et de la corruption. Winston Churchill l'a envoyé à Birmingham pour récupérer un lot d'armes à feu qui a disparu de la BSA, la Birmingham Small Arms Company. Les principaux suspects sont les Peaky Blinders, dirigés par Tommy Shelby. Campbell les hait férocement. Il déteste aussi les Fenians de l'IRA et les communistes. Avec les Peaky Blinders, ils forment « la bête à trois têtes ». Son travail est de la décapiter, pense-t-il.

Méfiant à l'égard de la police de Birmingham, il a fait venir des hommes de Belfast, protestants comme lui. C'est la troupe de choc qui attaque le cœur des Shelby. Dans la série, Campbell échoue à vaincre les Peaky Blinders. Pourtant, un officier de police protestant, de Belfast, joua un rôle de premier plan dans la fin du règne des véritables Peaky Blinders et des voyous de Birmingham. Il s'appelait Charles Haughton Rafter et fut nommé chef de la police en 1899 à la suite de la fureur suscitée par « l'épidémie de brutalité » qui balayait Birmingham[2].

Après le meurtre de l'agent Snipe, il y eut des demandes pour l'introduction de la flagellation en répression des violences de rue. La loi autorisait cette punition uniquement dans le cas où l'agression s'accompagnait d'un vol. Farndale, le directeur de la police, finit par accepter, craignant de ne rien pouvoir faire de plus avec les forces de police dont il disposait alors[3]. Certains estimaient que les punitions infligées par les magistrats étaient trop clémentes dans les cas d'agression contre les policiers : des amendes plutôt que six mois d'emprisonnement comme le permettait la loi. En réaction à tout cela, en août 1897, Arthur Chamberlain, président des magistrats et frère de Joseph Chamberlain, demanda à ses confrères « d'examiner les affaires du point de vue du maître de maison, et non de celui des délinquants qui se présentaient devant eux en pénitents mais qui, lorsqu'ils étaient dans les rues le samedi et le dimanche, constituaient une nuisance terrible pour les gens tranquilles ». Il convient de préciser que les infractions contre la personne étaient considérées plus graves que celles perpétrées contre les biens[4].

Charles Anthony Vince, universitaire, rédacteur en chef du *Birmingham Post* et fervent partisan de Joseph Chamberlain, s'efforça de présenter la ville sous le meilleur jour possible dans son *History of the Corporation of Birmingham*. Mais il soulignait aussi que, dans les années 1890, l'attention du public avait été attirée sur l'augmentation exponentielle des crimes de violence. Le sentiment populaire s'exprima dans la demande urgente de mesures drastiques pour « la répression du mal qui a été fait après le meurtre de l'agent de police Snipe[5] ». Sentiment qui atteint son apogée en 1898. Cette année-là, durant l'été, le terme « hooligan » fit une entrée brutale dans la langue courante, selon Geoffrey Pearson, « à la suite d'une célébration tapageuse d'un jour férié du mois d'août, à Londres, et qui entraîna la comparution d'un grand nombre de personnes devant les tribunaux pour désordre, ivresse, agression contre policiers, vols à l'arraché et bagarres[6] ».

À Birmingham cette année-là, le nombre de poursuites pour voies de fait contre agents de police atteint un sommet (623), et en comptant toutes les forces de police, officiers compris, 700[7]. En 1898, dans les attaques contre la police, il y eut celle contre l'agent de police Leach, vingt-trois ans, un « bel homme de Cheltenham ». Il fut attaqué par une bande de jeunes de Lister Street en ramenant un ivrogne au poste. L'un d'eux lui lança une bouteille ou une brique. On le frappa, on lui fractura le crâne à tel point qu'il eut besoin d'une trépanation. Peu de temps après, le sergent-détective Brown et ses hommes arrêtèrent sept jeunes du coin, âgés de dix-sept à vingt-deux ans[8].

Ce qui distinguait les Peaky Blinders des autres jeunes était leur coiffure et leurs vêtements. Mais des brutes n'appartenant pas aux Peaky Blinders adoptaient aussi ce style. Ce qui signifie que le nom de Peaky Blinder était de plus en plus répandu, car on l'attribuait à toute personne violente qui se battait et causait des dommages dans les lieux publics. Le *Daily Mail* en informa ses lecteurs : « Birmingham, comme certains quartiers de Londres, a ses hooligans, bien que dans les Midlands les voyous soient connus sous le nom euphonique de Peaky Blinders ». John Groves était si jeune, dix-huit ans, décrit comme prometteur, et pourtant, en mai de cette année-là, il jeta une bouteille à la figure d'un policier. Le verre entailla gravement la joue gauche de ce dernier, et il fallut le soigner à l'hôpital. Comme Groves n'avait aucune condamnation antérieure, il fut condamné à trois mois de travaux forcés. Aucune preuve ne confirma qu'il appartenait à un gang, mais on le qualifia tout de même de Peaky Blinder, l'un de ces « terroristes habitués à maltraiter les gens sans défense qu'ils croisent dans la rue ». Cet élargissement de l'utilisation de l'appellation Peaky Blinder s'accompagna de deux nouveaux termes pour décrire les hommes violents et les petits voleurs : les « types Peaky » et la « classe Peaky ».

L'arrivée de Rafter

L'épidémie de brutalité à Birmingham entraîna des demandes croissantes pour éradiquer le « Peaky Blinder », cet individu dangereux. Comme l'exprimait un commentateur, la confrérie des pattes d'éléphant « avait régné bien trop longtemps, les assauts commis contre la police et les citoyens insuffisamment réprimés par les magistrats qui s'étaient montrés beaucoup trop indulgents[9] ». Cette clameur fut entendue à l'échelle nationale.

En janvier 1899, le *Globe*, un journal londonien, rapportait que « non sans raison, les citoyens de

Birmingham se plaignent amèrement de la tyrannie brutale exercée par les voyous de la rue ». Il expliquait aussi que depuis peu, les magistrats imposaient enfin des peines dissuasives au lieu de ces « peines absurdement indulgentes qu'ils avaient l'habitude de prononcer ». L'impact s'était révélé bénéfique avec un effet immédiat, mais les juges avaient eu, paraît-il, la fâcheuse idée de revenir à leur ancienne humeur miséricordieuse, de sorte que le banditisme avait de nouveau relevé la tête. Récemment, un gang armé de ceintures à boucle et de couteaux s'était jeté sur un homme inoffensif alors qu'il rentrait chez lui. Le pauvre « avait presque été poignardé à mort, en plus d'être battu sans pitié ». Un témoin affirma avoir été agressé et poignardé par des membres du gang alors qu'il quittait le tribunal. Il s'agissait pourtant d'un cas d'une sévérité exemplaire, mais le meneur n'écopa que de deux mois de prison[10].

Trois mois plus tard, Farndale, le chef de police, démissionna pour raison de santé, en pleine « épidémie de voyous », mais certains acteurs le félicitèrent. *The Owl*, en particulier, une publication locale, salua le serviteur admirable qui avait beaucoup fait pour réduire les sphères d'influence des gangs de cogneurs[11]. Une affirmation discutable. Certes, les batailles à grande échelle entre gangs de différentes rues avaient diminué, mais ce n'était pas le cas des agressions contre la police, pas plus que le pouvoir des Peaky Blinders dans les bas quartiers[12].

C'est davantage le successeur de Farndale, Charles Haughton Rafter, d'Irlande du Nord qui fut acclamé et reconnu comme l'homme ayant mis fin au règne des

Peaky Blinders. Sa mort, dans son bureau en 1935, après trente-six ans de service, fit la une des journaux. La *Birmingham Daily Gazette* titra : « Le grand nettoyage des points noirs[13] ». Les obsèques de Rafter furent un événement, en présence de représentants du gouvernement et d'une garde d'honneur composée de centaines de policiers. Mais le véritable hommage à sa vie et à son œuvre ne réside pas tant dans le service commémoratif officiel à St Martin de Bull Ring, mais plutôt dans le fait que ses funérailles « remplirent les rues à proximité de St Martin et autour de la paroisse de Harborne d'hommes et de femmes sans statut particulier, pleurant la mort d'un agent qui était d'abord un homme, et un fonctionnaire – si besoin ». Les Brummies, hommes et femmes, descendirent par milliers dans les rues pour rendre « un humble hommage au fonctionnaire qui, en plus d'exécuter son travail à merveille, avait gagné l'affection du peuple ». Pour la majorité des gens de la classe ouvrière respectueuse des lois, cette affection avait été gagnée grâce à la volonté de Rafter d'éliminer les Peaky Blinders et de rendre les rues plus sûres[14].

Élevé à Belfast, dans une famille protestante, Rafter avait rejoint la Royal Irish Constabulary en 1882, en tant qu'élève-officier. L'époque était mouvementée, car l'Irlande se trouvait de plus en plus divisée entre nationalistes catholiques à la recherche d'indépendance et unionistes protestants souhaitant rester au sein du Royaume-Uni. Rafter devint inspecteur de district, en charge de la région de Ballinrobe dans le comté de Mayo, où la Land League s'activait dans une campagne contre la propriété foncière : lorsque les huissiers se présentaient pour signifier les avis d'expulsion, ils étaient accueillis par d'énormes manifestations. Ceux qui étaient forcés de quitter leurs maisons étaient aussitôt secourus par leurs voisins, des embargos étaient placés sur les exploitations dont les fermiers avaient été expulsés, tandis que ceux qui ne se ralliaient pas aux ligueurs fonciers étaient ostracisés.

Ensuite, Rafter s'impliqua dans le maintien de l'ordre à Tipperary, où il gagna l'admiration du comte Arthur Moore, député du Home Rule, qui rédigea un témoignage élogieux pour sa candidature au comité de surveillance de Birmingham. Moore souligna que Rafter s'était montré particulièrement perspicace et lucide pendant son mandat, car « tout manque de tactique ou de jugement aurait pu précipiter une escalade dangereuse entre les deux bords en état d'ébullition ». Rafter avait su garder la tête froide durant cette période mouvementée, tout en dirigeant un grand nombre d'hommes armés et fébriles avec bonne humeur et tact[15]. Il était également connu pour sa capacité d'organisation, sa minutie et les nombreuses compétences dont il faisait preuve dans son travail[16].

Sur les cinquante candidats qui se présentèrent au poste de chef de la police de Birmingham, Rafter fit partie des huit présélectionnés. Il fut le seul à se présenter à son entretien en uniforme. Il était impressionnant, mais sa capacité évidente à gérer des situations potentiellement violentes en faisant preuve de calme et d'efficacité, et à superviser une réduction de la criminalité, l'était davantage encore. Des qualités nécessaires pour supprimer les Peaky Blinders[17]. Il commença son travail en 1899 « avec une extrême prudence », selon le *Birmingham Mail.* Rafter étudia minutieusement la ville et ses caractéristiques, tout en se montrant soucieux de travailler avec une équipe d'hommes intelligents, en bonne condition physique et au fait de la loi en vertu de laquelle les arrestations étaient effectuées.

En Irlande, Rafter avait su faire preuve de courage, afficher ses manières calmes et sans prétention pour traiter les situations délicates ; il démontra de nouveau ses qualités lors d'une réunion à propos de la guerre en Afrique du Sud au Birmingham and Midland Institute. La rencontre avait attiré une foule déchaînée et quelques individus particulièrement menaçants. Dès qu'il s'en rendit compte, Rafter quitta sa place et alla se poster à l'avant de l'estrade, prêt à intervenir si besoin. Selon le *Birmingham Mail*, « il y eut une vilaine ruée, des hommes réussirent à enfoncer le cordon de police et se dirigèrent vers les haut-parleurs ». Rafter repéra le meneur et appréhenda l'homme de petite taille en l'attrapant par le col. Le voilà qui luttait en vain contre la poigne du chef de police. Déterminé mais pas si vigoureux, Rafter s'adressa à lui calmement mais avec autorité, l'homme abandonna toute résistance et s'en alla[18]. Cet incident révèle certaines des techniques utilisées par Rafter contre les Peaky Blinders : de la force physique, de la bravoure et de la détermination. Elles s'avérèrent nécessaires car les premières années de son combat contre les gangs furent marquées par la violence en continu.

En juin 1900, à la suite des rapports faisant état de désordre, cinq agents furent envoyés à Barford Street, une des rues associées aux cogneurs et aux gangs de Birmingham depuis 1870. Lorsqu'ils arrivèrent sur place et voulurent arrêter deux frères, l'agent Hurst fut frappé avec une ceinture à boucle par Albert Harris, dix-huit ans, polisseur de laiton. Percy Langridge, seize ans, même métier, donna un coup de couteau dans le dos de l'agent Barker et des coups de pied dans les jambes des agents Lawson et Watson, qui furent également agressés par Fredrick Long, quinze ans. L'agent Macaulay fut poignardé au bras par Henry Attwood, vingt ans. Les quatre délinquants étaient de type Peaky Blinder. Harris fut condamné à trois mois de prison, Long à un mois, avec travaux forcés pour tous deux.

En raison de la gravité des chefs d'accusation, Langridge et Attwood furent envoyés directement aux assises, la cour la plus importante de tous les comtés qui se tenait quatre fois par an avec un juge itinérant. Langridge, né à Brighton, mesurait un mètre soixante-six, et était tatoué. Langridge et Attwood furent condamnés à cinq ans d'emprisonnement, une longue peine : la justice commençait à traiter les attaques contre la police avec sévérité. À sa libération, Langridge bénéficia d'un suivi assuré par la Discharged Prisoners Aid Society, qui lui trouva également un travail à Londres[19].

Le *Birmingham Mail* formula ce que de nombreuses personnes pensaient, en écrivant que « le sort des policiers n'était pas enviable ». En 1899, 585 poursuites avaient été intentées pour voies de fait contre des agents, dont neuf hommes étaient restés invalides en raison des blessures reçues[20]. L'année suivante, les forces de police comptaient 700 hommes, et il y eut 496 poursuites pour agression à leur encontre. Un nombre moins élevé qu'en 1898, mais il y avait encore bien trop d'attaques. En 1901, elles s'élevaient à 507[21].

L'agent Bennett fut l'un des blessés cette année-là. En janvier 1901, on lui enfonça un long couteau dans le dos. La blessure, très profonde, aurait été mortelle si la lame avait pénétré deux centimètres plus bas. L'agresseur de Bennett s'appelait Thomas Walters ; il appartenait à un groupe de jeunes expulsés du Saltley Theatre pour conduite désordonnée. Walters fut condamné à cinq ans de prison pour blessures volontaires[22]. Il fut qualifié de Peaky Blinder par certains journaux, de voyou par d'autres, et, fait intéressant, de hooligan[23].

Les problèmes persistants causés par les Peaky Blinders furent pointés du doigt à l'été 1901, lorsque des députés approchèrent le comité de surveillance en quête d'un poste de police dans le quartier de Garrison Lane en raison de tapage. Ils ne voulaient pas exagérer, expliquèrent-ils, « mais à l'heure actuelle, il y a un état de terreur et d'anarchie scandaleux pour la ville ». Chaque nuit, les samedis, les dimanches, Garrison Lane se transforme en pandémonium, le Peaky Blinder et le ruffian règnent en maîtres. » La situation était telle que l'un des députés avait été obligé de fuir pour sauver sa vie alors que cinquante voyous le bombardaient de caillasse[24].

Mon grand-oncle Wal, né en 1897 à Studley Street, Sparkbrook, me parla de la notoriété des gangs de Garrison Lane et Summer Lane. Il se souvenait que, durant son enfance, « ils avaient l'habitude de se retrouver, après quelques bières, pour s'équiper de poings américains, ceintures à boucle et autres armes, afin d'aller provoquer la bande rivale, revendiquer leur territoire, ce qui, invariablement, signifiait des mises à mort si aucune parcelle n'était concédée[25] ».

En novembre 1901, le *Birmingham Mail* se lamentait car « le Peaky est toujours avec nous, et l'idée que le policier n'existe qu'en tant que cible pour ses briques est toujours vissée dans son esprit[26] ». Cette année-là, une série d'articles écrits par J. Cuming Walters, rédacteur en chef de la *Birgmingham Daily Gazette*, souligna la violence que subissait la police. Intitulée *Scènes de taudis, illustrations des lieux sordides de Birmingham*, ses révélations sur l'étendue de la pauvreté et de la « propriété foncière des bidonvilles » dans la « ville la mieux gouvernée du monde » provoqua un tollé. Il entraînait ses lecteurs dans les rues des bidonvilles qu'il tenait pour misérables, dont la moitié étaient :

« … traversées par les ponts de chemin de fer en lugubre pierre bleue, sur lesquels les trains passent continuellement dans un rugissement et dont les arches sont le coup de grâce d'un tableau déjà morne. On trouvera certainement un ou deux Peaky avachis dans un coin. Dans les rues moins fréquentées, la menace que ceux-ci représentent ne doit pas être ignorée. Il y a également des policiers, même si on peut penser le contraire et, fait non négligeable, ils vont presque toujours par deux. Là où les agents sont vus comme des ennemis, et leur simple présence comme un affront à la foule, il n'y aura jamais assez de précautions. Jusqu'à présent, un policier qui allait seul a failli être assassiné ou mutilé à vie dans ce quartier de Birmingham par ceux qui voulaient venger l'arrestation d'un délinquant, et peu importe que la vengeance – qui prend la forme de pluie de briques et de coups de ceintures – ait été infligée à l'officier qui tentait de faire son travail, ou à l'un de ses collègues. À côté du dégommage de policiers, le passe-temps du Peaky, moins excitant mais très satisfaisant, est de battre sa femme. En revanche, la poursuite des brutes qui s'y adonnent est rarement entreprise pour des raisons que l'on comprend bien[27]. »

Quelques mois après ce constat lamentable, un autre agent de police fut tué dans les rues de Birmingham. Le 22 juillet 1901 au soir, George Fowles, un ouvrier du cuivre de dix-neuf ans, ainsi que Joseph Adey, vingt-trois ans, et John Davis, trente-trois ans, tous deux polisseurs, buvaient dans les environs de Staniforth Street, à Gosta Green. Vers minuit, les trois hommes commencèrent à chanter à tue-tête dans la rue. L'agent Gunter « leur demanda très calmement de s'abstenir de déranger le quartier » et partit ensuite s'occuper d'une querelle domestique à proximité de la maison de la famille Bruce[28].

Après sa mort, des témoins du quartier déposèrent contre les trois hommes. Parmi eux, Mary Ann Bruce. Elle déclara que sept hommes suivaient l'agent Gunter lorsqu'il était entré chez eux, parmi lesquels Fowles et

Adey. Sa cousine, Emma Butler, expliqua que les sept « s'étaient écartés » pour laisser passer Gunter lorsqu'il avait quitté la maison. Quand le juge l'interrogea, elle répondit laconiquement que « les briques ont alors surgi : quatre ». D'autres briques furent lancées depuis Fisher Street où l'agent était alors entouré d'une quinzaine d'hommes. C'est là qu'il tomba à terre.

Fanny, la mère d'Emma Butler, déclara que William Willis, logé chez les Bruce, lui avait répété le commentaire d'un des jeunes, après que Gunter leur a demandé d'arrêter de chanter : « On va s'occuper de lui. » Thomas Smallbone, veilleur de nuit de l'usine de stylos Perry and Co dans Lancaster Street raconta la suite. Il avait vu un homme portant un chapeau en feutre ramasser une brique et la casser sur le trottoir. Une fille qui se tenait près de l'entrée lui aurait crié : « Si tu fais ça, je cafte », l'homme l'aurait alors frappée.

Il fut ensuite rejoint par deux hommes, l'un en manches de chemise, l'autre coiffé d'un chapeau de paille. Les trois remontèrent la rue. L'un d'eux jeta quelque chose et le policier s'écroula. Smallbone sortit de l'usine et trouva le policier allongé sur le sol, avec une blessure au front qui saignait. Le lendemain matin, un sergent de police se rendit sur le lieu de l'agression. Il constata qu'il était jonché de morceaux de briques. Un autre témoin, Alice Lee, entendit Fowles dire à sa femme qu'il avait participé à une rixe et qu'il avait « cassé une brique ou deux ».

L'agent Gunter fut admis à l'hôpital le 30 juillet, où il resta dans un état critique, paralysé du côté droit et incapable de parler. Il subit une succession d'opérations. Après la quatrième, son état s'améliora, puis il fit une rechute et décéda le 26 octobre des suites d'une méningite causée par un abcès provoqué par la blessure au front[29]. Il laissa derrière lui une femme et un enfant. On l'enterra à Carmarthenshire. Son cercueil fut escorté par une centaine d'agents de police et d'officiers, menés par Rafter[30].

L'enquête avait conclu à un meurtre volontaire, mais lors du procès les trois accusés furent reconnus coupables d'homicide involontaire, à la surprise du juge Bigham. Il les condamna à quinze ans d'emprisonnement chacun, en espérant que « ce serait un avertissement aux gens de votre classe dans cette ville, qui ne savent pas contrôler leurs passions et qui, sous l'emprise de l'alcool ou d'autres causes, s'emportent et commettent des violences ». La prononciation des peines fit grand bruit au tribunal, plusieurs femmes devinrent hystériques. La *Birmingham Daily Gazette* fulmina en écrivant que ces hommes auraient dû être condamnés à vie et en vilipendant le quartier de Staniforth Street qu'elle accusa d'être le « repaire de ce maudit Peaky Blinder, une bête sauvage à forme humaine[31] ».

L'agent Gunter mourut près de la paroisse de St Laurence, l'un des lieux les plus noirs du « Birmingham le plus noir ». Pourtant, les obsèques eurent dans cette église. Gunter l'adorait lorsqu'il était basé au poste de police voisin de Duke Street. Tellement de monde se présenta pour l'office qu'il fallut installer des bancs dans les salles de l'école voisine[32]. Ce sont les habitants de ce quartier soi-disant mal famé et rustre qui fournirent les témoignages indispensables à la condamnation des trois hommes accusés du meurtre. Ils le firent malgré les intimidations. Le soutien courageux à la police de ces gens pauvres, en colère, fatigués du règne de terreur des Peaky Blinders et des voyous de rues, sera un facteur crucial pour mettre fin au gangstérisme[33].

Peu de temps après la mort de Gunter, une autre attaque contre un agent de police choqua et dégoûta tout Birmingham. En janvier 1902, l'agent Ernest Blinko « fut impitoyablement frappé au hachoir jusqu'à ce que mort s'ensuive ». Ses agresseurs, deux frères, David et Frank Cherry, avaient la réputation d'être des Peaky Blinders[34]. La veille de sa mort, l'agent Blinko avait accompagné l'agent Stevens pour présenter une convocation à David Cherry. Son frère et lui auraient ensuite cherché à se venger de cela car, avant l'attaque, ils rôdaient dans le quartier de manière suspecte.

Lorsque Blinko apparut, les frères coururent jusqu'à Sherbourne Road et le suivirent dans Longmore Street. David Cherry sortit un hachoir de sa poche, « le frappa à la tête, l'agent s'écroula ». Alors qu'il était au sol et sans défense, Cherry s'acharna, trois ou quatre coups violents furent encore portés. Son frère Frank était présent et, selon Thomas Steadman, un témoin, il dit à son frère : « Vas-y, bute-le. » Ce récit fut corroboré par d'autres témoins[35].

Les cris des femmes qui avaient assisté à la scène attirèrent l'attention, ce qui provoqua la fuite des deux frères. Leur victime, sans connaissance et perdant beaucoup de sang, fut transportée à l'hôpital en taxi[36]. Quand l'agent recouvra la parole, il aurait déclaré :

« Aidez-moi à me lever, j'y retourne. » Des groupes de policiers étaient déjà à la recherche des frères. Ils n'eurent aucune difficulté à les retrouver ; beaucoup les avaient vus, surtout que l'un tenait toujours son hachoir à la main. C'est au pub *George* sur Ladypool Road, Sparkbrook, qu'ils furent interpellés. Après une lutte, Frank Cherry aurait dit à son frère : « Arrête, David, ils sont trop nombreux. »

Les frères Cherry furent reconnus coupables de malveillance, d'acte prémédité avec intention de tuer et de tentative de meurtre. Le juge Bigham déclara que, sans les soins du Dr Jordan Lloyd, qui parvint à sauver la vie de Blinko, les deux hommes auraient été pendus. Il précisa aussi : « Il semble qu'il y ait une prédisposition à Birmingham pour des hommes de votre acabit qui se permettent de pourchasser des policiers jusqu'à la mort. Ma punition sera donc exemplaire pour que cela cesse. » Les Cherry furent condamnés à la réclusion à perpétuité, un énoncé salué par les applaudissements du public. Dans la foulée, un article de la *Birmingham Daily Gazette* formula les vœux que ces condamnations exemplaires mettent, enfin, un terme au « hooliganisme indiscipliné qui existe chez les Peaky » se traduisant par des attaques non provoquées et meurtrières contre la police[37].

La disparition des Peaky Blinders

Au départ, on put croire que les peines prononcées à l'encontre des tueurs de l'agent Gunter n'aient pas été efficaces. On observa que les poursuites pour voies de fait contre agents de police avaient chuté à 91 en 1902, mais bien que cela représentât « une diminution valorisante », le nombre élevé d'autres infractions violentes encouragea la *Birmingham Daily Gazette* à souligner que « le résultat n'était pas propice à l'espoir de voir le voyou apprivoisé et le hooligan spolié de ses attributs les plus caractéristiques[38] ». Les données chiffrées semblaient étayer cette conclusion, puisqu'en 1903 les poursuites pour voies de fait contre la police augmentèrent de manière spectaculaire à 459, pour atteindre 487 en 1905[39].

Malgré cela, le 13 septembre 1905, et alors que la ville était considérée comme la demeure du Peaky Blinder, la *Birmingham Daily Gazette* écrivit :

« Les beaux jours où il a prospéré et déshonoré la ville par ses outrages sont révolus depuis longtemps et le Peaky d'aujourd'hui vit sur sa réputation passée. Grâce aux efforts et à la vigilance de la police, il s'est pratiquement retiré du service actif. Cependant, des flambées périodiques de hooliganisme se produisent parfois pour nous rappeler que l'esprit qui animait les ruffians de Birmingham est susceptible de renaître aujourd'hui parmi les voyous de la ville. Nos colonnes sont d'ailleurs remplies de multiples preuves de cet esprit d'anarchie qui règne, mais pas d'inquiétude : les vieux jours du tapage de rue et des ruffians sont derrière nous. La police nous assure que Birmingham est une ville bien conduite qui ne risque pas de retomber dans ses travers. Les magistrats de Birmingham veillent au grain et aident à la répression en prononçant des peines exemplaires[40]. »

Le 20 septembre 1905, une semaine après cette tribune, William Lacey, membre d'un gang de cogneurs/Peaky Blinders, tira sur un membre du gang de Summer Hill qui mourut cinq jours plus tard. Les hommes des deux bords furent déclarés comme appartenant à « une classe dont aucune ville ne pouvait être fière, errant dans les rues en bandes pour s'affronter entre rivaux, plus particulièrement le samedi soir ». L'article du *Mail* ne manquait pas d'à-propos, car de tels combats étaient de plus en plus rares, l'époque des Peaky Blinders était effectivement révolue, et il ne restait plus beaucoup de temps avant qu'ils ne cessent leurs activités pour de bon[41].

L'année suivante, en 1906, le nombre de poursuites pour voies de fait contre des policiers chuta de façon spectaculaire à 337[42] (soit 150 de moins). La *Birmingham Daily Gazette* fit mention d'un « scandale de hooligans » à Newton Row en janvier 1907 (qui autrefois, avait été un bastion de Peaky Blinders), lorsque des hommes de type Peaky Blinder attaquèrent sauvagement un homme d'affaires tard dans la nuit, pour le voler. Après ce fait divers, on ne trouve plus de mention relative à des agressions ou des bagarres causées par des Peaky Blinders[43]. Leur disparition paraît totale, à tel point qu'en 1912 le journal faisait observer que « à une certaine époque, déambuler de nuit dans les taudis de Birmingham jusqu'à n'importe quelle banlieue était une aventure pleine de dangers. Les célèbres Peaky Blinders commettaient des actes funestes, menaient la guerre, ce qui demandait de la bravoure au promeneur noctambule[44] ».

Pour quelles raisons les Peaky Blinders avaient-ils disparu aussi rapidement ? En 1898, ils sévissaient à tour de bras, sept ans plus tard, ils continuaient d'infliger des coups et blessures aux policiers et aux civils. Pourtant, en 1907, on les mentionnait au passé et dans les années 1920, ils n'étaient plus qu'un souvenir.

Il y a un certain nombre de facteurs explicatifs à ce phénomène, à l'instar de la disparition des gangs de Manchester et de Salford. Dans son livre très documenté sur ces gangs, Davies note que les conflits entre bandes avaient diminué entre la fin des années 1890 et le déclenchement de la Première Guerre mondiale. Cela coïncide avec un changement d'attitude envers « Manchester la paria », « Birmingham et ses nuits sombres » et « Liverpool la sordide ». On craignait que, dans ces grandes villes polluées et surpeuplées, les jeunes pauvres ne souffrent de leur environnement et ne deviennent physiquement inaptes du fait des mauvaises conditions dans lesquelles ils vivaient. La réponse fut le lancement des clubs pour jeunes travailleurs. Leur développement prit de l'ampleur à partir de la fin des années 1880, mais une décennie allait passer avant qu'ils ne contribuent de manière significative à la généralisation de passe-temps plus paisibles parmi la génération montante[45].

Gooderson met en avant un processus similaire à Birmingham, après l'étude du travail d'Arnold Pinchard, membre du clergé de la Haute Église d'Angleterre en charge de St Jude à partir de 1896. Cette église était située à Hill Street, un des quartiers les plus pauvres de Birmingham, non loin de Navigation Street où avait eu lieu l'émeute en 1875. Pinchard créa un club pour les « Peaky Blinders en herbe » et les désœuvrés de la rue, âgés de dix-huit à vingt ans, en leur proposant un abonnement à un penny par semaine. Le club était ouvert tous les soirs, Pinchard accueillait les jeunes, avec l'aide de son vicaire, d'un laïc et d'un capitaine de la Church Army. Les garçons pouvaient jouer aux dames, aux dominos et aux cartes mais, comme Gooderson l'a souligné, « les deux paires de gants de boxe étaient les plus demandées ».

Connu lui-même comme étant un sacré bon boxeur, Pinchard organisa un tournoi deux mois après la création de son club. « On n'avait pas de corde autour du ring, les boxeurs tombaient sur les genoux des spectateurs du premier rang ! » Les garçons se battaient dans leurs habits de tous les jours, en chemise de flanelle, pantalons de velours côtelé, ceinture et bottes, pour remporter le premier prix, un costume, et le second prix, une paire de bottes neuves. Copestick, avec « sa frange de Peaky arrangée avec soin » remporta le tournoi. Le club de Pinchard était également ouvert aux filles, ainsi qu'à une brigade d'enfants de chœur de moins de dix-huit ans qui s'entraînait à la gymnastique comme dans l'armée[46].

Pinchard gagna une renommée nationale pour ses efforts envers les Peaky Blinders. Il était de la même trempe que le père Jay, célèbre vicaire de Holy Trinity dans le quartier Old Nichol de Londres[47], tristement connu pour sa criminalité à la fin de l'époque victorienne. Après avoir repris la paroisse en 1886, le père Jay avait installé un gymnase avec un ring de boxe dans le sous-sol de l'église. À cette époque, la boxe était une partie importante du travail de missionnaire auprès des pauvres d'East End. Comme l'indique l'historienne Sarah Wise, les travailleurs des établissements caritatifs et universitaires proches « avaient réalisé que la meilleure façon de convaincre les hommes pauvres était de capitaliser sur une passion déjà existante, les combats de rue qui, entrepris à mains nues causaient des blessures graves. Canalisée, cette passion se transforma en discipline structurée et donc plus "morale". Le père Jay eut la brillante idée de retirer la boxe du pub et de briser ainsi l'association entre sport et alcool[48] ».

La boxe selon les règles de Queensbury (qui imposait l'utilisation de gants) était un sport nouveau. Elle eut un impact positif, en particulier sur les jeunes qui auraient pu devenir des Peaky Blinders. Dans un article avisé de 1899, son rédacteur reconnut que, malgré le travail de nombreuses organisations, il n'en connaissait « aucune autre prête à s'investir et à convaincre les Peakies de devenir des citoyens respectueux de la loi » autre que l'église qui avait réussi dans sa mission. Sans aucun doute, il parlait de Pinchard et de l'église Saint-Jude, dont le succès fut « obtenu grâce au gymnase et aux paires de gants[49] ».

La boxe aida de nombreux jeunes hommes à se construire, en leur inculquant le respect du combat à la loyale plutôt que le règlement de compte sans foi ni loi. Le club des amateurs de boxe de Birmingham vit le jour en 1881. Basé en centre-ville, il s'adressait davantage aux jeunes hommes qualifiés de la classe ouvrière, et non pas aux jeunes pauvres comme le club de Pinchard[50]. Mais à partir du début du XXe siècle, des clubs de boxe plus modestes commencèrent à ouvrir dans les quartiers populaires, comme le Sparkbrook Amateur Boxing Club, fondé en 1906 par Albert Smith sur Main Street. En moins de deux ans, il comptait déjà quatre-vingts inscrits et dut déménager dans des locaux plus grands et mieux adaptés, au rez-de-chaussée de Sampson Road North, près de Camp Hill[51].

Comme Jay, Pinchard était anglo-catholique. En 1934, à sa mort, la *Birmingham Daily Gazette* souligna son travail de pionnier dans la ville : « il a fondé un Boxing Club, une institution pour filles, elles travaillent toute la journée dans une usine, à n'en pas douter, cela constitue un nouveau départ pour la philanthropie chrétienne. Le vicaire connaît son peuple, mais plus important encore, le peuple a appris à connaître son vicaire.[52] »

Sœur Beta, devenue plus tard Mme Hornabrook, était issue d'un milieu aisé et travaillait aussi pour le bien-être des jeunes pauvres. Fille d'un pasteur de l'Église wesleyenne, elle devint une sœur wesleyenne attachée à la mission Central Hall de Corporation Street. Elle y travailla pendant six ans et « créa plusieurs occasions de rencontres régulières, le samedi soir pour les garçons qui vendaient des allumettes et les journaux du soir dans la rue ; ainsi qu'un club pour les Peaky Blinders d'Aston. La première fois, de jeunes voyous l'accueillirent par une pluie de pierres, mais après réflexion, ils se transformèrent en gardes du corps pour l'accompagner dans les quartiers difficiles[53] ».

Le plus grand et le plus réussi des clubs de cette période fut lancé en juillet 1889 par la Kyrle Society, pour garçons, dans Lawrence Street. Ce quartier était considéré comme le « Seven Dials » de Birmingham – un coupe-jarret notoire de Londres[54]. En 1893, un club de filles et de nouveaux locaux, à proximité dans Sheep Street, furent ajoutés[55]. Kyrle Hall eut un impact durable et positif et deviendra célèbre pour son entraînement de boxe. En 1911, le club fut cédé à la Birmingham Boys and Girls Club Union, sous l'impulsion du chanoine Carnegie, recteur de la cathédrale de Birmingham, qui, lors de son arrivée cinq ans auparavant, avait été bouleversé par les jeunes allant pieds nus dans leurs vêtements en lambeaux, pour vendre les journaux. Déterminé à les aider, il leur ouvrit les portes d'un club où ils pouvaient discuter, boire du thé et jouer. En deux ans, le chanoine en ouvrit huit et, à partir de 1909, il y en eut aussi pour filles[56].

Cependant, malgré ces premiers succès, seulement un petit nombre de garçons rejoignit les clubs ; il restait difficile de convaincre ceux qui étaient considérés comme des « durs ». À Birmingham, la Street Children Union fut créée pour aider les garçons et les filles « dont les occupations ou les mauvaises conditions familiales les poussaient à passer la majeure partie de leur vie dans la rue ». En 1914, l'Union ne comptait pourtant que quatre cents garçons âgés de plus de quatorze ans dans ses huit clubs. Les nombreux autres clubs de la ville faisaient appel à des garçons issus d'un milieu ouvrier plus « respectable[57] ». Pourtant, comme le soutient Davies, il est possible que l'influence des clubs ait été plus importante dans la mesure où ils encourageaient la participation active aux sports. Celle-ci augmenta considérablement dans les années 1890, une décennie qui avait vu la forte croissance de la popularité du football associatif, en particulier dans les rues. Fait important, à Manchester et à Salford, les équipes de rue offrirent un nouveau débouché, autre que la violence, aux rivalités territoriales[58].

À Birmingham, le football associatif était tout aussi populaire. Les équipes scolaires s'affrontaient dans des ligues depuis la fin des années 1880. Au début du xxe siècle, des équipes basées dans les usines, les églises, les chapelles et les pubs s'impliquaient aussi dans des ligues telles que la Small Heath and District League[59]. De nombreux garçons de la classe ouvrière jouaient également à des jeux de toutes sortes presque quotidiennement.

Comme H.V., un jeune homme qui tint un journal pendant une semaine dans le cadre d'une enquête menée au début de 1914 sur les conditions de « travail des garçons » dans la ville. Un recueil de témoignages sollicité par Arnold Freeman, pour le conseil municipal. L'étude se concentra sur un échantillon soigneusement choisi de soixante et onze garçons âgés de dix-sept ans, considérés comme « typiques de l'importante main-d'œuvre masculine sans instruction de Birmingham ». Ainsi, on peut lire que chaque soir de la semaine, H.V. rentrait chez lui pour dîner, puis jouait au football avec les autres avant de reprendre son travail. Le samedi matin, il discutait football avec ses collègues, comme souvent, et après le dîner, « nous allions à un match de football avec ceux de la boutique et de Cape Hill Mission ».

K.L. participa également à l'enquête. Dans son journal, il relate en détail le match de Birmingham City contre Preston North End, qu'il regarda un samedi. Après le petit déjeuner dominical, il se prépara et alla retrouver des amis à 9 h 50. Ils jouèrent au football sur un terrain vague jusqu'à 14 heures. Plus tard dans l'après-midi, il détaille : « Alors que nous étions ensemble, nous avons vu des gars qui vivent à l'autre bout de notre rue et nous leur avons demandé s'ils voulaient jouer au football avec nous. » Les autres acceptèrent, l'équipe de K.L. l'emporta 8 buts contre 5, après quoi ils se rendirent tous au café[60].

Le cinéma, une autre forme de divertissement populaire, eut également un effet positif. Il émergea à mesure que les Peaky Blinders et les cogneurs diminuaient. À partir de 1900, Pat Collins projeta des images animées dans son parc des expositions, un exemple bientôt suivi par d'autres entrepreneurs qui organisèrent des séances de cinéma dans des théâtres et salles de réunion ; certaines d'entre elles furent transformées en *penny gaffs* : des salles exiguës, inconfortables, où l'ouvreur poussait les clients avec sa canne, aboyait pour qu'ils se serrent sur des bancs de bois. Pas étonnant qu'elles aient été surnommées « béguin pour un sou » ou « fosse à puces » du fait de leur insalubrité. À partir de 1910, la loi sur le cinématographe garantit que « les images » devaient être montrées dans des locaux permanents, autorisés et soumis à inspection.

Davies l'indique clairement à propos de Manchester et de Salford, les officiers de police se réjouissaient « de voir autant de garçons et de filles passer jusqu'à trois ou quatre soirées par semaine dans des maisons de cinéma plutôt que dans la rue[61] ». Aller au cinéma était devenu si populaire que, dans son étude, Freeman déclare qu'il « avait renoncé à demander aux garçons s'ils allaient au cinéma parce que la réponse était invariablement affirmative ». Ils se rendaient dans l'un des quarante-six palaces de l'image de Birmingham, environ deux fois par semaine et y passaient toute la soirée.

Freeman identifie un autre facteur qui aurait eu une influence positive sur les jeunes : la scolarisation. Du fait des réformes lancées par le nouveau gouvernement libéral de 1906, les écoles avaient été partiellement transformées en structures s'occupant d'éducation, mais aussi de traitement médical, alimentation, et même de logement. Si cette action de grande influence sur la vie des enfants de la nation était supprimée, alors, pensait Freeman, « nous fabriquerions une race de hooligans ». Au lieu de cela, les écoles sauvèrent les enfants en les soustrayant aux mauvaises influences, pour les façonner de manière imparfaite, mais constante, énergique et productive, et pour en faire de bons travailleurs et des citoyens capables[62].

Peuvent-ils combattre ?

Malgré le rôle important des structures sociales, le déclin des Peaky Blinders dépend de trois autres facteurs : les peines plus sévères imposées aux hommes violents depuis le début du siècle, le soutien de la classe ouvrière à la police contre les Peaky Blinders, le maintien de l'ordre énergique. Ces trois facteurs sont liés. Rafter initia le renforcement des forces de police, ce qui donna confiance aux gens de la classe ouvrière pour soutenir la police. C'est aussi Rafter qui encouragea les magistrats à adopter une ligne plus dure avec les délinquants qui agressaient les policiers.

Dans un article paru en novembre 1901, le *Birmingham Mail* attira l'attention sur l'action sévère récemment entreprise par le magistrat T. M. Colmore contre les Peaky Blinders. Les peines prononcées à leur encontre « ne pouvaient plus être qualifiées d'indûment clémentes ». Il envoyait en prison, sans possibilité d'amende, même les délinquants qui n'avaient aucun casier judiciaire[63]. Les journaux locaux réclamaient ce changement d'approche depuis de nombreuses années. C'est bien sous l'impulsion de Rafter qu'il se concrétisa. À sa demande, le procureur demanda à M. Colmore d'infliger des peines exemplaires aux personnes reconnues coupables d'agression contre des policiers. L'objectif était de permettre à un agent de police de faire son devoir sans encombre[64]. La confiance des magistrats envers Rafter et ses forces de police se doublait de celle des gens de la classe ouvrière, dont certains s'étaient maintenant enhardis à prendre position contre les Peaky Blinders.

Après l'émeute de Navigation Street, en 1875, la police eut les plus grandes difficultés à obtenir des témoins en raison du « terrorisme exercé par les vauriens du quartier ». Ce n'était pas surprenant, compte tenu de l'attaque contre Mary Ann Bell. Soupçonnée d'avoir donné des informations à la police, elle fut agressée par plusieurs personnes incitées par la mère de l'un des accusés. Mary Ann Bell s'en sortit avec les yeux au beurre noir et de graves coupures au cuir chevelu[65].

Les Peaky Blinders avaient aussi un comportement revanchard et vicieux. Le révérend T. J. Bass, qui exerçait son ministère dans l'un des quartiers les plus pauvres de la ville, s'était fait remarquer en 1898 grâce à sa brochure, *Vie quotidienne dans Birmingham-la-Pauvre : Faits réels, pas de fiction*. On peut y lire :

« Notre quartier est le repaire du Peaky Blinder ; la vengeance de ce roi des canailles envers ceux qui lui refusent l'obéissance est terrible. Les rues constituent son petit royaume, il manifeste sa colère tous azimuts et engendre la terreur. Ses méthodes sont désagréables – terme très doux. Un coup de poing ou un coup de poignard dans l'obscurité, la destruction totale de vos fenêtres, sans oublier les centaines de mesquineries qu'il exerce d'une manière si ingénieuse qu'elles défient toute détection. Même si l'acte illégal du Peaky Blinder est découvert, une présentation rapide au tribunal, avec lesquel il est familier, rend sa poursuite difficile et pratiquement inutile[66]. »

Pourtant, depuis quelques années, une partie de la classe ouvrière ne vénérait plus les Peaky Blinders, mais agissait contre eux, en apportant son soutien à la police. Ce fut très clair en mai 1901, après qu'un gang de voyous eut défilé dans Bromsgrove Street, bousculant et agressant tous ceux qu'ils croisaient. Un médecin reçut des coups au visage, un ouvrier voulant l'aider reçut des coups de ceinture à boucle et des coups de pied, un autre homme eut une dent cassée.

Harriet Chaplin, une jeune femme qui vivait dans Hurst Street, fut témoin de la scène. Elle répéta à la police ce qui s'était passé et où se trouvaient les agresseurs. James Thornton, vingt-quatre ans, fut identifié comme celui qui avait frappé le médecin et l'ouvrier. Il fut condamné à deux mois de prison. Les magistrats remercièrent Harriet Chaplin pour « sa conduite courageuse et la recommandèrent au chef de la police pour qu'il lui accorde une indemnité ». Sa bravoure était d'autant plus remarquable que Thornton habitait également Hurst Street[67].

Quatre ans plus tard, en mars 1905, il y eut une « lutte passionnante entre la police et trois Peaky Blinders » à Key Hill. Au cours de sa ronde, l'agent James Smith trouva James Brough (vingt-deux ans, cireur de chaussures à St Mark Street, Ladywood), ivre, sur Park Road, Hockley. Brough résista à son arrestation. Après avoir bousculé l'agent, il le bourra de coups de pied au visage et sur le corps. Des officiers arrivèrent pour lui prêter main-forte, mais deux amis de Brough tentèrent de libérer l'interpellé. Ils auraient réussi « n'eût été l'assistance rapide de plusieurs passants, qui s'accrochèrent avec ténacité aux prisonniers et roulèrent par terre avec eux ». En particulier, un certain M. Tiller « fit preuve d'un courage remarquable ; c'est principalement grâce à lui que les voyous furent menottés, après une heure de lutte ». L'agent Smith, sans connaissance, dut être transporté à l'hôpital, tout comme James Brough, dont les vêtements avaient été arrachés presque entièrement. Mullis, un des comparses, fut condamné à un mois de travaux forcés, en plus de sa peine, et Brough à une amende de vingt shillings. Le juge félicita ceux qui avaient apporté leur aide précieuse à la police[68].

Cette volonté d'aider la police fut facilitée par le maintien de l'ordre renforcé mis en place par Rafter. Dès le début de son mandat, il avait été conscient de ne pas disposer d'un nombre suffisant d'hommes pour les besoins d'une ville de la taille de Birmingham. Un point de vue rapidement confirmé par l'inspecteur de la police de Sa Majesté. En 1900, le capitaine C. Legge déclara que les effectifs de police à Birmingham étaient insuffisants et recommanda l'ajout de 220 hommes.

Le comité de surveillance accepta, mais ne demanda pas pour autant au conseil « l'augmentation complète en une seule fois ». Sans doute influencé par les appels continus à l'action contre les Peaky Blinders et les ruffians, c'est en février 1901 que le conseil « approuva sans hésitation une augmentation immédiate de cent agents, suivie de six augmentations annuelles de vingt hommes chacune », ce qui porterait les forces de police à un effectif de 920 en 1907[69].

Cette augmentation du nombre d'hommes sous son commandement permit à Rafter de mettre fin à la pratique des agents allant tout seuls dans les rues. Désormais, ils se déplaceraient par binôme, et seraient ainsi en mesure de se défendre et de lutter contre les Peaky Blinders. Rafter avait compris que « dans certaines parties de la ville, les patrouilles de police étaient des cibles mouvantes, car le hooligan considère comme son privilège et son amusement d'agresser quiconque porte un uniforme de policier[70] ». Les journaux firent remarquer que l'agent Gunter était seul lors de son attaque. Rafter rectifia en expliquant au comité de surveillance que l'agent Heeley avait accompagné Gunter jusqu'à minuit moins dix, alors que tout semblait calme. L'agression s'était produite peu de temps après leur séparation. Rafter rapporta aussi que quatorze patrouilles avaient fonctionné en double cette nuit-là. Lorsque l'agent Gunter avait sifflé pour lancer l'alerte, trois autres policiers l'avaient entendu, ainsi que des habitants du quartier. La division de Gunter avait déjà reçu son quota de cent hommes et « l'intégration des nouveaux avançait aussi rapidement que possible sachant que les formateurs faisaient face à de nombreuses recrues[71] ».

Selon une tradition dans la police de la ville, Rafter posait trois questions à ses recrues : « Savez-vous lire ? Écrire ? Vous battre ? » Une publicité du *Sheffield Daily Telegraph*, parue en octobre 1901 souligne que les qualités recherchées comprenaient l'alphabétisation et la force physique, et encourageaient les candidatures de jeunes hommes éduqués, de bonne moralité, mesurant au moins un mètre soixante-dix et avec un tour de poitrine d'au moins quatre-vingt-onze centimètres. Neuf ans plus tard, on recruta « des hommes intelligents, à l'esprit vif, instruits, honnêtes et de bonne condition physique, célibataires, âgés de vingt et un à vingt-six ans, taille un mètre soixante-quinze, tour de poitrines quatre-vingt-treize centimètres ». Les salaires proposés étaient de vingt-cinq à trente-trois shillings par semaine[72].

Les recrues refusant de se battre n'étaient pas la bienvenue. En septembre 1903, un cas singulier de lâcheté fut porté devant Rafter : un agent de police venu arrêter deux jeunes pour jeux d'argent fut violemment agressé par un troisième. L'officier était accompagné d'une jeune recrue qui « non seulement n'apporta aucun secours à son supérieur, mais prit la fuite pour sauver sa peau ». Le policier dut être hospitalisé plus d'une semaine, la mauvaise recrue licenciée[73].

L'impression que les policiers grands et bien bâtis de Rafter réprimaient les gangs est étayée par les souvenirs de l'inspecteur en chef James McArdell, originaire du Berkshire. Il rejoignit la police de Birmingham en janvier 1896 et « peu de temps après, fut confronté aux gangs de Peaky Blinders qui terrorisaient Birmingham ». Mois après mois, il s'engagea dans la répression de ce hooliganisme et rappelle que « souvent, nous avons dû nous battre contre ces gangs pour sauver notre vie[74] ». En 1955, un lecteur du *Birmingham Weekly Post*, R. W. Hawkins, raconta que si un Peaky Blinder était arrêté, il se devait de résister à la police pour que « le gang s'efforce de le sauver ». Comme les policiers de l'époque étaient pour la plupart de grande taille et costauds, et que les *tykes* (comme on les appelait) étaient généralement petits et durs, le gang avait du fil à retordre[75].

Il y a peu de preuves officielles sur le fait que la police aurait cherché la bagarre physique contre les Peaky Blinders. Cependant, à l'été 1900, des agents furent reconnus coupables de violences injustifiables envers des civils et punis[76]. Deux ans plus tard, le

1er mai 1902, on trouve des plaintes dans les registres de police concernant « certains prisonniers amenés dans différents postes qui auraient été agressés par l'agent qui les arrêtait. Cependant, on ne trouve aucun enregistrement des plaintes par le sergent de service ni de rapport au surintendant de la division ».

Il fut donc ordonné que des mesures soient prises pour qu'à l'avenir ces plaintes soient notées et signalées en temps voulu. Le chef de la police souligna aussi que la légitime défense était la seule circonstance dans laquelle les policiers pouvaient rétorquer, et seulement en cas de nécessité absolue. De plus, il était interdit de frapper quiconque sur la tête avec un bâton, les prisonniers devant être traités sans violence inutile[77].

Depuis la fin des années 1880, les gourdins utilisés par la police étaient en gaïac, un bois dur. Mais en 1890, ce fut un tollé dans la presse car plusieurs de ces gourdins s'étaient brisés quand les policiers les avaient utilisés contre des délinquants violents. De ce fait, on procéda à une série de tests sur 501 gourdins. Résultat : 157 se cassèrent ou se fissurèrent, devenant inutilisables. Pourtant, ils étaient réputés incassables à condition d'avoir été correctement taillés. Le problème venait du sens de la découpe : si elle n'avait pas été faite dans le sens du grain, le gourdin se cassait au niveau de sa partie effilée, au-dessus de la poignée[78]. Le comité de surveillance décida d'armer la police avec de nouveaux gourdins en noyer, choisi pour sa solidité et sa souplesse. Le gourdin encaissait mieux les chocs[79].

Mon grand-oncle Wal me raconta qu'avant la Première Guerre mondiale certains policiers de Rafter préféraient une autre arme pour se battre :

« Les flics étaient presque tous irlandais à l'époque, vu que Charles Haughton Rafter était leur chef. Ses recrues venaient d'Irlande, ils étaient tous grands et larges. Ils faisaient le boulot que Rafter demandait parce qu'il y avait de l'ordre… Les Irlandais rappliquaient dès qu'il y avait du grabuge dans un pub, leur pèlerine enroulée à la ceinture. Ils cernaient le coupable, donnaient un avertissement et le faisaient sortir en hurlant : "Dehors !" Si le gars n'obéissait pas, ils sortaient leur matraque et se servaient aussi de leurs pèlerines[80]. »

La cape du policier était généralement en tissu Melton ; à Birmingham, elle était en sergé de laine[81]. Épaisse, résistante, elle constituait une arme lourde, facile à utiliser, rapide à prendre en main, enroulée comme elle l'était à leur ceinture.

Fait intéressant, les anciens membres de la Royal Irish Constabulary ne furent pas enrolés par Rafter, car il ne croyait pas à la présence d'anciens policiers dans ses forces, malgré ses propres antécédents[82]. En février 1901, il embaucha quelques anciens soldats, mais uniquement s'ils étaient connus pour leur très bon, voire excellent, caractère. La plupart des candidats étaient irlandais[83], ce qui pourrait laisser penser que la police de Birmingham « s'hibernianisait[84] » (*Hibernia*, mot latin désignant l'Irlande). Mais, comme le *Birmingham Mail* le signalait dans un article paru en octobre 1901, les jeunes Irlandais étaient encouragés à déposer leur candidature parce que la rémunération était meilleure en Angleterre et qu'en parallèle le commerce anglais jouissait d'une bonne santé ; ces deux aspects suscitaient donc des vocations nationales[85]. En réalité, les Irlandais formaient une petite mais significative minorité des forces de police de Birmingham. En 1909, l'effectif réel de celle-ci était de 950 hommes, dont 832 Anglais, 64 Irlandais, 45 Gallois et neuf autres[86]. Les Irlandais représentaient près de 7 % des effectifs, à une époque où seulement 1 % de la population générale était irlandaise.

L'adjoint de Rafter, Michael McManus, marqua aussi les esprits. C'est l'homme qui renversa un Peaky Blinder avec le poing pour défendre Pat Collins, le repreneur de la fête foraine. McManus eut une carrière exceptionnelle. Élevé à Newfield, Mayo, ouvrier, il rejoignit ensuite les forces de police en 1873 et prit sa retraite en 1918. Il fut rattaché durant plusieurs années à la Duke Street Division, un des quartiers les plus difficiles de la ville. C'était un homme irascible, déterminé, qui commença sa carrière quand « il y avait beaucoup plus d'anarchie qu'aujourd'hui, à l'époque où les policiers risquaient leur vie quand ils s'aventuraient seuls dans certaines rues des quartiers pauvres de Birmingham ». L'une de ses premières expériences fut « une mêlée avec une bande de brutes, dont l'une le frappa à la tête avec une brique, ce qui lui valut cinq semaines d'hôpital[87] ». Un autre jour, McManus affronta seul un gang de voleurs de grands chemins. Frappé, poignardé et battu à coups de boucles de ceinture, il fut gravement mutilé, mais « il eut une certaine consolation car des voyous finirent aussi à l'hôpital[88] ». Connu pour se déplacer autour de la ville juché sur un grand cheval blanc, McManus entra dans le folklore local de la classe ouvrière, et beaucoup d'autres policiers irlandais également.

À Aston, le maintien de l'ordre était tout aussi rigoureux. La police était dirigée par le surintendant H. A. Walker, nommé en 1882. Quand il prit sa retraite en 1900, il raconta que débarrasser les rues de ces vauriens infâmes était plus facile à dire qu'à faire, les cogneurs « n'aimant pas du tout l'ingérence de la police. Au cours de cette croisade, un grand nombre de policiers furent non seulement maltraités, mais aussi gravement blessés, rendus incapables de poursuivre leur service ». Au début de sa campagne contre les cogneurs, Walker milita pour que de lourdes amendes leur soient imposées, dans l'espoir qu'elles fassent effet. Sa stratégie échoua du fait des collectes qu'organisaient les gangs pour leurs acolytes punis. Les amendes furent remplacées par de courtes peines d'emprisonnement, mais elles n'eurent pas non plus l'effet escompté. Les cogneurs continuaient de prospérer et « la police était quotidiennement provoquée, voire agressée ». Les magistrats décidèrent alors d'imposer la peine maximale de six mois quelle que soit l'infraction commise. Cette fois-ci, la dissuasion fonctionna, les cogneurs disparurent petit à petit. À l'évidence, la police d'Aston combattit le feu par le feu, brisant les gangs par des « mesures répressives sévères[89] ». Un policier était particulièrement craint par les cogneurs : l'agent « Big Jimmy » Hodson, qui n'hésita jamais à s'attaquer aux gangs, même les plus menaçants[90].

Des flambées de violence se produisirent encore à Aston après le départ en retraite de Walker, mais le règne des gangs était presque terminé dans le district. En quelques années, les Peaky Blinders de Birmingham avaient également été éliminés. Que s'est-il passé ? En 1915, le *Birmingham Mail* écrivait que « les vagabonds, jeunes et vigoureux, préféraient une vie de nomade plutôt qu'une vie basée sur le travail » et que beaucoup de Peaky Blinders avaient rejoint l'armée, en étant d'ailleurs de bons soldats. D'autres avaient trouvé des emplois respectables auprès d'employeurs prêts à embaucher des travailleurs non qualifiés. L'article soulignait que « personne n'était plus ravi que la police locale, pour qui ces jeunes Peaky Blinders, comme on les appelait autrefois, étaient une source d'ennuis sans fin[91]. »

Quarante ans plus tard, en se remémorant sa lettre au *Birmingham Weekly Post*, Hawkins reconnut que la Première Guerre mondiale avait eu raison des gangs : « Beaucoup appartenaient à l'ancienne milice, ils furent mobilisés et rejoignirent l'armée régulière. Beaucoup sont morts. Ceux qui revinrent, après plusieurs années de guerre, s'étaient disciplinés et s'installèrent[92]. »

Henry Lightfoot, le premier homme désigné par le qualificatif de Peaky Blinder, illustre les observations perspicaces de Hawkins. Il en va de même pour George Hickling. Hickling appartenait au célèbre gang des Dix Arches d'Aston, nommé d'après le viaduc ferroviaire traversant le canal de Birmingham à Fazeley,

Holborn Hill. Il fit parler de lui pour la première fois en 1883[93]. En mai 1900, George Hickling et son frère, Thomas, « deux jeunes hommes de type Peaky », furent accusés d'avoir jeté des pierres et des briques qui brisèrent une fenêtre de *Church Inn* sur Lichfield Road parce qu'un homme qu'ils n'aimaient pas buvait à l'intérieur. Les frères furent reconnus coupables, puis emprisonnés pendant un mois car ils ne pouvaient pas payer les dommages, l'amende et les frais qui leur étaient réclamés[94].

Quinze ans plus tard, George Hickling rejoignit l'armée, mais comme il fut déclaré temporairement inapte, on l'affecta d'abord chez les réservistes, puis il partit sous les couleurs du Royal Berkshire Regiment en mai 1916. Il avait trente ans, mesurait un mètre soixante-deux, et collait des affiches. Peu de temps après, Hickling épousa Clara Timmins à St Mary's, Aston Brook. Ils habitaient ensemble depuis dix-sept ans dans une masure de Powell Street et avaient deux enfants illégitimes. Ils se marièrent vraisemblablement pour que Clara et leurs enfants touchent une allocation de séparation. Plus tard, Hickling fut affecté à la 17e compagnie du 3e Labour Battalion, qui comprenait des hommes dotés d'un coefficient médical inférieur à « A1 » requis pour le front. Hickling était BII. Il fut libéré en mars 1919 avec une invalidité de 20 % pour surdité et une pension durant vingt-six semaines de cinq shillings et six pennies par semaine. Son caractère était qualifié de bon[95].

On continua de parler des Peaky Blinders, mais au passé. En 1925, un article sur les améliorations constatées à Birmingham soulignait qu'un important changement était visible dans le maintien de la paix : « les voyous à pattes d'éléphant, outrageusement chapeautés, qui constituaient une véritable source d'ennuis, sinon de danger, pour le grand public et les autorités il y a quelques décennies » avaient disparu[96].

Le fait d'avoir réussi à débarrasser la ville des Peaky Blinders fut encore souligné en 1929, lorsque la *Birmingham Daily Gazette* informa ses lecteurs :

« L'offense à Birmingham commise par un journal londonien a été réfutée dès hier par le chef de police (Sir Charles H. Rafter) devant le comité de surveillance. Dans son article, le journal en question écrivait : "Trois villes britanniques sont connues pour leur violence : Birmingham, Sheffield et Glasgow." Sir Charles Rafter, en présentant l'état de la criminalité à Birmingham de 1899 à 1928, a déclaré que cet article prêtait une très mauvaise réputation à notre ville et que ses remarques étaient loin de la vérité. En effet, les statistiques montrent que la ville traverse des jours paisibles, car on assiste bel et bien à une diminution conséquente de la violence. »

Le président du comité, le conseiller W. E. Lee, déclara que certaines comparaisons valaient la peine d'être soulignées : entre 1913 et 1928, les agressions contre la police étaient tombées de 387 à 123 ; les voies de fait de 877 à 484. Une prouesse, sachant que la ville comptait, en 1929, 120 000 habitants supplémentaires. Le Peaky Blinder de 1899 avait disparu depuis longtemps ; les gangs aussi[97].

Bien sûr, tous les hommes violents n'étaient pas soudain devenus pacifiques, la police restait confrontée à la violence, mais beaucoup moins. En septembre 1910, quand deux policiers demandèrent à un groupe d'hommes attroupés devant un restaurant d'Essex Street de se disperser, on leur répondit avec grossièreté. Puis un certain Robert Daly fit tournoyer une ceinture à boucle militaire et l'écrasa sur le casque de l'agent Clark, le blessant à la tête. Son collègue fut aussi touché. Daly s'enfuit, mais l'agent Clark le rattrapa et le fit « tomber au sol avec son bâton ». Il se releva et agressa de nouveau les policiers. La foule était devenue hostile, des briques et des bouteilles furent lancées sur les deux policiers. Daly fut condamné à deux mois de travaux forcés[98].

De petits gangs continuèrent à sévir. En juin 1920, six jeunes furent condamnés à six mois de travaux forcés pour avoir agressé Robert Graves et Albert Woodin à coups de pied, à Dale End. Alors que la *Birmingham Daily Gazette* qualifiait les délinquants de hooligans et de terroristes de rue, le président des magistrats les tenait pour des hooligans et des cogneurs. On remarquera que le terme « Peaky Blinders » n'était plus d'usage. Cette mention semble être la dernière du terme « cogneur », quinze ans après son apparition dans les journaux[99]. Pourtant, et comme dans toute grande ville, il y avait beaucoup de durs dans les quartiers pauvres de la classe ouvrière, dont certains avaient été des Peaky Blinders qui cherchaient des noises.

Parmi ceux-ci, les Kirby. En mars 1927, James Kirby, vingt-six ans, et Frederick Kirby, vingt-quatre ans, furent envoyés deux mois en prison pour l'agression brutale d'un policier. Tous deux vivaient à Tower Street, dans le quartier de Summer Lane. Au tribunal, l'inspecteur Shereston déclara que la vie dans le quartier était devenue si pénible qu'il avait fallu recruter des policiers supplémentaires[100]. Trois ans plus tard, les Kirby et deux autres étaient décrits comme les « hommes les plus illustres de la ville ». Les habitants du quartier de Newtown Row « n'osaient pas venir au tribunal pour témoigner contre eux ». James Kirby fut condamné à douze mois de travaux forcés pour effraction dans une usine. Son frère était déjà en prison pour violence commise après les courses de Birmingham, une condamnation de quinze mois de travaux forcés[101].

Cependant, il n'y eut aucune inquiétude sur une résurgence éventuelle de Peaky Blinders ou de hooligans à la suite de l'affaire de 1920 ou de celle des Kirby. Quant au quartier Garrison Lane-Watery Lane, dans lequel les Shelby et leur gang sont basés dans la série *Peaky Blinders*, aucun récit ouvrier datant des années 1920 ou relatif à cette période ne fait mention de Peaky Blinders[102].

Le quartier de Garrison Lane

Cette zone de Bordesley, aux confins de Small Heath, comptait une famille redoutée : les frères Harper. Beattie Hamill, née à Artillery Street en 1907, vivait au numéro 44. Adolescente dans les années 1920, travaillant à la poissonnerie de Garrison Lane, elle se souvenait : « Quand ils se saoulaient, ils venaient par ici pour jouer. Le vendredi soir, on savait qu'ils viendraient, saouls comme des barriques comme toujours. Un vendredi, les frères sont arrivés, ivres bien sûr, et Billy Harper a voulu échanger des oranges contre du *fish and chips*. Beattie lui a dit qu'elle ne pouvait pas faire ça. Le patron est arrivé et leur a dit de déguerpir, mais ça n'a pas plu aux deux frères. Ils lui ont balancé des oranges, il y en a même eu une qui a atterri dans une casserole de graisse ! »

Alors Beattie Hamill sortit « par l'arrière-boutique et revint pour chercher le policier de service du soir, qui était toujours soit dans Gordon Street, soit dans Wolseley Street ou quelque part par-là ». Il la suivit, dut se servir de sa matraque avant de menotter les frères. Billy était une véritable terreur, il a laissé un très mauvais souvenir. Son frère Wagger et leurs copains traînaient toujours au coin de Wolseley Street et de Gordon Street, d'où ils allaient à Garrison Lane. Quand ils sortaient du pub, les hommes chantaient et jouaient au *pitch and toss*. Le gang, dont ils étaient les principaux membres, s'appelait Albion les cinq chemins[103].

Né en 1915 et élevé au 312 Garrison Lane, Victor Andrews écrivit un récit évocateur sur sa jeunesse passée dans le quartier. La maison familiale se trouvait « sur la colline », en face de St Andrew et du terrain communal de Birmingham City. Derrière, une décharge pour déchets industriels dans les anciennes carrières d'argile. L'extraction de millions de tonnes d'argile rouge avait creusé une énorme entaille dans la colline. La zone était clôturée, mais la population locale trouvait toujours des moyens d'y accéder. Les enfants avaient interdiction d'y pénétrer à cause du danger. C'était aussi un lieu d'évasion pour les chômeurs qui préféraient éviter d'attirer l'attention de la police quand ils jouaient au lancer de pièces. Ils étaient inoffensifs, mais leur jeu était illégal, alors les descentes de police étaient fréquentes. Andrews, qui n'appréciait pas du tout l'action de la police contre les pauvres en quête de réconfort et d'oubli de leur existence misérable, s'interroge dans son livre sur la façon dont la police justifiait ses opérations au lieu d'appréhender « les bandes de dangereux criminels ». Le raid d'un dimanche matin de 1926 est resté gravé dans sa mémoire. Il était assis sur le pas de sa porte et regardait des enfants jouer à la marelle, quand :

« Un Black Maria (« fourgon de police ») a traversé les voies de tramway de l'autre côté de la route et freiné brusquement pour s'arrêter au coin du cul-de-sac qui mène à la carrière. Un autre fourgon a dévalé la colline pour venir bloquer l'autre cul-de-sac, près du pont de chemin de fer. Les portes arrière se sont ouvertes, des dizaines d'hommes en uniforme ont sauté dehors. Certains sont remontés en direction de la fosse, d'autres ont escaladé le parapet du pont pour rejoindre le talus du chemin de fer. J'ai appris plus tard que plus de cinquante policiers avaient été mobilisés pour bloquer toutes les issues. Leur prise a consisté en une trentaine d'hommes qu'ils ont menés vers des voitures apparues entre-temps. Des mères, épouses, sœurs en colère sont sorties de leur salon ou leur cuisine pour rincer copieusement d'insultes les oreilles des policiers. Mais la vue des matraques noires et brillantes a dissuadé toute tentative de libération. Leurs hommes passifs et maussades ont été emmenés. Les épouses sont rentrées enfiler un manteau ou attraper leur châle et sont parties ensemble. Certaines voulant organiser une quête auprès de parents ou d'amis, d'autres avec l'intention de se rendre au poste pour apporter un soutien moral à leurs maris emprisonnés[104]. »

À la fin du XIXe siècle, une telle descente de police aurait provoqué une réaction violente de la part des cogneurs locaux et des Peaky Blinders. Ces derniers avaient peut-être disparu, mais ils ne s'étaient pas tous assagis ou n'étaient pas tous devenus des citoyens modèles. Certains rallièrent le fameux gang de Birmingham qui terrorisait les hippodromes d'Angleterre, d'autres s'impliquèrent dans une querelle sanglante et de longue durée connue sous le nom de vendetta de Garrison Lane. Elle opposa Billy Beach et ses alliés contre une famille violente et vengeresse, les Sheldon, liés aux Shelby fictifs de la série *Peaky Blinders*.

En 1907, Samuel Sheldon a été condamné à 5 ans de prison pour avoir fabriqué de fausses pièces de monnaie. Il porte le chapeau rond typique des premiers Peaky Blinders.

CHAPITRE 4

Bookmakers illégaux et vendetta

La pratique illégale des bookmakers

Honoré pour sa bravoure pendant la Première Guerre mondiale, Tommy Shelby est un personnage complexe. Beau, intelligent et charismatique, son dossier aux Renseignements généraux indique qu'il est aussi gangster, racketteur armé, chef des Peaky Blinders et bookmaker opérant depuis sa base de Small Heath. Dans une scène de l'épisode 1 de la première série, il traverse la maison familiale, tire un lourd rideau pour dégager une porte, puis entre dans une boutique de paris, ruche bruyante débordant d'activité. Au premier plan, un employé fumant une cigarette, inscrit des paris dans un livre, tandis qu'à l'arrière-plan, John Shelby se tient sur une estrade, face à un tableau noir, couvert de noms et de résultats à propos des chevaux engagés dans les courses à venir.

Alors que le jeune frère Shelby s'active sur les derniers paris, des hommes lisent le *Winning Post*, un journal sportif pour choisir leur champion, tandis qu'une voix les appelle à placer leur mise pour la course de 2h30 à Kempton. Un téléscripteur relaie les informations des hippodromes tandis que les parieurs (*punters*) placent leurs mises, inscrites sur des bouts de papier, dans un chapeau haut de forme posé sur une table dans la zone des paris. Deux paires de mains comptabilisent les pièces, la fumée de cigarette opacifie la pièce. John Shelby, surexcité, montre alors le registre des paris à Tommy[1]. La scène est vivante et évocatrice. Comme le soulignait la publicité de la BBC, l'objectif de la première série était de « faire revivre les rues, les maisons, les tripots de l'époque[2] ». Pourtant, ces derniers n'existaient pas sous cette forme dans les années 1920, car les paris étaient alors une activité de rue.

Les paris en argent réalisés en dehors des lieux spécifiques, dans les hippodromes, étaient interdits depuis 1853 par la loi sur les maisons de paris. Les personnes reconnues coupables de proposer des paris étaient passibles d'une amende pouvant aller jusqu'à 100 livres, ou d'une peine de prison d'un à six mois. La publicité de ces maisons de paris était également interdite : si un lieu était considéré comme enfreignant la loi, il pouvait faire l'objet d'une perquisition, les clients se trouvant à l'intérieur arrêtés et les documents liés aux courses et aux paris saisis. Certains bookmakers de Birmingham cherchèrent à échapper à la loi en installant leur guérite sur les terrains vagues ; des patrons de pub défièrent la législation en encourageant les paris dans leurs locaux. La police agit contre eux, mais la demande de paris hors courses demeurait, les bookmakers continuèrent de les collecter dans les rues en haranguant le chaland.

Ils encoururent des poursuites en vertu des règlements municipaux pour obstruction de rue, mais cette action s'avéra inefficace. Il en va de même pour un règlement adopté spécifiquement en 1900 stipulant que « personne n'est autorisé à se rassembler avec une autre dans la rue ou un lieu public dans le but de parier ». La peine maximale encourue était de cinq livres. Des règlements similaires dans d'autres villes n'eurent pas plus d'effet. L'inquiétude suscitée par la croissance des paris de rue à l'échelle nationale conduisit à la loi de 1906 (*Street Betting Act*) : toute personne se trouvait en infraction « si elle fréquentait ou flânait dans les rues ou les lieux publics, en son nom ou celui d'un tiers dans le but d'encaisser des paris, de parier ou d'accepter de parier ou d'enchérir, de payer, de recevoir ou de régler des paris ».

Ce montant était doublé chez les personnes déjà condamnées deux fois, en cas de récidive. Les peines pour ces récidivistes consistaient soit en une amende pouvant aller jusqu'à cinquante livres, soit en un emprisonnement de six mois maximum, assorti ou non de travaux forcés. En outre, la police était habilitée à confisquer les articles liés aux paris, trouvés sur les personnes qu'elle arrêtait. Enfin, dans un déni criant des droits des individus et en abrogeant le principe tant vanté de la liberté britannique, les officiers de justice furent habilités « à arrêter sans mandat toute personne surprise en train de commettre une infraction en vertu de la présente loi[3] ».

Parce qu'elle exemptait les paris à crédit et les paris en espèces sur les hippodromes les jours de course, la nouvelle législation était considérée par beaucoup comme une loi de classe, injuste, visant à arrêter les paris en espèces des gens de la classe ouvrière. Il fut dit alors que le *Street Betting Act* faisait partie des efforts déployés à la fin de l'époque victorienne pour étendre le pouvoir de la police dans les zones ouvrières et y contrôler l'espace. Au moment de son adoption, les officiers supérieurs de la police considéraient les paris de rue et la création de paris comme des fléaux sociaux qu'il fallait éradiquer[4].

Au départ, cette loi semblait justifiée. Selon Charles Vince, les amendes plus sévères imposées par le *Street Betting Act* eurent un effet dissuasif à Birmingham : par rapport à la période précédente entre 1907 et 1914, le nombre de condamnations chuta de plus de 50 %[5]. Cependant, Rafter expliqua que « les difficultés de la police s'étaient accrues en raison de l'ingéniosité des parieurs qui inventaient de nombreux procédés pour échapper à la loi[6] ». Celles-ci s'aggravèrent encore après la Première Guerre mondiale, quand les paris de rue se développèrent sensiblement, comme en témoigne la série *Peaky Blinders*[7].

Cette tendance fut mise en évidence dans le rapport annuel de Rafter, en 1919. Il fit remarquer qu'il y avait eu un nombre surprenant de condamnations pour paris de rue, passés de 97, en 1918, à 535 en 1919. Il révéla aussi que « plus de 109 *pitchs* de paris étaient sous la surveillance de la police, des lieux également surveillés par les "éclaireurs" de ceux qui les fréquentaient[8] ». Un *pitch* était l'emplacement dans la rue où le bookmaker encaissait les paris. Au cours de la décennie suivante, le nombre de *pitchs* augmenta et, en 1932, Rafter déclara à la Commission royale sur les loteries et les paris que la quasi-totalité des paris sur ces emplacements était « menée dans les quartiers ouvriers et les zones industrielles ». On trouvait les *pitchs* sur les pas-de-porte ou les entrées de passages étroits reliant la rue à une cour de maisons adossées[9].

Pitch *et paris*

Harry Vokes explique la popularité de ces paris sur les pas-de-porte. Aston, son quartier, « donnait une impression de labyrinthe avec entrées de terriers de lapins, cours, venelles, autant de possibilités de fuites pour les rabatteurs, preneurs de paris, coureurs et parieurs du bookmaker[10] ».

Les rabatteurs, preneurs et coureurs prenaient les paris pour le bookmaker dans certains cas. Le type d'habitat offrait une situation idéale pour le bookmaker avec ses bâtiments communaux tels que les *miskins*, de larges dépendances construites pour les dépôts d'ordures. De ce fait, si la police était repérée, le bookmaker ou son preneur de paris pouvait s'échapper dans une cour voisine. D'autres installations partagées s'avéraient tout aussi utiles, comme le *brew 'us*, le lavoir communal dans les cours. Une autre caractéristique des quartiers les plus pauvres était les *double knacks* : la plupart des cours n'avaient qu'une seule entrée, mais certaines maisons en avaient une autre menant dans la rue ou dans une rue différente. Ces doubles entrées-sorties étaient d'un secours inestimable pour le bookmaker fuyant la police.

Certains bookmakers illégaux se partageaient entre plusieurs emplacements, mais la majorité agissaient dans la rue où ils habitaient, ou à proximité. Mon grand-père, Alf Chinn, était bookmaker. Il commença en 1922 à Studley Street, où sa famille louait une maison. Il reprit le *pitch* laissé vacant par « Nack » Carey et son cousin, Bill Preston. Grand-père jouissait d'un *double knack*, menant de Studley Street au cinéma *Olympia* sur Ladypool Road, où il pouvait se perdre aisément au milieu de la foule s'il était poursuivi par la police. Comme le personnage fictif Tommy Shelby, mon grand-père, Nack Carey et Bill Preston, et tant d'autres encore, étaient des vétérans de la Première Guerre mondiale. Parmi eux, il y avait aussi Sid Clamp de Highgate, dont se souvient sa fille, Hetty Bradbury :

« Lorsque mon père fut démobilisé de la guerre de 14, il lança ce boulot de bookmaker dans la maison où nous vivions, au 50 rue Darwin : une seule pièce avec arrière-cuisine, une chambre et un grenier. Une fois son activité prospère, nous avons déménagé dans une plus grande maison de l'autre côté de la rue, au 165. Il y avait des moments très mouvementés. Ses habitués, des hommes ordinaires, attendaient à l'entrée du passage alors que deux autres hommes se tenaient aux coins de la rue, chacun à un bout. Dès que l'un ou l'autre apercevait un policier, il faisait signe à Dave (le preneur) qui courait jusqu'à la maison. Une fois dedans, il plaçait une planche de bois très épaisse sur deux supports de fer pour bloquer la porte[11]. »

Ce preneur, surnommé *teker* par les Brummies, prenait les paris dans la rue et les remettait ensuite au bookmaker dans sa maison ou dans une salle louée. Cette organisation pyramidale était née avant la Première Guerre mondiale. La plupart des bookmakers de rue l'avait adoptée, et certains la poursuivirent jusqu'à la légalisation en 1961. Ce stratagème d'intermédiaire permettait au bookmaker ou au preneur, s'il était inculpé en vertu de la loi sur les paris dans les rues (*Street Betting Act*), d'encourir une amende beaucoup plus faible qu'en vertu de celle sur les maisons de paris (*Betting Houses Act*)[12].

Les recettes des bookmakers de rue étaient complétées par les apports des coureurs qui se rendaient dans les usines voisines et qui étaient payés à la commission. Cette pratique était si répandue qu'en 1923 on déclara avec lassitude « que toutes les manufactures de plus de vingt ouvriers avaient leur agent de bookmaker ».

Les paris étaient également collectés par les enfants[13]. Steven Knight déclara que sa mère, qui vivait à Small Heath dans les années 1920, avait été une coureuse de paris. Les bookmakers avaient recours aux enfants parce qu'ils étaient moins susceptibles d'être arrêtés ; toutefois, eux aussi recouraient à des subterfuges. « Ils marchaient dans la rue avec un panier de linge, les gens y déposaient des pièces enveloppées dans un papier avec le nom du cheval sur lequel ils pariaient. L'enfant déambulait pour ramasser tous les paris puis les livrait aux bookmakers.[14] »

Il y avait deux bookmakers principaux à Small Heath : Charlie Wright, avec un *pitch* dans Arthur Street, plus un autre à proximité géré par son frère et sa belle-sœur. Et Tucker Wright, dont le territoire se situait de l'autre côté de Coventry Road. Il se faisait appeler par ses initiales, T.K. ; son *pitch* principal était à Green Lane, mais il en avait aussi un à Victoria Street et plusieurs autres dans le quartier de Garrison Lane, avec des coureurs pour le rabattage. Albert Judd, un habitant renommé de Birmingham, se souvient de Tucker Wright, un gentleman, « un type sympa ». T.K. était le plus renommé de la région, portant toujours une fleur au revers de son manteau[15]. A. T. Richardson confirme ce point de vue, « Tucker le Bookie » était « très apprécié de Small Heath parce qu'il ne manquait jamais de distribuer les gains[16] ».

George Langham grandit à Wright Street, Small Heath, dans les années 1920. Il avait onze ans lorsqu'il fit son premier pari. C'est aussi à ce moment-là qu'il commença à prendre des paris pour Tucker Wright, auprès des familles voisines et dans Wright Street. M. Langham se souvenait :

« J'étais payé 2 shillings et demi par semaine par Tucker Wright tous les samedis soir. J'arrivais en retard à l'école quand je collectais les paris dans mon sac parce que le coureur était souvent obligé de détaler à cause de la police. C'est pourquoi j'étais obligé de traîner jusqu'à ce qu'il revienne. À l'époque, il fallait faire confiance au bookmaker, parce qu'il n'y avait pas de reçu délivré comme aujourd'hui. »

Les bookmakers de rue comme Tucker Wright obtenaient les résultats des courses le soir, à la dernière édition du journal local. Comme avec mon grand-père, de nombreux gains étaient payés au pub, un procédé qui n'était pas illégal. Avec le salaire reçu de Tucker Wright, les pourboires des parieurs gagnants et deux autres shillings par semaine gagnés pour pelleter du charbon pour Granny Plumley qui exploitait un dépôt dans Wright Street, M. Langham aidait sa mère en lui versant environ sept shillings par semaine.

Combines et flics

M. Langham rappelle aussi que « les flics avaient l'habitude de tendre toutes sortes de traquenards pour attraper les coureurs de bookmaker[17] ». De ce fait, les guetteurs (*scouts*), les rabatteurs, les *dog-outs* ou *narkers* étaient indispensables pour que les bookmakers illégaux poursuivent leur activité, comme l'expliquait Harry Vokes :

« Dans un endroit bien choisi, un coin de rue en général, se tenait le guetteur. Il lisait un journal ou fumait sa cigarette en donnant l'impression de s'occuper de ses propres affaires, alors qu'en fait il gardait l'œil vif car tous les inconnus étaient suspects. Si le guetteur soulevait son chapeau ou se grattait la tête, son geste envoyait un signal à ses comparses plus proches de la maison du bookmaker. Le suspect serait alors empêché de remettre son pari par la porte à peine entrebâillée, sur laquelle on frappait le coup convenu. Les paris étaient inscrits sur ce qu'on avait sous la main : morceaux de papier, vieilles enveloppes, n'importe quel support pour écrire et envelopper de l'argent à l'intérieur. Aucun nom n'apparaissait sur le bordereau, seulement des surnoms. Black Jack, Charley Chase, Lobby Lud, que des noms étranges ! La quantité d'allers et venues était un véritable spectacle.

Les voisins et les habitués de la rue n'étaient pas surpris, cela faisait partie de leur quotidien, jusqu'à ce que le guetteur reconnaisse un flic – il les connaissait tous – et donne le signal. Ensuite, les cocasseries commençaient par la police courant après le preneur de paris comme on essayerait d'attraper un morceau de savon dans le bain[18]. »

Les parieurs incluaient un nom avec le pari afin d'être identifiés par le bookmaker si leur cheval gagnait. Comme ils pouvaient être arrêtés s'ils utilisaient leur vrai nom quand la police capturait le preneur ou le coureur, les surnoms, pseudos, petits noms leur procuraient l'anonymat nécessaire[19].

Les agents de police en uniforme menant des rondes régulières étaient facilement repérés par les guetteurs. A. T. Richardson, né en 1919, grandit à Cattell Road, Small Heath, près du terrain communal de Birmingham City. Le samedi et durant les vacances scolaires, lui et ses copains d'école surveillaient les coureurs travaillant pour le bookmaker Tucker Wright. Les enfants restaient assis sur leur vélo, au coin de Cattell Road et de Templefield Street, en attendant la ronde du policier. Dès qu'ils le repéraient, « ils pédalaient pour remonter la rue et alerter les coureurs, qui se précipitaient alors dans l'entrée juste à côté de la maison du bookmaker, avec les paris dans un petit sac, pour aller ressortir par la porte arrière toujours ouverte. Ils se débarrassaient du sac dans la maison, sautaient pardessus la clôture du jardin et partaient assez loin. » Les tout jeunes guetteurs recevaient quelques pennies pour cela.

Les paris gagnants étaient généralement payés dans la maison du bookmaker. À ce moment-là, le coureur se tenait en bas et laissait les parieurs vainqueurs entrer « du moment que nous les enfants, leur avions donné le feu vert depuis nos vélos. Cela nous valait encore trois pennies supplémentaires si on le faisait après l'école, six pennies pour le samedi après-midi entier[20] ».

Afin de ne pas se faire repérer des guetteurs et de capturer les *tekers* et les coureurs, les policiers commencèrent à travailler en uniforme ou en civil, selon les missions, et se mirent à ruser. Le père de M. Ebury était policier à Balsall Heath dans les années 1920. Un jour, sa sœur vit leur père « entièrement habillé avec des vêtements de femme ». Elle courut vers lui et dit : « Tu fais quoi, papa ? » Il essayait un déguisement pour attraper le bookmaker de la rue. Les policiers déguisés faisaient le pied de grue près des entrées pour attraper le bookmaker ; il leur fallait plusieurs jours avant de l'attraper[21].

Un autre stratagème, nouveau, fut rapporté par la presse locale en 1928 : un agent de police dissimulé dans un chariot à paniers, sous une montagne de vêtements et de draps, et poussé par un collègue en civil. Ils donnaient l'impression de se diriger vers la blanchisserie. Une fois arrivé près du bookmaker en pleine activité, l'agent caché bondit sur lui. Ce dernier réussit à lui échapper, mais fut rattrapé peu après. Bon perdant, le bookmaker aurait dit : « C'est un bon flic[22] ».

La difficulté d'attraper les bookmakers, *tekers* et coureurs était agravée par le soutien général dont ils bénéficiaient dans leur quartier. En 1932, à la fois Rafter et John Maxwell (le chef de la police de Manchester) en convinrent et expliquèrent que cette aide tacite reposait sur le refus d'une loi décriée comme étant partiale. Par conséquent, la législation et l'action policière n'avaient pas réussi à éradiquer les paris de rue[23]. Désabusés, de nombreux policiers allèrent trouver directement leur bookmaker de rue pour discuter d'un arrangement. Ce fut le cas pour mon grand-père Bill, qui me raconta qu'il « avait l'habitude de leur graisser la patte avec une demi-couronne, quelque chose comme ça[24] ».

« Big » Horace Foster, bookmaker, officiait à proximité de Kyrwicks Lane, Sparkbrook. Sa fille, Mme V. G. Pullin expliqua comment son père échangeait en secret avec l'agent en civil de son quartier et discutait des éventuelles descentes de police pour arrêter son preneur. Prévenu en amont, Big Horace s'arrangeait pour que, ce jour-là, son homme habituel soit « remplacé par un autre qui serait arrêté à sa place, traîné devant les magistrats et condamné à une amende, que papa payait immédiatement après avoir généreusement dédommagé le remplaçant pour sa bonne action ». La vie reprenait son cours normal jusqu'à la prochaine fois[25]. Ces « pantins » ou « pigeons » recevaient quelques paris et une petite somme d'argent.

Ce système profitait aux bookmakers de trois façons : tout d'abord, ils payaient une pénalité moins élevée si le pantin était un premier contrevenant ; ensuite, cela garantissait la protection du preneur habituel, le bookmaker ne renvoyait personne car il échappait à l'amende plus élevée en cas de deuxième infraction ; et enfin, cela n'interférait pas avec les affaires. Si la police voulait vraiment empêcher le bookmaker de prendre des paris, il lui suffisait de se rendre sur le *pitch*. Ce statu quo satisfaisait les policiers car il leur permettait de maintenir leurs statistiques d'arrestation sur *pitch* répertorié. Ainsi, il n'y avait plus de conflit avec la communauté et, pour les policiers qui acceptaient des pots-de-vin, cela augmentait leurs revenus. Les « pigeons » étaient heureux parce qu'ils recevaient une somme importante, deux ou trois livres, pour services rendus. Beaucoup d'entre eux étant chômeurs, ce revenu supplémentaire était le bienvenu.

Officines de paris illégaux

Ni les paris ni l'activité de bookmaker n'étaient monopolisés par les hommes. De nombreuses femmes pariaient aussi, d'autres étaient bookmakers elles-mêmes. À certains égards, elles ressemblaient à tante Polly, la figure matriarcale de la série *Peaky Blinders*. Tante Polly joue un rôle de premier plan dans les affaires commerciales de la famille fictive Shelby. Énergique, intelligente, indépendante et affirmée, c'est une personnalité forte, qui compte tant pour ses proches que pour sa communauté. Il en était de même pour Rose Pickering, une bookmaker populaire de Darwin Street, Highgate. Sa fille, Olga Packer, explique que sa mère tenait une gargote de *fish and chips* et, à l'arrière, elle prenait les paris dans une petite pièce :

« Nous étions quatre autour d'une cour. Il y avait le charcutier, nous avec notre *fish and chips*, juste à côté de nous Elliot le barbier et, à côté, Ingram le boucher. C'était notre cour. Comme Ingram avait un frigo dehors, il avait fait installer deux grandes portes pour que ce soit privé. Il y avait une petite porte coupée dans la grande porte : c'est par là que les paris passaient. Bien sûr, il y avait un homme qui gardait la porte à cause de la police. Ce n'était pas légal à l'époque, alors les gens donnaient simplement leurs paris à l'homme derrière cette porte. Lui, les mettait dans un sac, et nous les apportions à papa et maman qui s'en occupaient à la maison. »

La double porte était fermée de midi à 14 h 30 pour la prise de paris. Rose Pickering payait un rabatteur qui se tenait à l'angle de la rue pour surveiller. Quand il repérait un policier en civil, il sautillait d'abord sur le trottoir, puis s'éloignait. C'était le signal. La petite porte était alors verrouillée jusqu'à ce que le danger soit passé[26].

Richard, le fils de Pickering, tenait un autre *pitch* à Bristol Street. Sa mère comptabilisait les paris gagnants et, à ce titre, était devenue une figure populaire au sein de sa communauté. Comme pour les autres bookmakers de rue, les paris n'étaient pris qu'à l'heure des repas des ouvriers de l'usine, entre 12 h et 14 h selon le lieu de travail, même si souvent on prolongeait leur prise jusqu'à 14 h 30 pour les retardataires. Il n'y avait donc pas de pari course par course, comme on le voit dans la série *Peaky Blinders*. Les résultats des courses étaient constatés dans la dernière édition du *Birmingham Mail* ou du *Evening*

Despatch, et non par téléscripteur. Encouragée par son fils, Pickering finit par en installer un au début des années 1950, dans l'arrière-boutique du *fish and chips*. Elle le partageait avec d'autres bookmakers de rue. Cela attira davantage de parieurs dans la cour tout au long de la journée.

Au milieu des années 1950, la boucherie ferma. Les Pickering la rachetèrent et firent des travaux pour construire un hangar dans la cour avec des bancs tout autour pour leur clientèle. Au fur et à mesure que les résultats des courses tombaient sur le téléscripteur, ils les affichaient à l'aide d'un morceau de papier sur un tableau[27]. Les Pickering avaient maintenant quitté la rue et dirigeaient une boutique de paris illégaux, semblable à celle de la série *Peaky Blinders*, mais plus de trente ans plus tard. Ma famille de bookmakers de rue entreprit cette même évolution. Une décision supervisée par mon père, Alfred « Buck » Chinn, mais plus lentement, en suivant le mouvement plutôt qu'en le devançant. Mon père s'en expliqua :

« Un samedi, alors qu'il y avait des dizaines de personnes autour du *pitch*. On employait un type pour avoir de vingt à trente livres de monnaie par jour, et ce type se tenait dans un coin de la rue, qui faisait environ dix pieds de large puis se rétrécissait à six pieds : l'endroit n'était pas grand, mais c'était suffisant pour que les clients viennent noter leurs paris…. Il y avait une boîte sur la porte, et on inscrivait sur la fenêtre l'heure de la course… Après, on donnait les résultats parce qu'à ce moment-là on avait le téléscripteur ; ça rendait service aux clients. Ils aimaient qu'on écrive "la prochaine course est à…" Et on mettait l'heure :

2 heures, 2 h 15, 2 h 30. Après, on retirait la boîte et on tamponnait les paris pour la prochaine course. »

Cependant, de plus en plus de parieurs se rassemblaient autour du *pitch* qui n'était plus adapté. Ainsi, début de 1958, convaincu que la légalisation des paris hors des hippodromes était imminente, papa se décida à acheter un local (hors permis) non loin, au coin d'Alfred Street et de Queen Street. Il le transforma en une véritable boutique de paris, journaux de course exposés, téléscripteur et paris course par course. Ce développement de l'affaire familiale permit d'augmenter le chiffre d'affaires de manière spectaculaire : plus de 2 000 livres par semaine.

Quelques mois après son ouverture, la boutique fut perquisitionnée par la police. Deux inspecteurs, un sergent et quatre policiers se présentèrent. Ils accusèrent mon père et son frère, Wal, d'avoir transformé le 48 Alfred Street, Sparkbrook, « dans le but d'encourager les paris d'individus, contrairement aux sections 1 et 3 de la loi de 1853 sur les paris ». Ils furent chacun condamné à une amende de 75 livres. Mon grand-oncle, Bill, qui travaillait également dans le magasin, ne fut pas été inculpé en raison de son âge[28].

Les incorrigibles Sheldon

Dans le premier volet télévisé des *Peaky Blinders*, les Shelby gagnent principalement leur argent en tant que bookmakers illégaux. Steven Knight a expliqué que les oncles maternels de son père appartenaient à « à la famille des Sheldon, qui sont devenus les Shelby » dans son scénario. Ses aïeuls, des Peaky Blinders, étaient connus de tous les habitants des alentours[29]. Knight raconte qu'étant jeune son père fut envoyé un jour auprès de ses oncles avec un message inscrit sur un bout de papier. Lorsque l'enfant entra dans leur maison, environ huit hommes étaient assis autour d'une table. Ils étaient « impeccablement vêtus, avec des casquettes et des armes dans les poches ». La table était couverte d'argent – à une époque où personne n'avait le sou – et les hommes buvaient de la bière dans des pots de confiture parce qu'ils n'auraient pas dépensé un penny pour des verres. » Cette image de « fumée, d'alcool et d'hommes en complets dans ce bidonville de Birmingham » a frappé Knight. « C'est la mythologie, c'est de l'histoire, et c'est à partir de cette première image que j'ai commencé à travailler le scénario[30] ».

Trois des frères Sheldon étaient des criminels notoires du Birmingham de l'époque edwardienne, impliqués dans des émeutes, des fusillades, des attaques brutales et la pire guerre de gangs de l'histoire de la ville, ainsi que dans la querelle entre les tristement célèbres Burger Boys et Johnson Crew[31].

Les frères Sheldon faisaient partie d'une famille nombreuse, élevée par Samuel et Rosehanna, qui étaient originaires de Dudley. En 1871, ils vivaient dans un quartier pauvre de la ville avec leurs deux fils aînés, John, quatre ans, et Samuel, deux ans[32]. Il y avait aussi Thomas et une fille aînée, Mary. Joseph naquit à Birmingham en 1879[33]. La famille quitta Dudley à cause des problèmes économiques dans la région du Pays noir des Midlands : chômage, bas salaires, avenir instable. De nombreux habitants s'en allèrent chercher du travail à Birmingham, la ville aux mille métiers[34].

À leur arrivée, les Sheldon louèrent un premier logement à Glover Street, Deritend, puis continuèrent de vivre dans le même voisinage. En 1891, ils avaient parcouru une courte distance, de Watery Lane à Garrison Street, Bordesley. Leur maison de Witton Street se trouvait tout près de la véritable *Garrison Tavern*. La famille s'était agrandie de quatre personnes, avec les naissances de Lizzie, Anna, Edith et Arthur[35]. Leur père mourut en 1910, un an plus tard. Son épouse, âgée de soixante-huit ans, fut enregistrée au recensement comme chef de la maison, au 6, Court 2, Allcock Street, Deritend – au coin de la rue où la première attaque de Peaky Blinders avait eu lieu. Deux nièces et leurs filles célibataires vivaient avec elle[36].

Sur les cinq frères, Thomas eut un emploi stable, d'abord rémouleur, plus tard, agent. En 1911, il vivait avec sa femme, Mary Ann, et leurs quatre enfants, plus une nièce au 686 Bordesley Green[37]. Il n'existe aucune preuve pouvant contredire l'honnêteté de Thomas et d'Arthur, son frère cadet. En revanche, les vies de John, Samuel et Joseph Sheldon sont à l'opposé. Le contraste est frappant.

En 1881, âgé de quinze ans et déjà récidiviste, John, le frère aîné, fut emprisonné pendant un mois, avec travaux forcés pour avoir volé du bois. Le métier indiqué est fondeur de laiton, une des nombreuses occupations qu'il prétendait exercer. Un an plus tard, il fut emprisonné trois mois pour vol, puis encore trois mois en 1883. Entre ces deux peines de prison, il fut condamné par procédure sommaire pour vagabondage et obstruction.[38] En 1884, avec deux autres mauvais garçons, ils furent chacun condamné à une amende de dix shillings et aux frais pour avoir voyagé en train sans payer[39].

John Sheldon n'était pas seulement un petit voleur mais aussi un homme brutal et vindicatif. En novembre 1895, William Green et John Sheldon attaquèrent sans raison Thomas O'Neill qui sortait de Great Western à Allcock Street. Sheldon cria : « Je te cherchais ! » et frappa sa victime à la tête. O'Neill tenta de riposter, mais reçut un coup de ceinture à boucle de la part de Green, qui affirma que c'était un accident. Margaret O'Neill, la fille de la victime, témoin de l'agression, contesta cette version. Elle avait même demandé aux deux agresseurs de laisser son père tranquille. Green l'aurait traînée par les cheveux, Sheldon se serait acharné sur elle à coups de pied. Les deux hommes furent reconnus coupables et condamnés à six semaines de prison avec travaux forcés. Sheldon, alors âgé de vingt-neuf ans et vivant à Palmer Street, fut décrit au tribunal comme un fainéant, oisif et bon à rien. L'année suivante, il fut condamné à neuf mois de prison pour avoir mis en circulation de fausses pièces de monnaie[40], dans plusieurs pubs de Warwick, en compagnie de quatre hommes de son quartier[41].

De deux ans plus jeune, Samuel Sheldon était du même moule que son frère aîné. Cheveux bruns, corpulence robuste, les yeux verts ou bleus selon différentes descriptions policières. Plutôt de petite taille, seulement 5 pieds 11,4 pouces (environ 160 cm), il acquit rapidement une réputation de personne violente[42]. En juin 1886, à dix-sept ans, Samuel Sheldon et Michael Carroll jetèrent des pierres sur un cycliste, puis le renversèrent. Carroll jeta également des pierres sur deux policiers et fut arrêté. Idem pour Sheldon. Au tribunal, on décrivit les deux jeunes comme provoquant « une parfaite nuisance dans les rues ». Ils furent condamnés à trois mois d'emprisonnement après avoir déjà été reconnus coupables d'infractions similaires[43].

Pas découragé pour autant, Sheldon recommença les méfaits à sa sortie de prison. Un soir de mai 1888, alors qu'il flânait dans Glover Street avec d'autres jeunes, le groupe refusa d'obtempérer lorsqu'un policier leur demanda de circuler. Ils lui jetèrent deux pierres, puis l'un le frappa à la joue droite, un autre à la poitrine. Pour cette agression gravissime, Sheldon et un autre furent envoyés en prison pendant trois mois avec travaux forcés[44].

Bien sûr, le lancer de pierres était associé aux gangs de cogneurs, les plus anciens ayant émergé à Deritend, où vivait Samuel Sheldon. Il ressort de son casier judiciaire que Sheldon était un cogneur. Il est également fort probable qu'il soit devenu l'un des premiers Peaky Blinders parce qu'il portait toujours un chapeau rond, était violent et détestait la police.

Il le prouva en 1888, quand il fut accusé d'avoir agressé deux agents de police. Dans la nuit du 4 novembre, à Heath Mill Lane, les policiers menaient « un combat acharné contre une bande de brutes », renforcées par Sheldon et d'autres. Les policiers parvinrent à arrêter certains des meneurs, mais furent alors « attaqués plus violemment que jamais » :

Sheldon bombarda la police de pierres. Quand il se rendit compte qu'on l'avait reconnu, il prit la fuite. Un ou deux jours plus tard, il fut arrêté après une traque. Mais entre-temps, il s'était joint à une autre attaque contre la police et avait lapidé un agent « en se comportant avec une violence sans bornes ».

Samuel Sheldon était jeune et avait déjà été condamné une douzaine de fois pour voies de fait. Cette fois-ci, il fut condamné à quatre mois de prison avec travaux forcés. Le *Birmingham Daily Post* se réjouit qu'un homme aussi brutal soit enfin sévèrement puni, mais cela n'eut pas d'effet dissuasif sur lui[45]. En août 1889, il fut condamné à deux mois de prison, en tant que membre d'un gang qui avait commis une agression violente[46]. Quelques semaines après sa libération, Sheldon et huit ou neuf autres voyous se rendirent chez une jeune femme de leur quartier. Ils brisèrent ses fenêtres, l'entraînèrent à l'étage où ils « commirent une agression des plus dégoûtantes ». La malheureuse, âgée de seize ans, parvint à donner l'alerte. Un policier accourut sur les lieux et procéda à l'arrestation de Sheldon et de deux autres. Il fut condamné à six mois de prison pour coups et blessures[47].

Une fois encore, en juillet 1890, Sheldon fit preuve de violence lorsqu'il agressa un homme dans Curzon Street, ce qui lui valut une nouvelle condamnation[48]. Cinq ans plus tard, il fut à nouveau condamné à six mois pour coups et blessures, et douze mois pour cambriolage. Sa femme, Ellen, était impliquée dans ce dernier crime[49]. Ils s'étaient mariés en septembre 1890 à St Laurence, église paroissiale d'un des quartiers les plus pauvres de Birmingham, où la messe en mémoire de Gunter aurait lieu en 1901. Ellen signa le registre de son nom alors que Sheldon, ne sachant pas écrire, apposa juste un signe[50].

Un an après leur mariage, Sheldon était de retour dans son quartier natal pour ouvrir, avec sa femme, une épicerie générale dans Little Barr Street[51]. En février 1900, Ellen Sheldon et deux autres femmes furent accusées d'avoir attaqué Charlotte Nolan, une voisine, parce qu'elle avait témoigné contre Samuel Sheldon. Cette dernière fut brutalisée à sa sortie du tribunal et défigurée après avoir reçu des coups de pied au sol. L'avocat général déclara que les trois femmes venaient de « la partie la plus anarchique de Birmingham ». Ellen Sheldon fut condamnée à une amende de cinq shillings[52].

Un an plus tard, Samuel Sheldon vivait à Glover Street avec sa fille de neuf ans, également appelée Ellen, ainsi qu'avec une pensionnaire et une femme de ménage, Ella Maria Small, âgée de vingt-sept ans. Sa femme n'était plus avec lui[53]. Les époux s'étaient séparés[54]. En 1917, Sheldon, devenu veuf, se remaria avec Small. Cette fois-ci, il put signer le registre de son nom. Il possédait alors une épicerie générale à Montague Street[55].

Au cours des trente années précédentes, Samuel Sheldon avait exercé diverses professions : ouvrier, tireur de câbles puis de tubes, fondeur de clous, mais en réalité, il avait surtout été truand[56]. Au tournant du xxe siècle, il était même probablement l'un des plus actifs dans les hippodromes de Birmingham, parcourant la ville pour faire les poches. En janvier 1902, par exemple, il fut condamné sous le pseudonyme de Samuel Small, à Manchester, à trois mois de prison pour suspicion[57]. Cette infraction relevait de l'article 4 de la loi de 1824 sur le vagabondage qui permettait à la police d'arrêter tout suspect ou voleur réputé de fréquenter les rues, les grandes routes et les lieux adjacents, avec l'intention de commettre une infraction passible d'arrestation[58]. Cet article fut régulièrement appliqué à l'encontre des pickpockets.

L'arrestation de Sheldon, fin mai 1905, confirme bel et bien son activité de pickpocket d'hippodrome. Elle intervint après une course des Hall Green Races, qui s'était tenue près de l'hôtel *Horseshoe*, sur Stratford Road. Sheldon fut l'un des nombreux accusés à avoir fréquenté le lieu avec l'intention de commettre un forfait. Une fois la course terminée, une foule de mille personnes s'était rassemblée devant le pub, où le propriétaire avait érigé un bar éphémère. Le seul officier présent était le sergent Hall, en civil. Comme il connaissait Sheldon et ses trois compagnons, il surveillait leurs mouvements. « Ils travaillaient à la fois dedans et dehors, là où la foule était la plus dense, encerclant leurs victimes ». L'avocat général déclara au tribunal que, sans la moindre hésitation, leur but était de faire les poches.

Le surintendant Sherriff, de Sparkhill, et le sergent Hall procédèrent à l'arrestation de Sheldon. Ce dernier se montra d'une extrême violence, tout comme la foule constituée du « plus grand nombre de vauriens rassemblés depuis longtemps », forçant les policiers à se mettre à l'abri avec Sheldon dans le pub jusqu'à l'arrivée d'un véhicule qui les ramena ensuite au poste de

Sparkhill. Parce qu'il était nécessaire de prouver que Sheldon était suspect, l'énoncé de ses trente condamnations pour vol, vagabondage, cambriolage, langage obscène, obstruction, ivresse fut rappelé. Ce jour-là, il fut condamné à trois mois pour vagabondage[59].

Deux ans plus tard, alors qu'il se déclara comme marchand ambulant sur Great Barr Street, Sheldon fut envoyé à la prison de Wakefield pendant cinq ans, pour avoir fabriqué et écoulé de la fausse monnaie. En donnant des détails sur la « carrière » de Sheldon, l'inspecteur Meson déclara qu'il était « un personnage des plus notoires », l'associé permanent de tous les voleurs, et qu'il « ne saurait même pas dire combien de forfaits il avait commis ». Sheldon avait été condamné à trente-cinq reprises. Il n'y avait pas un seul crime commis à Birmingham dans lequel Sheldon n'eut pas trempé les mains[60].

L'homme était désormais physiquement marqué par les nombreux combats auxquels il avait participé : il avait deux grandes cicatrices sur le devant de la tête, d'autres à l'arrière, sur les mains, le ventre, la poitrine, les doigts, un tibia, un poignet et un coude. Sheldon avait aussi des tatouages : deux sur l'avant-bras, deux sur le poignet, trois sur le dos du bras[61].

Samuel et John Sheldon ont malheureusement servi de modèle à leur jeune frère, Joseph, né en 1880. À dix-neuf ans, celui-ci avait déjà été condamné huit fois pour voies de fait et obstruction, et emprisonné cinq fois pour de petits larcins, comme le vol d'une paire de bottes, de quatre livres de viande et de deux mouchoirs en soie. En 1899, il commit une infraction plus grave en pénétrant par effraction dans un débit de boissons où il vola onze livres sterling, deux caisses enregistreuses, onze bouteilles, seize pintes de rhum et d'autres articles encore. Il fut condamné à quatre ans et demi de prison, qu'il purgea à Dartmoor[62]. Le jeune Sheldon mesurait un mètre soixante, il avait le visage juvénile, les cheveux châtain clair et les yeux bleus. Sur son bras droit étaient tatoués des drapeaux croisés et les mots « Cab », « Box », « Lizzie » et « Nellie ». Sur le dos de sa main droite « Love » et sur son avant-bras gauche une ancre, un cœur et les mots « Ivil » et « Mizpah »[63].

Peu de temps après sa libération, il fut à nouveau emprisonné pendant 12 mois avec travaux forcés pour avoir fait circuler de la fausse monnaie – un penchant familial[64]. L'histoire continue à l'identique, en mai 1905 : avec deux comparses, il cambriola une maison de Handsworth pour un butin de cinquante livres en bijoux et une certaine quantité de cigares. Cette fois-ci, Sheldon fut condamné à cinq ans[65].

Alors que Joseph et Samuel purgeaient leurs peines, John Sheldon devint une figure majeure dans ce qu'on appela la vendetta de Garrison Lane ou vendetta de Dartmouth Street, Garrison Street et Watery Lane – une sanglante querelle de gangs. Les Sheldon étaient violents, mais jusqu'à présent ils avaient toujours agi de manière indépendante. La vendetta réunit les trois frères, devenus chefs d'un gang cruel, prêt à utiliser n'importe quelle arme contre ses ennemis.

Au début du XXe siècle, John Sheldon vivait avec sa femme, Ada, à Glover Street. Le couple était sans enfant. D'après le recensement de 1901, John était ouvrier métallurgique, mais à l'évidence, il était surtout malfrat à plein temps sur les hippodromes, comme Samuel. Quelques années plus tard, il se fit appeler agent à la commission[66]. Un terme fourre-tout utilisé par les pickpockets, voyous et autres fraudeurs pour déguiser leurs activités criminelles et se donner un semblant de légitimité, en suggérant qu'ils étaient bookmakers légaux. En réalité, les hommes comme Sheldon s'attaquaient aux bookmakers et aux parieurs légitimes sur les hippodromes.

En septembre 1919, il fut arrêté avec deux comparses à l'hippodrome de Derby pour avoir abusé des personnes par le biais d'un jeu de hasard truqué. Il fut condamné à une amende de quarante shillings. Le *Nottingham Evening Post* rapporta « qu'il était fort bien connu de la police, avec ses dix-sept condamnations antérieures[67] ».

John Sheldon, un mètre soixante-sept, cheveux clairsemés et yeux bleus, avait un tatouage de femme sur l'avant-bras gauche, de marin sur l'avant-bras droit et un point sur le poignet. Avec des cicatrices au milieu du front, sous l'œil gauche et sur le sourcil gauche, la violence était un mode de vie pour cet homme prêt à tout pour gagner un combat[68]. Début 1906, il fut accusé d'avoir tenté de tirer sur l'agent Thomas Mooney. Mooney déclara que, la nuit de Noël, Sheldon – qui avait manifestement bu – utilisait un langage obscène en divaguant sur Glover Street. Lorsque Money l'informa qu'il serait convoqué au poste, Sheldon aurait sorti une arme de son pardessus et l'aurait pointé sur le front du policier. « Prends ça », aurait dit Sheldon, avant d'appuyer sur la détente.

Heureusement, l'arme n'était pas chargée. Le policier tenta un geste contre Sheldon, mais il entendit à nouveau « le claquement sinistre de la gâchette qui retomba sur le barillet vide, cette fois-ci, à l'arrière de sa tête ». Une bagarre s'ensuivit, le revolver tomba au sol et Mooney parvint à neutraliser Sheldon. L'agent conduisit son prisonnier au poste de Moseley Street, non sans avoir ramassé « la pétoire à cinq chambres ». Et là, il découvrit « que dans la chambre du prochain coup se trouvait une balle, la seule du revolver ». Pour sa défense, Sheldon expliqua qu'il était ivre, qu'il ignorait que son arme était chargée et qu'il l'avait d'ailleurs offerte à l'agent. Deux comparses corroborèrent cette version, et les poursuites furent abandonnées[69].

C'est avec un revolver chargé que Sheldon chercha querelle à Billy Beach peu après. Né en 1879, Billy Beach était l'aîné de quatre enfants qui grandirent à Palmer Street, dans le même quartier que les Sheldon[70]. Les recherches entreprises par Janice Jackson, une descendante, révèlent qu'en 1898 Beach était marié, qu'il travaillait dans une manufacture de tubes et s'occupait à temps partiel dans un bataillon de la milice (6e) du Royal Warwickshire Regiment. D'après ses papiers, il pesait 54 kilos, mesurait 79 centimètres de tour de poitrine, était de teint clair, avec les cheveux bruns et les yeux bleus. Il mesurait un mètre soixante-huit (mais les archives militaires ultérieures indiquent un mètre soixante-treize)[71].

La mère de Margaret Beale était la nièce de Beach. On lui raconta que son grand-oncle portait toujours une écharpe de soie blanche, à la manière des Peaky Blinders :

« Alors que mon grand-père était très mince et mesurait plus d'un mètre quatre-vingts de haut, son frère Billy était petit et trapu. Il pouvait retirer le col de sa chemise (comme on le faisait à l'époque) sans le déboutonner car son cou était aussi large que sa tête. Il était toujours très gentil avec maman, ses frères et sœurs quand ils étaient enfants. Mon grand-père Arthur, vendeur ambulant souvent absent de la maison, n'a pas été pas impliqué [dans la querelle]. Mais d'après une histoire que toute la famille connaît, un jour, alors que mon grand-père buvait une bière avec son ami Sam dans un pub, il cogna par inadvertance un homme qui passait derrière lui. De la bière se renversa. L'homme voulait se bagarrer avec Arthur, mais Sam lui dit : « Tu sais qui c'est ? » L'homme a répondu qu'il s'en fichait, mais Sam a insisté : « C'est le petit frère de Billy Beach ». L'homme se serait excusé et leur a payé plusieurs tournées de bière[72] !

En fait, M. Beasley connaissait Billy Beach. Né en 1914, il avait vécu à Palmer Street, dans la même rue que Beach pendant l'entre-deux-guerres. La mère de Beasley avait emménagé dans le quartier alors qu'elle était adolescente ; son père avait grandi à Ivy Lane près de Great Barr Street. Tous deux connaissaient bien Beach, « un homme très poli, qui saluait toutes les dames en soulevant son chapeau ». Pourtant, il était « bien quand il n'avait pas bu de bière, mais s'il avait un coup dans le nez, il pouvait être méchant et devenir brutal, un petit caïd ». Et un solitaire la plupart du temps. Si les ennemis de Beach voulaient le serrer, « ils attendaient qu'il ait descendu plusieurs pintes, et après ils essayaient de le coincer ». Mais il y avait toujours quelqu'un pour le prévenir, racontait M. Beasley, et cela n'empêchait donc pas Beach de faire le tour des pubs[73].

Selon Ray Lewis, le petit-fils de Beach, la querelle avec les Sheldon commença à propos de l'hippodrome. Son arrière-petit-fils, Terry Lines, précise que la bagarre aurait commencé pour une dette de jeu[74]. Cette version est étayée par la *Birmingham Gazette* de 1912 : la vendetta avait pour origine une transaction sur un pari[75]. Beach lui-même admit plus tard que tous deux avaient été impliqués dans une dispute début 1908, lorsqu'il battit John Sheldon. Avec sa réputation de redoutable, Sheldon n'était pas du genre à laisser l'affaire sans suite[76]. Dans l'après-midi du 21 juin, des coups de feu furent tirés à Watery Lane, puis on soigna Beach à l'hôpital général pour une blessure par balle au cou. Il refusa de nommer son agresseur à la police, tout en précisant qu'il lui avait donné une bonne raclée « et qu'il était fort satisfait de se faire justice lui-même ». Les rumeurs disaient que Beach et l'inconnu étaient les chefs de deux gangs rivaux, en guerre depuis plusieurs semaines[77].

Dans un unique récit manuscrit de juillet 1908, un surintendant par intérim de la police de Birmingham détaille les faits. Tard dans la soirée du 28 juin 1908, dans Montague Street, Charles « Coaly » Jones, alias

Craley, James Thorne et Joseph Gannon tirèrent sur Beach. Ce recours à des armes à feu était très inhabituel dans les combats de gangs à Birmingham. Lorsque la police se montra, tous les protagonistes, sauf Beach, s'enfuirent. Il fut arrêté pour ivresse et désordre sur la voie publique. Les trois autres furent rattrapés peu de temps après et accusés de rassemblement illégal dans Montague Street dans le but de violer la paix. Pour Beach et Jones s'ajouta l'accusation d'avoir déjà eu l'intention de se tuer mutuellement lors de la fusillade du 21 juin. Condamné pour ivresse, voies de fait, cambriolage et vol, aucun doute, Jones était lui aussi un homme peu recommandable et violent[78]. Malgré la gravité des événements du 9 juillet, les personnes impliquées ne furent pas condamnées mais on prononça à leur égard un rappel à la loi et l'obligation de se tenir tranquilles pendant six mois[79].

C'est ce qu'ils firent jusqu'à 2 heures du matin, le 1er janvier 1909, lorsque la violence éclata de nouveau. Beach était arrivé à son domicile de Lower Dartmouth Street peu après minuit. Après avoir dîné, alors qu'il vidait sa théière, il vit un groupe d'hommes dans la cour : les Sheldon et leur gang étaient là. Un premier coup de feu fut tiré en direction de Beach qui lança une lampe à pétrole sur ses ennemis. Une balle l'atteint à l'arrière de l'oreille, tandis qu'un autre coup de feu traversa une fenêtre à l'étage de sa maison et effleura sa fille de dix ans. Malgré ses blessures et le nombre d'opposants, Beach les affronta. On l'admirait pour avoir combattu seul, contrairement aux Sheldon « qui étaient toujours trois ou quatre lorsqu'ils venaient s'en prendre à lui[80] ». Ce jour-là, John Sheldon fut malmené par Beach. Lorsqu'on lui demanda au tribunal s'il s'agissait d'un combat libre entre eux deux, Beach répondit : « Si se battre à un contre dix est considéré un combat, alors oui, ce fut un combat libre. »

Alors qu'il se débattait avec ses agresseurs, sa femme avait couru prévenir la police. Après la fuite de Sheldon et de ses hommes, la cour n'était plus qu'un champ de bataille avec du sang partout. Les policiers ramassèrent dans la neige « un revolver à six coups, six cartouches vides, une pioche, un marteau à charbon dégoulinant de sang, un autre marteau et des bouteilles cassées ». Charles Loone, l'un des assaillants, gisait inconscient sur le sol. Lorsque Sheldon fut fouillé, peu après, on trouva dans ses poches un revolver à six chambres vides et un poing américain. Après son inculpation, il dit à la police : « Si vous nous laissiez régler nos affaires, on perdrait moins de temps[81]. »

Avec Sheldon et Loone, « Coaly » Jones fut aussi arrêté pour l'attaque de Beach. Les trois hommes furent reconnus coupables de rassemblement illégal et violent, troubles de la paix publique et d'avoir « semé la terreur et provoqué l'alarme des sujets de Sa Majesté par cette émeute ». Sheldon et Jones écopèrent chacun de douze mois de prison avec travaux forcés. Loone fut condamné seulement à une peine de huit mois pour ivresse. L'inspecteur Moxon déclara au tribunal que les deux factions étaient aussi mauvaises l'une que l'autre, qu'elles étaient impliquées dans de nombreuses querelles privées depuis douze mois. Un code d'honneur mutuel les encourageait à ne pas s'incriminer, d'où le mutisme relatif de Beach, qui ne raconta pas tout ce qu'il savait[82]. Même s'il ne lâcha

« aucune bille » à la police, Beach ne tarda pas à se venger.

Tard dans la soirée du 5 janvier 1909, cinq jours après son agression et avant le procès de ses ennemis, Beach fut rejoint par Arthur Morris, Thomas Lane et une dizaine d'autres au pub *Lodge* sur Coventry Road. Ils descendirent ensuite Watery Lane jusqu'à la maison d'Edward Pankhurst, petit voleur, pickpocket présumé et ami de Sheldon[83]. Pankhurst et sa femme, Sarah, vivaient au 35 Court, Deritend. Beach et ses sbires défoncèrent la porte, causant une grande frayeur à Sarah Pankhurst et à sa locataire, Kate Coley. Brandissant des pistolets, ils exigèrent de savoir où était Pankhurst. Sa femme bluffa, soutenant qu'il était sorti. L'un des hommes lui répondit : « Il est mort dès qu'on met la main sur lui. » Après avoir cassé des meubles, le gang repartit. Lorsque la police arriva, Sarah Pankhurst était hystérique. Beach et ses hommes se rendirent à Glover Street, où Sheldon et Jones vivaient de part et d'autre de la rue. Ils frappèrent violemment à la porte de Sheldon mais, n'obtenant pas de réponse, allèrent frapper à celle de Jones. Au tribunal, la femme de celui-ci déclara :

« J'étais au lit avec mon mari quand j'ai entendu les coups sur la porte. Des hommes l'ont défoncée et se sont précipités chez nous. Ils ont commencé à casser les meubles, tirer des coups de feu dans l'escalier. J'ai ouvert la fenêtre de notre chambre et crié "Au meurtre !". Un homme a crié d'en bas "Tire donc sur cette…" et un autre a tiré un coup de revolver. La balle a brisé la vitre, mais ne m'a pas touchée. Après j'ai entendu les policiers qui sifflaient et tous les hommes se sont enfuis. »

Mme Jones ne pouvait pas identifier celui qui avait tiré les coups de feu car son visage était dissimulé sous une casquette. Cependant, Mme Sheldon qui avait observé depuis sa fenêtre de chambre affirma que c'était « Nugget » Morris ; elle en était certaine.

Morris et Lane avaient déjà quitté Birmingham quand la police voulut les arrêter, mais Beach fut appréhendé une heure après l'équipée. En chemin vers le poste de police, il dit à l'inspecteur Bennet :

« Je voulais que Sheldon combatte et qu'on règle nos histoires. Ça me tue de continuer de cette façon. La querelle nous concerne lui et moi, je veux me battre même si je finis au trou. Sheldon veut toujours gagner, à n'importe quel prix. J'ai envoyé un pote pour régler le différend, mais Sheldon voulait que je m'excuse, je ne le ferai pas[84]. »

Beach fut reconnu coupable des mêmes chefs d'accusation que Sheldon, Jones et Loone. Alors qu'ils attendaient leur procès, Jones et Beach se croisèrent devant le palais de justice de Birmingham. Voici le récit qu'en fait le surintendant par intérim :

« Dans une mêlée générale, Beach a été gravement agressé. Un mandat a été émis contre Jones pour avoir infligé des lésions corporelles graves, mais lorsqu'il a été jugé pour attroupement séditieux, le magistrat n'a pas ordonné l'application du mandat. »

Peu de temps après, Beach fut encore poignardé à Steelhouse Lane « sans aucun doute par Joseph Sheldon », qui était maintenant sorti de prison. Encore une fois, Beach refusa de livrer des informations à la police[85].

Ses complices, Morris et Lane, furent ensuite arrêtés pour les mêmes chefs d'accusation. Lane fut déclaré non coupable, mais Morris fut condamné à douze mois de prison. Il avait trente-six ans, était soi-disant maçon de profession, mais, en réalité, il était bien un autre criminel endurci. À treize ans, on l'avait envoyé à l'école industrielle pendant cinq ans parce qu'il s'était rendu complice de vol. Il fut condamné à plusieurs reprises pour voies de fait, vol, blessures et autres délits[86]. Quant à Beach, il resta emprisonné pendant huit mois[87]. Bien qu'il reçût cinq condamnations, contrairement aux Sheldon, ce ne fut jamais pour vol ou vagabondage. Il n'abandonna jamais son emploi d'ouvrier sur tubes, alors que la carrière professionnelle des Sheldon se réduisait à être des malfrats[88].

Peu de temps après la sortie de prison de John Sheldon et Beach, des troubles éclatèrent dans Fox Street vers 22 heures, le 18 septembre 1910. Fait intéressant, voici l'une des rares histoires transmises à Ray Lewis, le petit-fils de Beach : la bande de son grand-père attaqua une maison des Sheldon. Beach et trois hommes firent irruption chez une femme et coururent à l'étage avec une lampe à pétrole[89]. L'un des voyous aurait crié : « Vas-y, Bill, fous le feu à la baraque. » Une partie du grenier s'enflamma, les cris de la femme mirent les hommes en fuite. Des voisins accoururent alors pour éteindre le feu.

Bien entendu, cet événement était lié à la vendetta. Une heure plus tard, alors que Beach et son cousin déambulaient le long de Lawley Street, ils furent attaqués par une foule de jeunes sur le pont du chemin de fer. Il y eut des coups de revolver, « suivis de cris et d'appels à l'aide. Certains affirmaient avoir vu des couteaux ». Beach fut transporté à l'hôpital avec une fracture du crâne, de graves blessures au cuir chevelu et à l'épaule ; il dut être opéré[90].

La police arrêta John Sheldon, son frère Joseph, « Coaly » Jones et Edward Collins pour l'attaque de Beach. Au tribunal, ce dernier déclara que ces trois-là plus un autre homme l'avaient cerné et visé avec leurs revolvers. Jones avait tiré sur Beach, qui avait tenté de s'échapper à travers la foule. Ce faisant, Sheldon l'avait frappé avec un grand couteau mais l'avait manqué. Arrivé à Portman Terrace, Beach avait couru vers l'entrée d'une maison devant laquelle se tenait un homme, mais on lui avait claqué la porte au nez. Acculé, il avait fait face au combat. Sheldon lui avait lacéré le visage avec son couteau, Collins l'avait frappé à la tête avec un marteau, Jones lui avait tiré dessus. Lorsqu'on lui demanda s'il avait beaucoup d'ennemis, Beach répondit qu'il avait beaucoup d'amis mais pas d'ennemis, mis à part la foule des « prisonniers »[91].

Reconnu coupable d'avoir blessé Beach dans l'intention de le tuer, John Sheldon espérait cependant la clémence du juge « parce que tous ces problèmes étaient survenus à cause de Beach ». Le juge Bucknill lui rappela qu'il était chef de gang et que « l'arme en cause », une vieille baïonnette à épée, avait été retrouvée en sa possession. Même si Beach était mauvais, Sheldon était un homme dangereux. Son frère, Joseph, était devenu un membre éminent du gang. Jones était également dangereux et s'était « ouvertement vanté qu'il ne travaillerait pas pour gagner sa vie ». Ils furent condamnés chacun à cinq ans de travaux forcés. Quant à Collins, nouveau membre du gang, « reconnu comme un homme très violent », il expliqua au juge qu'il avait une vieille mère à charge. Le juge répondit que son tribunal était « un défilé constant de criminels de la pire espèce, alors pourquoi ne pas réfléchir avant aux mères, femmes et enfants qui souffraient tant de leur comportement ? ». Collins écopa de trois ans de prison[92].

Les Sheldon étaient maintenant affaiblis par l'emprisonnement de nombreux membres de leur gang, mais en mars 1911, Billy Beach fut renvoyé en prison. Les souvenirs de Beasley sur Beach et son penchant pour la boisson étaient bien fondés : après être entré au pub *Mogul* de New Bartholomew Street, celui-ci se serait disputé avec trois femmes ivres et les aurait blessées avec un couteau[93]. Au tribunal, il nia en bloc en soutenant qu'il ne possédait aucun couteau, et que c'étaient les femmes ivres mortes qui tombaient « partout dans la boutique ». On l'avait bousculé, une mêlée générale s'en était suivie. L'inspecteur Moxon expliqua au juge qu'il connaissait Beach depuis de nombreuses années et que la police ne l'avait jamais vu utiliser une arme auparavant mais, malgré cette affirmation, il fut reconnu coupable de blessures illégales et volontaires sous provocation et condamné à quatorze mois de travaux forcés[94]. Le juge Hamilton reconnut que Beach avait combattu le gang Sheldon avec ses poings alors que ceux d'en face utilisaient des armes, mais Beach s'était tout de même servi d'un couteau contre des femmes.

Beach et Samuel Sheldon sortirent de prison début 1912. La vendetta Garrison Lane éclata de nouveau lorsque Beach porta des accusations contre Sheldon, Thomas Ingram de Heath Mill Lane et Edward Tompkins de Floodgate Street. Beach affirma que le soir du 12 mars, après avoir bu au *Village Inn* de Lawley Street, trois hommes l'attendaient, dont Sheldon qui l'attaqua avec un hachoir. Beach fut coupé à la joue et roula au sol avec Sheldon. Ingram écrasa l'œil de Beach pour aider son chef. Comme le souligna le procureur, aucun policier ne se trouvait à proximité ni personne pour témoigner de manière indépendante et impartiale. De plus, il trouvait « tout de même un peu fort que malgré la querelle persistante entre les deux gangs, les deux parties aient réussi à s'entendre avant de venir au tribunal, il était donc impossible d'obtenir un semblant de vérité. »

Toutefois, le bruit courait que Beach était sur le point d'émigrer au Canada et que les conflits entre les deux gangs cesseraient enfin[95]. Beach partit effectivement au Canada. Beasley raconta que les policiers eux-mêmes « l'auraient conduit très gentiment et s'étaient cotisés pour l'aider[96]. » La police aurait effectivement contribué aux frais d'émigration de Beach parce qu'elle respectait l'homme qui avait mené tant de batailles, seul, avec ses poings, alors que les Sheldon se battaient toujours en nombre et avec des armes. L'inspecteur Moxon le souligna dans un témoignage en 1911.

Malheureusement, le départ de Beach ne mit pas fin à la vendetta qui revint à la une de l'actualité nationale après une autre fusillade. Le 15 octobre 1912, le *Manchester Guardian* rapporta une querelle entre des gangs rivaux à Birmingham, qui se solda par un certain nombre de blessés graves. La police déclara que les habitants vivaient dans un état de terreur et « qu'il était quasiment impossible de les convaincre de témoigner contre les coupables en raison de leur peur[97] ».

Beach n'était plus là, mais ses lieutenants étaient restés. Le soir du 5 octobre, ils s'impliquèrent dans une bagarre contre Samuel Sheldon et Ingram au *King Arms* sur Great Barr Street, le principal lieu de rencontre du gang Sheldon[98]. Quelques jours après, Charlie Franklin, l'un des lieutenants de Beach, menaça Sheldon avec un revolver : « Il paraît que tu me cherches avec Tommy Ingram. J'ai un flingue pour te faire sauter la cervelle », lui dit-il. Sheldon lui arracha l'arme des mains. Franklin eut le visage lacéré par Ingram[99]. Pour se venger, Franklin retourna au *King Arms* le 11 octobre avec un revolver et tira sur Ingram[100].

Le lendemain soir vers 21 h 30, Franklin, son beau-frère Albert « Buck » Broome, Charlie Connor et Sammy Morris affrontèrent encore Samuel Sheldon au *King Arms*[101]. Ce dernier s'y trouvait seul, Ingram venait de partir. Comme indiqué dans *News of the World*, Connor dit à un client présent : « Tu ferais mieux de dégager, ça va barder. » Ensuite, s'adressant à Sheldon : « Salut Baggy, on est là pour toi. » Ce à quoi Sheldon répondit : « Vous n'êtes pas venu ici pour une dispute, n'est-ce pas ? » Connor le frappa à la tête avec une matraque en métal en guise de réponse. Sheldon tomba. Franklin posa son revolver sur l'épaule de Morris pour ajuster son tir sur Sheldon. Deux coups partirent. Une balle traversa le chapeau de Sheldon et alla se ficher dans le mur derrière lui, l'autre lui érafla le côté de la tête, sans le tuer. Les assaillants prirent la fuite[102], laissant Sheldon dans une mare de sang. Il fut ensuite transporté au General Hospital[103].

Ses agresseurs furent rapidement arrêtés puis, le 30 octobre, déférés devant les magistrats. Sheldon apparut la tête bandée. On lui montra un chapeau melon taché de sang et troué de deux balles, il confirma que c'était le sien et qu'il le portait la nuit de la fusillade[104]. Au procès qui se tint début décembre aux assises de Birmingham, l'inspecteur Collins détailla les épisodes périodiques de coups de feu entre les deux gangs, mais quelle que soit la gravité de leurs blessures, aucun ne demandait jamais l'aide de la police. Il ajouta que les accusés, qui vivaient tous près des Sheldon, « avaient meilleur caractère en ce qui concernait leur travail » : Morris, vingt-huit ans, travaillait l'étain, Broome, trente et un ans, était ouvrier, Franklin, trente-trois ans, travaillait dans le caoutchouc, Connor, trente-cinq ans, décapait l'étain[105].

En prononçant la peine, le juge Scrutton expliqua qu'en 1910 le juge Bucknill avait infligé de longues peines d'emprisonnement aux Sheldon pour avertir « les habitants du quartier qu'à moins d'arrêter des peines plus lourdes seraient prononcées jusqu'à ce qu'ils soient incités à devenir des sujets respectueux des lois du Roi ». Cet avertissement n'avait pas été entendu, donc Franklin, qui avait purgé quatorze jours de prison pour cambriolage en 1899, fut emprisonné pendant dix ans. Morris fut condamné à quatre ans de prison. Broome, qui n'avait été condamné qu'une seule fois pour langage obscène, reçut une peine de trois ans. Connor, dont le casier était vierge, fut condamné à cinq ans, une peine réduite en appel à trois ans[106]. Un casier vierge, alors qu'il était connu de la justice, mais il avait été reconnu non coupable d'intention de causer des lésions corporelles graves après avoir tiré sur un homme en 1905. Décrit par la police comme « un jeune homme stable, sobre et des plus respectables », Connor avait aussi reçu une balle dans le cou deux ans auparavant et avait été impliqué dans un certain nombre de combats[107].

Ainsi se termina la célèbre vendetta de Garrison Lane, également considérée par certains, comme la fin des Peaky Blinders[108]. Par la suite, John Sheldon continua à « ravager les hippodromes[109] ». En 1914, au début de la Première Guerre mondiale, Beach rejoint le 13e Battalion des Royal Highlanders du Canada[110]. Ses papiers d'identité indiquent qu'il travaillait à Montréal comme constructeur de ponts, alors que sa femme vivait à Lawley Street, Birmingham. Le visage rougeaud, une longue cicatrice lui barrait la lèvre supérieure et inférieure, plus une autre sous la mâchoire.

Au cours de la deuxième bataille d'Ypres, le 24 avril 1915, lors d'une attaque des Allemands contre la position de son bataillon, Beach fut touché à l'avant-bras droit. Il passa quelque temps au Southern General Hospital de l'université de Birmingham et au War Hospital Rubery. Début 1918, après plusieurs opérations, il fut déclaré médicalement inapte à poursuivre son service en raison d'une fracture ouverte au bras et d'une ankylose généralisée (raidissement et immobilité anormaux d'une articulation dus à la fusion des os), ce qui l'empêchait de marcher[111]. En 1920, Beach retourna à Birmingham avec sa femme, dans les Homes Buildings de Palmer Street. Il mena une vie plus tranquille, et mourut seize ans plus tard à l'âge de cinquante-six ans.

Il restait encore l'un de ses lieutenants, Charlie Franklin, combattant acharné du gang Billy Kimber, dans la guerre des hippodromes de 1921, contre les gangs londoniens d'Alfie Solomon et de Darby Sabini[112]. Les Sheldon ne faisaient plus partie d'un gang à Birmingham. À cinquante-trois ans, lorsque ce conflit éclata, Samuel Sheldon avait déménagé à Charles Henry Street, Highgate, durant les années 1920, et était devenu marchand ambulant[113]. Il mourut en 1943, à soixante-quinze ans[114]. Son frère aîné, John, continua d'habiter Glover Street avec sa femme, Ada. En 1939, il se disait polisseur d'armes en retraite[115]. Il mourut deux ans plus tard[116].

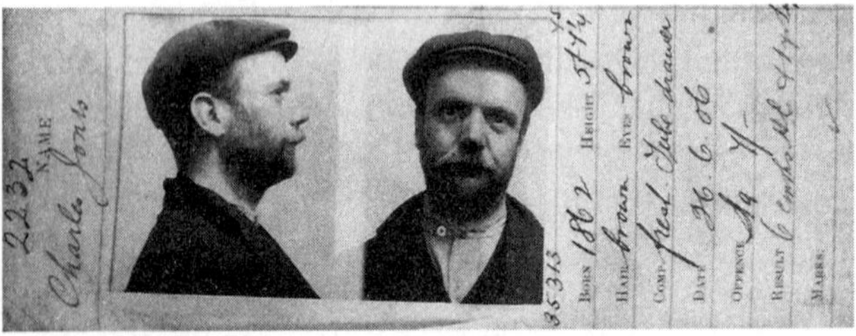

Casquette vissée sur la tête, voici Charles « Coaly » Jones,
l'un des leaders du dangereux gang des Sheldon.

Chapitre 5

Les vrais chefs de gang des années 1920

Le vrai Billy Kimber

Dans l'épisode deux de la série télévisée, le complot organisé par Tommy Shelby pour faire le ménage des paris placés dans sa boutique de paris illégaux provoque la rage du puissant Billy Kimber. Ce malfrat est devenu riche grâce au contrôle qu'il exerce sur quantité de sites de paris légaux et illégaux autour des hippodromes du pays. Kimber se rend au quartier général des Shelby pour les provoquer. Flanqué de deux gardiens armés, il traverse le pub Garrison avec assurance. Les clients se taisent, la présence de l'homme est intimidante. Kimber crie le nom de Tommy Shelby, tire un coup de revolver en l'air. Shelby demande aux buveurs de rentrer chez eux, puis s'assoit à une table, face à Kimber. Ce dernier a l'accent londonien, il est de petite taille et habillé avec élégance. C'est lui le patron, crie-t-il, en reprochant à Shelby d'avoir organisé une course sans sa permission. Tommy Shelby lui propose alors un marché, le flatte en expliquant qu'il l'admire parce que Kimber est parti de rien et a bâti une entreprise légitime, ce à quoi Shelby aspire aussi[1].

Le vrai Billy Kimber était bien ce gangster amassant de l'argent grâce au racket de protection sur les hippodromes et au vol à la tire ; il devint par la suite un homme d'affaires légitime. Mais il n'était pas de Londres et n'était pas de petite taille. C'était un Brummie costaud, fort et charismatique du quartier de Summer Lane. Il ne craignait personne, mais beaucoup le craignaient. Combattant acharné, chef d'un groupe de voyous brutaux et dangereux, le gang de Birmingham, Kimber fut l'une des premières grandes figures de gangs en Angleterre.

Kimber était né en 1882 au 55 Court, Summer Lane. Sa famille déménagea ensuite à Hospital Street[2]. Ses grands-parents maternels étaient irlandais, sa mère, blanchisseuse, son père, fondeur de cuivre à Birmingham[3]. Rien n'indique que l'un ou l'autre ait été malhonnête. En revanche, dès son plus jeune âge, leur fils cadet enfreignit la loi : en 1894, alors âgé de douze ans, il reçut quatre coups de fouet pour avoir volé un coupe-verre. Le fouet était constitué de branches de bouleau liées par du fil de fer. On assenait les coups sur les fesses nues du coupable, qui était obligé de se coucher, jambes et bras attachés, face contre terre sur un « cheval ». Ce genre de punition était généralement infligé aux garçons de moins de seize ans reconnus coupables de petits larcins, et administré pour les décourager de commettre de nouvelles infractions. Elles furent inefficaces sur Kimber qui, au cours des trois années suivantes, fut successivement condamné pour voies de fait, jeu et vagabondage[4].

À cette époque, Summer Lane était connue pour ses Peaky Blinders, et bien que Kimber n'ait pas été désigné comme tel, il est fort probable qu'il en était un si on considère sa violence. Comme tant d'autres, c'était aussi un petit voleur. En octobre 1900, il fut condamné à six mois de prison, qu'il purgea au centre pénitentiaire Winson Green à Birmingham, pour avoir tenté de s'introduire par le toit dans un restaurant[5]. Il n'avait que dix-huit ans, mais était déjà considéré comme un multirécidiviste. On le décrivait comme ayant « le teint clair, les cheveux bruns et les yeux bleus ». Les mots « W Kimber » et « S Birch » étaient tatoués sur son avant-bras gauche, ainsi qu'une croix et « Love » sur le dos d'une main. Sa taille était estimée à un peu plus d'un mètre soixante-douze, mais compte tenu de l'écart relevé dans les registres officiels sur la taille de Billy Beach, Kimber mesurait sans doute quelques centimètres de plus car il était considéré de grande taille[6].

Ses papiers indiquent qu'il était « fondeur de cuivre », mais ce n'était pas le métier qu'il exerçait. En août 1901, il fut de nouveau emprisonné pour avoir agressé un agent de police (une autre raison de penser qu'il était Peaky Blinder)[7]. Kimber était devenu père. Sa fille aînée, Maud, naquit en juillet 1901 ; un an plus tard, il épousa la mère, Maud Beatrice Harbidge, qui vivait à proximité dans Howard Street. Elle était ouvrière sur ornements de lit et âgée de vingt ans. Maud signa l'acte de mariage de son nom, Kimber se contenta de le griffer[8].

On ignore comment Kimber rencontra son épouse. Leur arrière-petite-fille, Juliet Banyard, raconte que

« Maud avait une belle voix et gagnait de l'argent en chantant dans les pubs de Brum ». La grand-mère de Juliet était la deuxième enfant de Kimber, Annie, née en décembre 1903. Juliet a expliqué que sa mère, Sheila, l'unique enfant d'Annie, disait que celle-ci était la préférée de Billy. Maudie et Billy étaient indifférents l'un à l'autre. Maudie avait l'habitude de dire à sa sœur : « Tu devais de l'argent à notre père, tu l'as payé de ta vie[9]. »

En 1908, Kimber fut condamné pour voies de fait sur un policier et pour ivresse, alors qu'il venait d'être déclaré non coupable du cambriolage d'une maison[10]. Il était maintenant évident que Kimber était un criminel. En janvier 1906, il fut condamné avec trois autres personnes à une amende d'une guinée (21 shillings) – peine alternative à l'incarcération d'un mois – pour avoir voyagé de Londres à Birmingham en train sans avoir payé le billet qu'il détenait et en en modifiant la date. Tous avaient mauvaise réputation. Une remarque singulière : l'un d'eux déclara être employé d'un bookmaker, c'est-à-dire qu'il travaillait sur les hippodromes[11].

Kimber était maintenant un « nuisible » des hippodromes, comme on désignait souvent les pickpockets et autres voyous. Son arrestation à Hall Green Races, en mai 1907, étaie encore sa mauvaise réputation. Il fut accusé, en vertu de la loi sur la prévention des crimes, pour avoir traîné avec l'intention de commettre une infraction, punissable par procédure sommaire. Il affirma être revendeur, ce qui couvrait un large éventail d'activités. Idem pour son frère aîné, qui fut poursuivi en tant que personne suspecte traînant autour du champ de courses, avec l'intention de commettre un crime. Le sergent-détective Wright de la Birmingham City Force déclara avoir vu les frères agir de manière suspecte et se faufiler dans plusieurs groupes de personnes. William Kimber tenta d'arracher un ticket gagnant des mains d'un parieur qui le tendait à un bookmaker pour le paiement de son pari. Kimber se serait aussi précipité hors de la foule en voyant Wright.

Lors de son arrestation, Kimber se montra violent et tenta de s'enfuir. Harry Kimber « couvrant » son frère, courut dans une direction différente mais fut arrêté par un autre inspecteur. Au tribunal, l'officier qui avait procédé à l'arrestation déclara qu'il connaissait William Kimber depuis dix ans et qu'il était « associé à de dangereux voleurs d'hippodromes, qu'il gagnait sans l'ombre d'un doute sa vie en suivant les courses ». William fut condamné à six mois de prison avec travaux forcés[12].

Au cours des trois années suivantes, Kimber abandonna sa femme et leurs deux enfants. En 1911, le recensement l'enregistre comme célibataire en pension dans une maison de Salford[13]. Son arrière-petit-fils, Justin Jones, pensait que Kimber « était allé vivre avec une autre femme, Florence Brooks, parente d'Ellen Brooks qui vivait avec un autre membre du gang, George "Brummie" Sage. Quant à Maud, elle était retournée vivre chez ses parents à King Alfred Place, avec ses deux enfants. Ma tante bien-aimée, Maud, me donnait des bonbons chaque semaine. Je n'ai malheureusement jamais connu ma grand-mère, Annie[14] ».

Cela ne dut pas être facile pour Maud, seule avec deux filles à élever et des parents vieillissants. En 1920, elle vivait à Charlotte Street, en bordure du quartier des bijoutiers. Son logement était situé dans une grande cour de treize maisons ; elle y resta jusqu'à sa mort, en 1926, à l'âge de quarante-trois ans[15]. Sheila, sa petite-fille, essaya d'identifier sa tombe mais, d'après les archives, Maud eut un enterrement de personne indigente, en fosse commune. Sheila en a gardé rancune envers son grand-père, Billy Kimber, qui ne manquait pas d'argent[16].

Kimber était fortuné à l'époque de la mort de Maud, mais avant de l'abandonner, cet argent était détenu en commun avec les Sheldon, du fait de ses activités de voleur et nuisible d'hippodromes. En 1911, il se disait agent-commissionnaire, tout comme John Sheldon[17]. Mais contrairement aux Sheldon qui restaient dans les rues de Birmingham, Kimber devint chef de gang au profil national. Son gang de Birmingham n'était pas une organisation criminelle solidement organisée comme celle d'une famille mafieuse, avec un parrain, des capitaines et des soldats ; c'était plutôt un groupe de combattants aux liens flexibles, qui pouvaient parfois être réunis en une force formidable.

Le gang de Birmingham était issu des Brummagem Boys, le nom synthétique des petits groupes de voyous et de voleurs à la tire de la ville. Ils avaient terrorisé les amateurs de course dans les Midlands et le nord de l'Angleterre dès le milieu du XIXe siècle, en profitant du développement du système ferroviaire. Des voleurs existaient ailleurs, mais les Brummagem Boys étaient les plus connus. Le *Daily Telegraph* souligna dans un article, en 1898, que le plus grand nombre de brutes et de voleurs d'hippodromes « venaient de Birmingham, certains d'entre eux étant de très basse extraction ».

Les « Brums », comme le reste de leur fraternité, travaillaient en groupe de six, sept ou huit qui ne se séparaient jamais. Ces bandes organisées rendaient la tâche difficile : les malfaiteurs encerclaient leurs victimes, les faisaient trébucher pour les voler, leur arracher porte-monnaie, montres et chaînes alors qu'elles se rendaient ou revenaient de l'hippodrome. Ils jouaient aussi au bonneteau pour escroquer les passagers de train[18].

Kimber appartenait à l'un de ces gangs. En janvier 1913, le *Derby Evening Telegraph* rapporta qu'avant un match de football, la police avait placé des agents à la gare afin de surveiller les contrevenants connus arrivant en train. Dans un groupe de huit hommes, un agent reconnut William Kimber, Joseph, son frère cadet, et George White, des « experts en vol à la tire et rats d'hôtel ». Plusieurs policiers les suivirent mais furent repérés et les hommes prirent aussitôt la fuite. Pourchassés par la police à travers les rues, les deux frères Kimber jetèrent des objets de leurs poches dans la neige, puis s'échappèrent en empruntant différentes entrées des maisons[19].

Joseph Kimber était maintenant un voleur de longue date. En 1912, il fut emprisonné pour vol à la tire lors des courses de Doncaster, puis condamné à trois mois en août 1913, après avoir été arrêté comme suspect aux courses de Belfast[20]. Dans les années 1920, il prétendait toujours être agent-commissionnaire[21]. Quant à White, de son vrai nom Thomas MacDonald, également connu sous le nom de Thomas McDonagh, il allait devenir l'un des voyous intimidateurs les plus notoires du gang de Birmingham[22]. Ce fut grâce au soutien d'hommes de sa trempe que Billy Kimber s'empara du contrôle des gangs de voleurs à la tire et des champs de courses de Birmingham.

Son pouvoir était né aussi de son amitié avec des malfrats redoutés de Londres. Parmi eux, George « Brummy » Sage, le chef du gang de Camden Town, dans le nord de Londres, dont le surnom est né de sa proximité avec Kimber. Sage, voleur également, avait la féroce réputation de se battre « pied à pied », comme se plaisait à dire Wal McDonald du gang des Elephant Boys, autre ami londonien de Kimber, connu dans le milieu. Brian McDonald, son neveu, a expliqué que Wag (Charles), le frère de Wal, était un important chef de gang du sud de Londres, puis dans le West End, où il fut l'un des premiers protecteurs de boîtes de nuit. En 1909, il fut rejoint par ses quatre frères. Ensemble, ils contrôlaient de nombreux *pitchs* illégaux de paris de rue. En outre, Wag s'engagea comme garde de corps auprès de bookmakers d'hippodromes pour les protéger des gangs qui leur extorquaient de l'argent. C'est ainsi qu'il obtint les « faveurs » d'autres bookmakers[23].

Grâce à ses activités, il rencontra Kimber qui parcourait le pays avec son gang de voleurs à la tire. Une solide amitié naquit entre les deux hommes. Jim, l'oncle de Brian McDonald, décrit Kimber comme « un homme grand, jovial, apprécié et respecté par sa façon de régler les désaccords et les différends ». Il savait se battre, c'était un chef-né[24]. Grâce à son amitié avec les McDonald, il semble que, tout en conservant des attaches avec Birmingham, Kimber ait déménagé à Londres. Brian McDonald note : « Kimber vécut pendant une courte période avec ma famille au 116 York Road, Lambeth, avant de déménager à Warren Street (aujourd'hui Grant Street), Islington[25]. » Au cours de l'été 1910, Kimber rejoignit les McDonald pour combattre un gang rival[26].

Trois ans plus tard, Sage et Kimber furent arrêtés après une bagarre au pub de Whitechapel, dans l'East End. Lorsqu'un policier arriva sur les lieux, Kimber et Sage lançaient des chaises sur un autre homme. Ils s'enfuirent dans la rue, où un autre policier procéda à l'arrestation de Kimber. Leur victime s'approcha alors et dit : « J'accuse Kimber et Sage de m'avoir fait ça », et il pointa son visage qui saignait abondamment après avoir reçu des coups de poignard. En chemin vers le poste de police, Kimber laissa tomber une boucle de harnais en laiton. Il fut accusé de coups et blessures, répondit qu'il était simple marchand de vêtements, et Sage, bookmaker[27]. Ils furent disculpés par la fille du patron de pub qui déclara qu'elle pouvait prouver que les coups avaient été donnés par un autre homme, du nom de « Kidderminster Kid[28] ».

Il est fort probable que Kimber et Sage étaient bien les coupables et que la famille tenancière du pub les craignait. À juste titre, car l'homme agressé se trouvait à l'hôpital dans un état grave. Cette affaire parut dans l'*Illustrated Police News* du 20 février 1913, où l'on put lire que « Brummy » et Kimber étaient « bien connus dans les hippodromes et les rings de boxe[29] ».

En 1914, Kimber s'imposa à la fois comme homme des courses et ruffian brutal à Londres, où il avait aussi forgé une alliance avec les Garnham de Chapel Street Market, à Islington. Un rapport singulier d'avril de cette année-là met en évidence ce lien. Il est écrit qu'un conflit eut lieu à Dunstable, entre la police et un groupe de Londoniens revenant en voiture des courses de Towcester. Parmi les accusés figuraient Anna Kimber, quarante-trois ans, de New Cut, Lambeth, dans le sud de Londres, accusée d'ivresse et de comportement désordonné sur la route ; ainsi que son mari, William, vendeur de porcelaine âgé de trente-deux ans, qui avait agressé deux policiers dans l'exercice de leurs fonctions.

L'identité d'Anna est mystérieuse. Elle ne pouvait pas être l'épouse de Kimber, toujours marié à Maud. Les deux autres accusés étaient Thomas Garnham, vendeur de porcelaine de Londres, et sa femme, Eliza, tous deux accusés d'entrave à policier en exercice. La famille Garnham joua un rôle de premier plan dans le reste de la vie de Kimber. Tous les accusés plaidèrent coupables. L'avocat de Kimber déclara qu'il s'agissait de la première comparution de son client devant un tribunal de ce type, mensonge flagrant. Les accusés furent condamnés à une amende de huit livres et six shillings au total[30].

Quelques mois plus tard, l'activité des voleurs d'hippodromes, comme Kimber, se réduisit avec le déclenchement de la Première Guerre mondiale : les courses furent drastiquement restreintes en Grande-Bretagne[31]. Kimber rejoignit les drapeaux, mais comme le rappelle Denny, bookmaker à l'hippodrome de Birmingham, il déserta et partit à Dublin, où les courses de chevaux se poursuivirent jusqu'à fin 1917. Green raconta aussi que Kimber avait été attaqué par quatre hommes sur un pont au-dessus de la rivière Liffey, mais qu'il s'en était tiré. Le gangster de Birmingham était resté dans les mémoires comme « un sacré joueur, un intrépide qui se battait à la loyale avec les mains, sans jamais utiliser de couteaux » (ce qui pourtant était arrivé)[32].

En mai 1917, Kimber et James Cope, autre membre éminent du gang de Birmingham, furent arrêtés à Dublin et inculpés en tant que personnes suspectes rôdant à la gare de Kingsbridge (aujourd'hui Heuston) dans le but de faire les poches, les jours de courses à Limerick, et également pour avoir fréquenté la gare voisine de Harcourt Street le jour des courses de Leopardstown. Kimber tenta de se disculper en affirmant qu'il était juste un vendeur, vivant à New Cut, South London, le fief des McDonald. Quant à Cope, il était aussi un pickpocket renommé[33].

Il est à noter que le greffier d'un important bookmaker d'hippodrome, nommé Thomas Henry Dey, comparut devant le tribunal pour expliquer que Kimber était employé à la collecte des grosses sommes d'argent dues au bookmaker. « Un employé agissant honorablement. Comme les hippodromes étaient calmes en Angleterre, certaines personnes qui devaient de l'argent à M. Dey s'étaient déplacées en provenance d'Irlande, et Kimber était venu aussi de Liverpool pour rencontrer ces personnes. » Le greffier de Dey ajouta qu'il avait « pleine connaissance de la carrière passée de Kimber qui avait été un honnête homme au cours des sept dernières années », et que M. Dey était prêt à le garder comme employé et à avancer une somme substantielle en caution pour sa bonne conduite. Celle-ci fut fixée à 50 livres.

Kimber ne resta pas libre longtemps. Il fut accusé d'avoir déserté son poste de chauffeur dans l'Army Service Corps depuis le 11 juin 1915[34]. En octobre 1917, il fut jugé et condamné à six mois de détention[35].

La relation qu'entretenait Kimber avec Dey est intrigante. Dey fut l'un des bookmakers les plus riches de Grande-Bretagne. Il remporta la somme stupéfiante de 84 000 livres en un an et, à ce titre, prit d'énormes paris en espèces à l'hippodrome et à crédit via son bureau de New Bond Street, à Londres. Parmi ses parieurs, il y avait ceux qui ne payaient pas quand ils perdaient et d'autres qui recouraient à des tromperies astucieuses pour essayer de l'escroquer[36]. Kimber, avec sa réputation de dur à cuire, non seulement recouvrait les dettes pour Dey mais agissait aussi comme son garde de corps sur les hippodromes.

Avec la fin de la Première Guerre mondiale, les courses reprirent et, comme pour d'autres sports, la fréquentation grimpa en flèche durant le court rebond d'après-guerre. Elles culminèrent en 1919 et 1920, puis restèrent plus élevées qu'avant la guerre avant de chuter, à partir de 1925, alors que l'économie britannique était en crise[37]. Selon Tom Divall, ancien inspecteur en chef de Scotland Yard, employé pour maintenir l'ordre dans divers hippodromes, les gens affluaient, les poches pleines d'argent[38]. Bud Flanagan, bookmaker, raconta son expérience. En 1919, il paria sur quatre courses à Ayr « une somme représentant la totalité de ses indemnités gagnées en trois ans et demi de service militaire[39] ».

Pareilles sommes signifiaient de gros gains pour les écumeurs d'hippodromes (*megging mobs*, comme on les appelait) qui escroquaient tout le monde avec leurs tours de bonneteau et cartes trafiquées avec des objets tranchants pour soudoyer les voyageurs qui se rendaient aux courses en train, tandis que les gangs de pickpockets s'attaquaient aux spectateurs, cognant sur tous ceux qui ripostaient. Les bookmakers en étaient également victimes. Une esquive préférée des gangs, ou des « garçons » comme on les appelait, consistait à quémander avec un faux abonnement pour le « pauvre vieux Bill » ou le « cher vieux Charlie » qui avait traversé des moments difficiles, ou encore pour une famille sans père au bord de la famine. Une autre arnaque consistait à crier un pari à un bookmaker. Si le cheval gagnait, le gang s'attendrait à être payé, s'il perdait, le voyou conservait son argent.

Les bookmakers qui tinrent tête aux gangs payèrent un lourd tribut. En juin 1919, le *Times* raconta comment trois hommes avaient demandé de l'argent aux bookmakers de Windsor. Plusieurs payèrent sans hésiter, mais quand l'un d'eux refusa de remettre une livre, il fut traîné hors de sa cahute, d'où il hélait les parieurs, sa sacoche pleine d'argent confisquée par un autre voyou[40].

Sous la direction de Kimber, le gang de Birmingham régna sans opposition dans les Midlands, le West Country et le nord jusqu'à Newcastle. Kimber supervisait désormais les rackets de protection des hippodromes sous une forme plus organisée. Lors des grandes courses, il contrôlait les cinq à six *pitchs* les plus en vue, qui engrangeaient le plus d'argent en paris et qui étaient donc les plus lucratifs. Le bookmaker de l'hippodrome de Londres, Sam Dell, se souvenait que Kimber avait soit placé ses propres hommes sur ces *pitchs*, soit autorisé les bookmakers à les tenir pour un retour de « dix bobs dans la livre », soit cinquante pour cent des bénéfices. Quant aux autres bookmakers, s'ils voulaient obtenir leurs *pitchs*, ils devaient arriver « tôt le matin pour les revendiquer, être prêts à se soumettre à un chantage ou à se battre[41] »...

La plupart des bookmakers payèrent le droit de s'installer dans des endroits spécifiques, sans se battre. Contrôler l'attribution des *pitchs* était lucratif, mais ce n'était pas pour autant la seule arnaque pour gagner de l'argent. Un autre dirigeant du gang de Birmingham, Andrew Towie, avait proposé ou développé l'idée de vendre des cartes à points et à tirets pour chaque course. C'était très simple : une carte par cheval, piquée de symboles pour alerter les bookmakers de sa forme et de ses chances dans la course. En fait, ce prétendu « service » n'apprenait rien de plus au bookmaker ; c'était juste un moyen pour le gang de lui extorquer encore de l'argent[42]. Ensuite, il y avait l'appel du numéro des chevaux une fois que l'information était connue, peu de temps avant le départ. Les bookmakers étaient alors « encouragés » à payer pour les « outils du métier ». Parmi ceux-ci, figuraient les casaques, les listes de coureurs pour chaque course, les craies servant à inscrire les prix des chevaux sur leurs tableaux noirs, l'eau et les éponges pour effacer, l'appel des noms des jockeys, les tabourets sur lesquels ils se tenaient[43].

Dell se souvenait que, dans les années 1920, « c'était ceux de Birmingham qui tenaient les tabourets à Cheltenham et dans des endroits comme ça. Ils avaient l'habitude de transporter leurs tabourets d'une piste à l'autre avec une grosse camionnette, des tabourets pliables aussi, dans lesquels on se cognait les jambes, ils les installaient tous[44]. » Des prix exorbitants pouvaient être facturés pour l'utilisation d'un tabouret, mais si le bookmaker n'en avait pas les moyens, il était désavantagé par rapport aux autres, car il ne dépassait pas les têtes.

Les bookmakers payaient généralement deux shillings et six pences pour chaque « service » fourni par les gangs, somme remise à chaque course, sur six courses ou plus, ce qui représentait beaucoup. Lors de courses renommées, comme celles de Doncaster, il pouvait y avoir plus d'une centaine de bookmakers, autrement dit de 300 à 400 livres de rentrées pour les gangs. Forcément, les sommes étaient plus modestes lors de courses moins prestigieuses. À celles-ci s'ajoutait l'argent de protection extorqué aux bookmakers pour établir l'emplacement d'où ils opéraient[45].

Un exemple du pouvoir physique de Kimber et de l'ascendant qui lui est prêté par l'ancien inspecteur en chef, Divall. En 1919, celui-ci était en charge de l'un des cercles de spectateurs de Doncaster, hippodrome très populaire. Un jour où la foule était nombreuse, les esprits s'échauffèrent à cause d'un pari contesté. Le personnel et la police perdirent le contrôle de la situation : « des gros mots, de vilaines menaces s'échangeaient entre rabatteurs et coureurs de bookmakers ». Divall craignait la mêlée générale, mais alors « Billy Kimber arriva, un hôte parmi ses camarades, et il régla rapidement le différend ». On préfère ne pas imaginer ce qui serait arrivé sans son aide, car des milliers d'hommes étaient présents, la plupart appartenant à la classe des plus rudes. Divall n'en doutait pas, Kimber était bien « l'un des meilleurs[46] ».

Dans le sud de l'Angleterre, plus prospère, avec son grand nombre d'hippodromes, le scénario était plus anarchique dans les années qui suivirent la Première Guerre mondiale. Plusieurs gangs étaient actifs, souvent sur le même hippodrome et le même jour. En particulier, les voyous de Dodger Mullins, de Bethnal Green et ceux d'Alf White, de Hoxton et King's Cross. Ils harcelaient les amateurs de course, avant, pendant et après les courses[47], ce qui attira bientôt l'attention nationale. Le 18 octobre 1919, le *Daily Mail* publia un article sur les « gangs des courses hippiques », affirmant que « les vols avec violence étaient certainement en augmentation[48] ». L'année suivante, au cours de l'été, le *Times* appela à une action immédiate contre les voyous d'hippodrome[49].

En l'occurrence, c'est Kimber qui prit cette mesure, car il y vit l'opportunité d'étendre les opérations du gang de Birmingham sur les hippodromes du sud les plus lucratifs, en chassant les autres gangs. Brian McDonald pense que l'implication de Kimber fut facilitée par les autorités de l'hippodrome qui réalisèrent qu'elles ne pouvaient pas régler le problème des gangs uniquement avec leurs propres surveillants et la police. Surtout, Kimber bénéficiait de renforts majeurs à Londres : les McDonald, les Elephant Boys, George « Brummy » Sage et le gang de Camden Town, Freddie Gilbert, ancien membre du gang Titanic de Hoxton, à présent chef des Finsbury Boys.

Kimber et ses alliés réussirent. Les gangs de Bethnal Green et de King's Cross se brouillèrent et furent ensuite expulsés[50]. W. Bebbington, nommé plus tard superviseur principal des inspecteurs du recours au Jockey Club, affirma qu'après 1918 les gangs de Birmingham « tenaient le fouet dans tout le pays et régnaient avec une verge de fer[51] ». La « loi de la foule » semblait avoir été acceptée par les bookmakers londoniens car elle apportait un semblant d'ordre. Ali Harris, un bookmaker d'hippodrome de Londres, fit l'éloge de Kimber, un « type assez respecté », tout comme Dell[52].

Il y eut aussi un autre racket dans lequel Kimber était impliqué, comme l'explique Tommy Garnham, le petit-fils de Thomas Garnham, le vendeur de porcelaine qui avait été arrêté avec Kimber en 1914 à Dunstable. Au début des années 1920, John, le fils de Garnham, gérait une petite affaire de vente de faïence à Chapel Street Market, Islington, tout en étant chef d'un groupe travaillant pour Kimber sur les hippodromes du sud de l'Angleterre. Garnham et ses hommes traquaient les gangs de vol à la tire non autorisés par Kimber et qui n'avaient pas versé leur « don ». Son fils, Tommy, raconte : « Papa avait l'habitude de dire qu'il fallait chercher le patron, l'homme principal, et lui donner une bonne correction devant les autres : "C'est ton patron, regarde ce que je lui fais." Alors, les autres voyaient cela et s'en allaient.

Mais il fallait vraiment que papa en soit capable, sinon ils appelleraient Billy Kimber et eux refuseraient de le prendre. »

John Garnham raconta de nombreuses autres histoires sur les prouesses au combat de Kimber. Un jour, Kimber et un de ses amis, connu sous le nom de « Sorcier », se trouvaient dans un train pour se rendre aux courses. Ils commencèrent à jouer avec un couple de gros durs et comme Tommy Garnham l'entendit :

« Ils ont joué aux cartes, papa et le Sorcier ont rafflé tout leur argent. Les autres sont revenus le lendemain et ont dit : "On veut notre fric." Le Sorcier leur a répondu qu'ils ne l'auraient pas. Alors les types ont dit : "On se verra à la course." C'est là qu'ils allaient tous. Arrivés là-bas, papa et le Sorcier sont directement allés trouver Bill. "Les deux là-bas, on leur a pris leur argent hier soir, ils veulent le récupérer." "D'accord", a dit Bill Kimber. Et ils se sont fait sortir tous les deux. Bill Kimber l'a fait tout seul[53]. »

Le contrôle de Kimber et ses alliés sur le racket des hippodromes du sud fut rapidement remis en question après que les Elephant Boys et le gang de Birmingham eurent commencé à terrifier les bookmakers juifs de l'East End, en les faisant chanter pour toucher de l'argent en plus de celui qu'ils payaient déjà à Kimber pour sa protection. Divall l'expliqua ainsi : « quand ils refusaient, ils étaient agressés avec cruauté et gravement blessés[54] ». Alfie Solomon, le vrai, fut maltraité de cette façon.

Le vrai Alfie Solomon

Dans la série *Peaky Blinders*, Alfie Solomons figure en tenue de juif hassidique : chapeau noir à large bord porté en semaine, long pardessus noir, pantalon noir également et chemise blanche. Les membres du gang dirigé par Solomons sont représentés comme des juifs orthodoxes, portant kippa et tsitsit (franges ou tresses portées sur les vêtements traditionnels ou de cérémonie par les hommes juifs). En réalité, le vrai Alfie Solomon était laïc, sa famille s'étant installée en Angleterre depuis des décennies ; il n'était pas un de ces récents immigrants fuyant les pogroms de l'Empire russe.

Né en 1892, Solomon était le troisième des dix enfants d'Elisha et Elizabeth Solomon. Son père était né dans le Strand, dans la City of Westminster, sa mère dans un quartier pauvre de l'East End. Elisha Solomon était marchand de fruits ; il avait des employés. En 1901, la famille vivait avec un domestique à Long Acre, Covent Garden. Dix ans plus tard, ils avaient déménagé à proximité de New Street. À ce moment-là, deux des six fils étaient commis chez des bookmakers et travaillaient sur les hippodromes ; les autres étaient vendeurs de fruits, commis et chapelier. À l'âge de dix-neuf ans, aucune occupation n'était spécifiée pour Alfie Solomon, enregistré comme étant « à la maison[55] ».

En janvier 1915, cependant, il fut inscrit comme conducteur de chevaux lorsqu'il se porta volontaire pour rejoindre la Royal Field Artillery. Puis, il devint conducteur. Il mesurait un mètre soixante-huit, avec un tour de taille de quatre-vingt-neuf centimètres et pesant 57 kilos, un développement physique harmonieux. Il avait le « teint frais », les yeux bleus et les cheveux bruns. À partir de juin 1915, Salomon servit pendant plus de trois ans en France, remportant plusieurs médailles : la Star 1914-1915, la British War Medal et la Victory Medal[56].

Contrairement à Kimber, Solomon n'était pas pickpocket, et il avait servi loyalement son pays. Mais à l'évidence, il était intéressé par le jeu. En août 1907, il fut condamné avec trois autres à une amende pour avoir fréquenté des locaux utilisés pour les paris sur les courses de chevaux. En avril 1916, alors qu'il était dans l'armée, il fut condamné à sept jours de détention pour avoir joué aux dés[57]. Son seul autre délit fut une accusation d'insubordination envers un sous-officier[58]. Après avoir quitté l'armée, en janvier 1919, Solomon tomba dans les paris, mais il n'existe aucune preuve de violence de sa part jusqu'aux guerres des hippodromes.

Après la guerre, Solomon devint bookmaker, tout comme son plus jeune frère, Simeon « Simmy » Solomon, qui transforma son nom en Sydney Lewis. En 1987, celui-ci expliqua que c'était à cause de l'antisémitisme dont il était victime : « si je m'étais présenté comme Simmy Solomon le bookmaker, on ne m'aurait pas donné un radis. » Selon lui, la guerre des hippodromes avait déjà commencé car « les bandes de Birmingham commençaient à venir ici. On n'était pas dans le nord, alors ils sont venus ici. Si on y était restés, il n'y aurait pas eu de problème. C'est devenu nous contre eux et eux contre le sud. »

Lors de la réunion militaire de Sandown Park, le 12 mars 1921, le gang de Birmingham se présenta en nombre et l'un d'eux agressa brutalement Alfie Solomon. Son frère a raconté l'incident[59]. Edward Greeno, ancien surintendant en chef de la police métropolitaine, écrit dans ses mémoires que Solomon (qu'il appelait « Bernie ») fut renversé et frappé à coups de pied dans les dents[60]. Moss Deyong, arbitre de boxe, vit l'attaque, bien qu'il mentionne Solomon en l'appelant Lewis, le nom de parieur de son plus jeune frère. L'un des gangsters aurait crié un pari mais Solomon aurait refusé de le prendre, sachant qu'il ne serait pas payé si le cheval perdait. Le cheval gagna, du coup le voyou vint réclamer son argent, insistant sur le fait que Solomon avait pris le pari. Ce dernier résista aux menaces et refusa de payer. Deyong décrit ainsi la scène :

« Soudain, le gangster a balancé ses jumelles, lourdes et solides, en direction du bookmaker. Lewis est tombé, son agresseur lui a piétiné la figure alors qu'il gisait sur le sol. Juste après, il a disparu au milieu de la foule. Quand Lewis a été ramassé, son visage n'était plus qu'un amas de sang et il lui manquait plusieurs dents. À partir de ce jour-là, la guerre des gangs entre le Nord et le Sud a démarré pour de bon[61]. »

Un autre bookmaker juif décéda des suites de ses blessures après avoir été frappé à la tête avec une paire de jumelles. Son agresseur, Thomas Armstrong, était l'un des principaux durs du gang de Birmingham, sans doute aussi celui qui avait battu Solomon. Armstrong fut déclaré non coupable d'homicide involontaire[62].

Brian McDonald précisa qu'Alfie Solomon avait déjà un gang avant d'être attaqué, et qu'avant d'être attaqué Kimber avait déjà une dent contre lui, « cette racaille qui menaçait les bookmakers de l'hippodrome avec la pointe de son rasoir ». Compte tenu du long passé de Kimber en matière de violence, les propos de McDonald et sa haute moralité sonnent creux[63]. De son côté, le frère de Solomon déclara : « Les liens entre mon frère aîné et Darby Sabini se sont forgés après qu'il avait été battu par la bande de Brummie[64]. » Solomon avait-il (ou non) ses propres hommes avant l'attaque ? Un rapport de police rédigé plus tard, le décrit comme « rien de mieux qu'un membre d'une bande de voleurs qui font chanter les bookmakers pour gagner leur vie[65] ». Même s'il dirigeait une bande au début de 1921, il n'était cependant pas assez fort pour affronter Kimber et ses alliés. Solomon chercha donc le soutien d'un homme puissant appelé Edward Emanuel.

Né en 1880, Edward Emanuel était l'un des huit enfants d'une famille bien établie en Angleterre, contrairement aux familles d'immigrants de langue yiddish récemment arrivées d'Europe de l'Est[66]. Son père, Alfred, était né à Aldgate, sa mère, Adélaïde, à Spitalfields. À partir de la fin des années 1870, la famille vivait à Bermondsey, au sud de la Tamise, où elle tenait un magasin de légumes[67]. En 1901, ils traversèrent le fleuve pour aller s'installer à la limite de l'East End. Edward Emanuel était désormais livreur de fruits[68]. L'année suivante, lui et un autre homme furent acquittés pour avoir blessé par malveillance Cornelius Haggerty et agressé un agent de la police métropolitaine[69]. Puis en 1904, il menaça de tirer sur un commerçant d'Islington Street. On l'accusa d'être en possession d'un revolver chargé. Le magistrat déclara qu'Emanuel était « un type dangereux » et imposa une caution élevée de 250 livres ou douze mois d'emprisonnement[70].

C'était bien un homme très dangereux, comme le découvrit John McCarthy. En 1908, il fut reconnu coupable d'avoir blessé Emanuel, intentionnellement mais sans malveillance. Le soir du 15 juillet 1908, les deux hommes buvaient au *Lord Nelson*. Emanuel s'y était rendu avec l'intention de régler son compte à McCarthy à propos d'une dispute impliquant certains de ses amis. McCarthy expliqua au tribunal qu'Emanuel lui avait payé plusieurs verres avant de le traiter de « sale petite ordure » et de le défier à se battre. McCarthy refusa d'abord, estimant Emanuel trop grand pour lui, mais finalement il se laissa entraîner. Emanuel lui sauta à la gorge, puis le jeta dans une brouette où il l'étrangla. McCarthy parvint à se dégager et sortit un revolver qu'il avait apporté pour effrayer Emanuel. Mais ce dernier ne se démontait pas, continuant de le menacer avec un ouvre-boîte aiguisé. McCarthy appuya sur la gâchette juste avant de s'enfuir. La balle que prit Emanuel ne l'arrêta pas pour autant ; il courut après McCarthy. Le chirurgien qui opéra Emanuel expliqua que la blessure mesurait près de quinze centimètres de long et que son patient était un homme très fort[71].

Tout dangereux qu'il fut, Emanuel était aussi intelligent et ambitieux. En 1911, il n'était plus porteur, mais vendeur de fruits au détail. Il s'était marié à Elizabeth, née Prudon ; le couple avait deux enfants et vivait dans une maison de cinq pièces à Thrudon Road, Bethnal Green[72]. Cependant, Emanuel était surtout propriétaire de *spielers*, ou clubs de jeu illégaux[73]. En janvier 1912, avec deux autres hommes, il fut accusé d'en posséder un à Whitechapel. Lors du raid, cinquante-sept hommes furent arrêtés, la plupart décrits comme étant étrangers. Des cartes à jouer étaient éparpillées dans la pièce et il y avait aussi des boîtes pleines de pièces de monnaie. Emanuel fut condamné à une amende de 40 livres, plus 12 livres et 12 shillings de frais[74].

En septembre 1917, l'amende fut beaucoup plus lourde : 300 livres et 10 guinées de frais, à la suite d'un raid sur un autre *spieler* qu'il dirigeait à Whitechapel. Survenu pendant la Première Guerre mondiale, ce raid bénéficia d'une large publicité, le « scandale du recrutement ». Le club était « principalement fréquenté par des juifs », dont beaucoup étaient en âge de servir et considérés comme des « étrangers[75] ». Le raisonnement était le suivant : étant donné que ces hommes étaient en âge de conscription, ils avaient évité le recrutement à l'effort de guerre. Ce préjugé antijuif s'accentua davantage encore dans les journaux à propos de la guerre des courses qui allait bientôt éclater.

Du fait des quatre-vingt-quatre jeux de cartes trouvés dans le « tripot », du grand nombre de bulletins de paris et de cartes de courses, Emanuel fut affublé de l'étiquette « bookmaker[76] ». Son ambition était pourtant de devenir un homme d'affaires légitime, comme le rappelle Lou Prince, bookmaker de l'hippodrome de l'East End, qui avait un père juif. Il vit l'équipe de Birmingham « prendre des libertés » lorsqu'elle descendit sur les hippodromes du Sud et il me raconta comment les bookmakers juifs s'étaient tournés vers Emanuel pour obtenir l'aide de celui qui était « une puissance financière ». Selon Prince, Emmanuel créa ensuite l'imprimerie Portsea Press afin de fournir un meilleur service aux bookmakers sur les listes de jockeys par course, ainsi que d'autres documents, et attestant également qu'il voulait s'affranchir de la criminalité[77]. Mais Kimber et son racket des courses contrecarraient ses ambitions… jusqu'à ce que l'attaque brutale contre Alfie Solomon lui donne l'occasion d'agir.

Selon Arthur Harding, un pickpocket de l'East End, Emanuel « gouvernait toute la pègre juive de l'East End ». Il était le Al Capone juif : tout apportait de l'eau à son moulin[78]. Grâce à cette position de premier plan, il put forger l'alliance des gangs londoniens pour obliger le gang de Birmingham à quitter les hippodromes du Sud. Une fois la place nette, les bookmakers n'auraient d'autre choix que de lui acheter leur matériel imprimé, et Emanuel pourrait alors cesser ses activités illégales.

Emanuel avait « un groupe de terreurs juives » qu'il envoya pour aider Alfie Solomon. « L'équipe juive a puisé son pouvoir dans la force et l'esprit de combat », fit remarquer Prince. On ne leur dicterait plus la loi. Pourtant, leur nombre était insuffisant pour affronter le gang de Birmingham et leurs alliés londoniens. Mais comme « Emanuel était copain-copain avec les Italiens » – le gang Sabini –, il fit appel à leur soutien[79]. Il est important de préciser qu'une autre personnalité influente et puissante soutint en arrière-plan cette alliance. Quand son club fut perquisitionné en 1917, on découvrit qu'un homme aisé se cachait derrière Emanuel, mais la police ne parvint pas à l'inculper[80].

Cet homme s'appelait Walter Beresford. En 1891, il était journaliste sténographique et vivait avec sa mère, veuve, gérante d'un pub prospère à Hackney Marsh[81]. Une décennie plus tard, il était marié, possédait une maison à Leyton et occupait la fonction d'agent-commissionnaire (celui qui prend les paris et les place moyennant une commission). Beresford employait également d'autres personnes[82]. Il était aussi gardien de maison de jeux. En mai 1902, il fut accusé avec d'autres d'avoir utilisé le *New Savoy Club*, dans le Strand, à des fins de jeux et de paris illégaux. On le condamna à de fortes amendes, deux cents et cinquante livres respectivement[83]. Ce qui représentait plus de quatre ans de salaire pour un travailleur non qualifié.

En 1921, lorsque Solomon fut sauvagement attaqué à Sandown, Beresford avait un bureau à Bond Street. Il était alors un bookmaker d'hippodrome éminent et respecté, le premier à avoir commencé à parier lors d'une réunion et celui auprès de qui les autres bookmakers prenaient leurs prix[84]. C'est lui qui aurait tenu à mettre fin au racket de protection imposé par le gang de Birmingham. Par l'intermédiaire d'Emanuel, Beresford avait de l'influence sur les Sabini. Netley Lucas, écrivain et escroc, le confirma. En 1926, il écrit que ce gang était « soutenu et porté par l'un des bookmakers les plus connus et les plus puissants du turf. Membre de tous les clubs de courses, un homme qui débourse des milliers après chaque grande course, et qui en retire le double, il a un appartement chic dans le West End, plusieurs voitures chères et une femme encore plus chère[85]. » Cet homme était Walter Beresford ; le gang qu'il a soutenu était dirigé par le redoutable Darby Sabini.

Le vrai Darby Sabini

Le Darby Sabini de la série *Peaky Blinders* est dépeint comme un « Italien patron du crime violent et instable » contrôlant le jeu « sur les courses du Sud, ainsi que dans divers endroits autour de Londres ». La police lui a donné la liberté de faire ce qu'il veut[86]. Impeccablement vêtu, son apparence souligne son identité italienne de celui qui adhère à la notion esthétique de *bella figura*, de celui qui fait preuve de soin dans son apparence et en matière d'élégance.

Bella figura est présente dans les films sur la mafia tels que la série *Le Parrain*. Appliquer ce look à Sabini des *Peaky Blinders* implique dans l'esprit du spectateur qu'il est un parrain de style mafieux. Dans la mythologie du crime, il l'était, et cette mythologie est acceptée comme un fait historique. En 1963, l'auteur de romans policiers Norman Lucas écrit que Sabini « était un membre réputé de la mafia », tandis qu'en 2005 le *Telegraph* décrivait Charles « Darby » Sabini comme le « chef d'un gang de "rasoirs" siciliens[87] ». Dans son livre sur la pègre londonienne, Catharine Arnold est allée plus loin en affirmant que Sabini avait fait venir plus de 300 hommes de main de Sicile, et qu'il avait assumé le rôle d'un parrain de mafia dans son quartier. À ce titre, il rendait la justice, résolvait les conflits internes et protégeait l'honneur des jeunes femmes[88].

Cette image de Sabini a été tirée de la biographie d'Edward T. Hart, publiée en 1993 et intitulée *Le Parrain de Grande-Bretagne*. Hart était reporter criminel à Fleet Street dans les années 1950 et 1960. Il glana ses informations dans le milieu de Sabini, « propriétaires de clubs, videurs, boxeurs, jockeys, bookmakers, et leurs meurtriers, voleurs et racketteurs ». Malheureusement, il n'existe aucune preuve des enregistrements ni des transcriptions des interviews de Hart, et le livre lui-même est écrit dans un style romanesque. Il comprend de longues conversations et des réflexions sur Sabini, qui était déjà mort depuis de nombreuses années, ainsi que des descriptions « de première main » des batailles sanglantes entre gangs.

Tout au long du livre, l'accent est mis sur l'identité italienne de Sabini. Ainsi, sa voix était « un étrange mélange d'italien du Sud et d'accent cockney ». Il avait façonné son gang à l'instar de la mafia de Sicile. Après que Sabini avait soi-disant assommé un dur de premier plan avec les Elephant Boys, pour avoir insulté une Italienne, les hommes de la Petite Italie de Londres à Saffron Hill, Clerkenwell, se rendirent chez lui pour faire allégeance à leur nouveau chef, comme s'il était un parrain. Quand Billy Kimber rencontra Sabini, chez ce dernier, pour tenter de mettre fin à la guerre entre leurs gangs, ils se seraient assis à une table dressée dans la tradition italienne avec un pain fraîchement cuit, de gros morceaux de fromage et une carafe d'anisette.

Selon Hart, l'épouse de Darby Sabini s'appelait Maria ; sa description en émigrée italienne est caricaturale[89]. En fait, c'était une locale, Annie Emma Potter, née à Clerkenwell[90]. Elle épousa Sabini en 1913, non pas à l'église catholique de St Peter, profondément associée aux Italiens de Saffron Hill, mais dans une église anglicane, St Philip à Clerkenwell. Leur fille aînée fut baptisée à l'église anglicane également[91].

Sabini lui-même insistera plus tard sur son anglicité, déclarant que « l'Angleterre est le seul pays pour moi ». Son fils unique, Ottavio Harry, fut tué en combattant pour la Grande-Bretagne en août 1943[92]. Pour ma part, je n'ai trouvé aucun lien entre Sabini et la Sicile. Cette histoire de couteau rapporté de Sicile est peu probable. Il était originaire du quartier italien de Saffron Hill à Londres, de 1876 à 1915, alors que la plupart de ceux qui s'y installèrent étaient originaires de Lombardie et d'Émilie (dans le nord de l'Italie), ou de Toscane, de Campanie (la région entre Naples et Rome). La principale zone d'émigration de la ville était la région des Apennins au sud de Parme, d'où l'on pense que les Sabini sont originaires[93].

Dans les premières années de la communauté italienne à Londres, la plupart des nouveaux arrivants étaient de jeunes hommes ; ils épousaient plutôt des femmes d'ici[94]. À partir de 1875, alors qu'un nombre croissant d'épouses étaient italiennes ou des filles nées à Londres de première génération de couples italiens, les mariages mixtes se poursuivirent. Ce fut le cas du père de Sabini, Ottavio, qui épousa Eliza Elizabeth Handley en 1898 à l'église anglicane St Paul de Clerkenwell. Ils entretenaient une relation de longue date, car quatorze ans auparavant, Ottavio Sabini avait été impliqué dans une sérieuse bagarre avec d'autres Italiens dans un pub et Eliza Handley avait déclaré qu'il était son homme[95]. Quatre ans plus tard, en juillet 1888, leur fils Ottavio naquit ; sa naissance fut enregistrée sous le nom de sa mère, Handley[96].

Connu sous le nom de Darby, surnom qui provient d'un terme désignant un boxeur, Ottavio avait deux frères aînés, Frederick et Charles. Leurs naissances furent également enregistrées sous le nom de Handley ; ils portaient les prénoms de deux frères de leur mère[97]. Sabini admit plus tard qu'il s'appelait également Frederick Handley, d'après le nom de jeune fille de sa mère, mais déclara : « Mon nom n'est pas Charles Sabini, mon vrai nom est Ottavio Sabini[98] ».

En 1891, ses parents vivaient à Mount Pleasant, Clerkenwell avec quatre enfants[99]. Darby Sabini n'était pas avec eux : l'année précédente, il avait été enregistré comme fréquentant l'externat industriel de Drury Lane[100]. Créé en 1895 pour les enfants dont la fréquentation scolaire était irrégulière, il s'agissait d'un établissement de transition avant qu'un jeune à tendances criminelles ne soit envoyé dans un pensionnat industriel[101]. Pourtant, il n'existe aucune preuve indiquant que Sabini était un criminel, à l'instar de Kimber ou d'autres voleurs d'hippodrome, et comme le fait remarquer Heather Shore, il semble « avoir remarquablement évité la loi[102] ».

Lors de son mariage en 1913, Sabini se présenta comme charretier. Trois ans plus tard, lors du baptême de sa fille, il était porteur au chemin de fer[103]. Il l'était effectivement, non pas dans une gare mais dans une boîte de nuit à Drury Lane, comme il le reconnut en 1926. Il est probable qu'il avait alors une fonction de protecteur.

Après le déclenchement de la Première Guerre mondiale, le club ferma ses portes. Sabini, qui déclara avoir été rejeté du service militaire, devint bookmaker et coureur. Plutôt coureur, car il disait avoir l'habitude de collecter les bulletins de paris. Puis, en 1918, il fut de nouveau engagé comme porteur, au *White Horse Club* de Stepney Green. Il gagnait trois livres par semaine. Deux ans plus tard, en mai 1920, il était tenu de ne pas fréquenter les maisons de jeu. C'est sans doute par le biais de son travail dans les clubs et les *spielers* que Sabini fit la connaissance d'Emanuel[104].

À ce moment-là, Sabini était devenu le chef d'un gang important. Shore suggère que, comme d'autres gangs londoniens des années 1920, le sien a pu trouver racine non seulement dans les gangs de combats de rue qui avaient longtemps été une caractéristique de zones telles que Clerkenwell, mais aussi dans la volonté de se défendre contre les incursions d'autres jeunes[105]. Des preuves existent à l'appui d'un tel argument : en 1898, il y eut « un autre cas de tir de revolver par le gang de guerre de Clerkenwell » dans lequel Alfred Smith tira sur un certain Augustus Sabini[106].

Le gang Sabini plongeait ses racines dans la violence des générations précédentes. Le père de Darby Sabini avait un frère, Giuseppe, et des cousins à Clerkenwell[107]. Deux membres de la famille furent accusés de blessures au couteau en 1883 et 1888, et le père de Sabini fut condamné à une amende pour voies de fait en 1895, après avoir été lui-même poignardé l'année précédente. Tous ces combats eurent lieu entre Italiens[108]. Les jeunes Sabini étaient également violents. En juin 1909, Charles, le frère aîné de Darby, fut accusé d'avoir agressé deux hommes avec un marteau[109].

Six mois plus tard, Vincent Sabini et George Cortesi furent accusés de coups et blessures par malveillance. Sabini fut déclaré non coupable, mais Cortesi écopa de deux mois de travaux forcés. Ce dernier avait d'autres condamnations pour agression et vol. Cortesi et l'un de ses frères deviendraient des personnages clés du gang Sabini[110]. Les deux frères étaient nés en France et vivaient à Clerkenwell[111]. Ainsi qu'Angelo Gianicoli[112]. À quatorze ans, se faisant appeler George Langham, il fut renvoyé pour blessures volontaires. Dix ans plus tard, en 1913, il fut condamné à six mois de travaux forcés pour avoir infligé des blessures[113]. Il deviendra le principal exécuteur de Darby Sabini[114].

Avec leur origine commune et leur loyauté envers le voisinage, les liens du gang Sabini se renforcèrent non seulement par des relations personnelles mais aussi par le sang, car, comme Shore l'a souligné : « la “structure” la plus durable du gang Sabini était la famille et la parenté[115]. » En effet, le gang comprenait également les deux plus jeunes frères de Darby, Joseph et Harry, ou « Harry Boy », comme on l'appelait. Pourtant, ce fut Darby qui devint le chef. Sans ostentation, contrairement à la *bella figura* du Sabini fictif, il portait une casquette plate, un costume avec un gilet et une chemise sans col. Sa présence était imposante. Le bookmaker Prince se souvient : « Il était le gentilhomme de la mafia, mais ne craignait personne. » Ce Sabini intrépide mènera le combat contre le gang de Kimber et ses alliés[116].

La guerre des hippodromes de 1921

Le gang Sabini s'était formé en 1919. Il existe une photo d'un groupe d'hommes bien habillés sur le point de partir au champ de courses vraisemblablement. C'était avant la guerre des hippodromes. Parmi d'autres gangsters, on remarque Darby, Joe et Harry « Boy » Sabini, deux des frères Cortesi, ainsi que Billy Kimber, le chef du gang de Birmingham, Wag et Wal McDonald des Elephant Boys. Alfie Solomon n'est pas parmi eux, même s'il avait été renvoyé de l'armée à ce moment-là. Son absence pourrait être due au fait qu'il n'était pas encore impliqué dans le gangstérisme. Fait également révélateur, aucun juif ne figure sur la photo. Il ne fait aucun doute que l'antisémitisme infectait le gang de Birmingham et ses alliés londoniens.

Les relations cordiales entre les alliés de Kimber et les Sabini se sont rompues au printemps 1921 : en cause, la possibilité de gagner beaucoup d'argent. Grâce à leurs liens étroits avec Emanuel et Beresford, et attirés par les grosses sommes à tirer des « services » aux bookmakers, les Sabini « avaient pris la trique », comme l'exprima Divall, pour défendre les bookmakers de l'East End[117]. Ils étaient soutenus par Alfie Solomon, les Terreurs juives d'Emanuel, ainsi que par le gang de King's Cross d'Alf White[118].

Cependant, Kimber n'était pas prêt à reculer face à la nouvelle alliance et, le 21 mars, Darby Sabini se retrouva cerné par une bande sur la piste de Greenford Trotting. Des insultes, des cris, des « Tirez sur le… » et « Je vais l'assassiner » se firent entendre, avant que Sabini ne sorte un revolver et ne tire. La police arriva à son secours. L'arme était chargée à blanc, mais il s'avéra que Sabini avait un rasoir coupe-gorge sur lui[119]. C'était l'arme préférée des gangs de courses ; elle infligeait de terribles blessures. Un jour, Greeno interrompit une bagarre au cours de laquelle un bookmaker fut attaqué par une partie de la foule de Bethnal Green. Le visage de la victime était « entrecroisé de lacérations comme un rideau de dentelle[120] ».

Sabini fut placé en détention provisoire pour les tirs de revolver, puis libéré sous caution, une grosse somme qu'il paya lui-même (200 livres). Deux autres hommes eurent à payer chacun 100 livres[121]. Sabini fut également condamné à une amende de 10 livres pour possession d'arme à feu sans permis[122]. Brian McDonald soupçonnait que « l'argent ait changé de mains », et facilité un rapport de police favorable menant à l'acquittement de Sabini pour son infraction principale. Cela semble corroboré par Arthur Harding, qui rappelle qu'Emanuel avait « la police dans sa manche », ce qui lui permettait de sortir quiconque des ennuis[123].

Que cela ait été le cas ou non, il restait vrai que les deux parties étaient égales. Kimber accepta donc une réunion chez Sabini à Collier Street, King's Cross, dans la soirée du 27 mars pour discuter de la répartition des rackets des hippodromes du pays entre gangs. Kimber était accompagné de George Sage et Wag McDonald. Sabini avait convié des hommes du cru, mais pas Solomon. Il se peut qu'un accord ait été trouvé ; seulement, après avoir bu et chanté, Kimber et ses amis repartirent. Selon le seul témoin de cette soirée, alors qu'ils s'engageaient dans le couloir, ils aperçurent Solomon ; l'un des hommes se serait alors retourné et aurait dit : « Tu veux quoi, espèce de juif[124] ? »

Des coups de feu furent tirés. On retrouva Kimber, inconscient sur le trottoir, avec une grave blessure. Il fut ensuite transporté d'urgence à l'hôpital[125]. Solomon se serait rendu à la police en disant qu'il avait tiré par accident sur Kimber, après que le chef du « gang des terreurs de Birmingham » lui a crié : « Tu fais quoi ici, le juif ? Sors de là ou je te bute ! » Solomon aurait alors fait tomber le revolver de la main de Kimber et dans la lutte qui suivit, le coup serait parti. Solomon s'enfuit, affolé. Au tribunal, Kimber déclara qu'il ignorait qui lui avait tiré dessus et que si Solomon a dit « qu'il m'a tiré dessus, c'est qu'il est un lâche. Parce que seuls les lâches portent des revolvers. Je préférerais me faire exploser la cervelle plutôt que d'en utiliser un sur qui que ce soit[126]. » Solomon fut accusé de blessures illégales. Kimber refusa de dire quoi que ce soit par la suite lors du procès à Old Bailey. Le juge ordonna au jury de rendre un verdict de non-lieu[127].

Il s'ensuivit six mois de violence sur les hippodromes du Sud et à Londres. Le 4 avril, à Alexandra Park, des combats éclatèrent entre le gang Sabini et leurs alliés juifs, contre le gang de Birmingham. Un membre de ce dernier fut accusé, puis acquitté de tentative de meurtre. Le 2 juin 1921 eut lieu ce que le *Times* déclara être « la bataille de la route d'Epsom[128] ». À l'origine, on crut qu'il s'agissait d'une émeute du Sinn Fein, alors que l'attaque avait été déclenchée par le gang de Birmingham contre des bookmakers de Leeds, en majorité juifs. Ces derniers étaient soupçonnés de s'être détournés de Kimber ; ils étaient donc ciblés. Vingt-deux hommes furent reconnus coupables d'avoir causé des lésions corporelles graves. Des criminels endurcis pour la plupart, qui avaient déjà été condamnés pour homicide involontaire, vol avec violence, blessures illégales et volontaires, ou tentative de meurtre.

Dans une affaire distincte, deux autres membres du gang de Birmingham furent emprisonnés pour avoir demandé de l'argent à des bookmakers, en les menaçant lors des courses d'Epsom. Ils en avaient récolté beaucoup, en exigeant une livre de chacun des cinquante bookmakers. L'un des deux était Charles Franklin, de la tristement célèbre vendetta Garrison Lane. Il fut condamné à trois mois de prison[129].

Kimber était évidemment affaibli par la perte de tant d'hommes de main, mais en août 1921, il mena tout de même une attaque contre les bookmakers londoniens et leurs employés, aux courses de Bath. Parmi ceux-ci se trouvait Alfie Solomon. Alors qu'il se rendait à l'hippodrome avec son commis, Charles Bild, une bande de malfrats encercla Bild, « des coups de marteaux, de bâtons, de barres de fer s'abattirent sur lui avant qu'un sac de sable ne soit déversé sur lui ». Couvert de sang et presque inconscient, il parvint à s'échapper et atteignit l'hôtel *Bath Pump Rooms*, où une femme de chambre déchira un drap pour panser ses blessures. Il fut ensuite transporté à l'hôpital. Quant à Solomon, il avait été assommé par un marteau. Gisant dans son sang, il fut violemment frappé à coups de pied. Il fut également transporté à l'hôpital. Entre-temps, ses assaillants s'étaient enfuis[130].

Harry, le frère de Solomon, fut victime aussi, pourchassé le même jour par une bande. Effrayé, il sortit un revolver et le braqua à bout portant sur ses poursuivants. L'un d'eux le fit tomber de sa main, un autre en profita pour frapper Solomon. Alors qu'il gisait, prostré sur le sol, celui-ci reçut des coups de marteau sur la tête. Sauvé par la police, Solomon fut accusé de port de revolver et de munitions sans permis, avec l'intention de mettre la vie d'autrui en danger. Il comparut devant le tribunal avec un bandage autour de la tête et fut condamné à un mois de prison[131].

Kimber fut l'un des deux accusés de l'attaque commise contre Charles Bild, mais comme ce dernier ne se présenta pas au tribunal, les poursuites furent abandonnées. Il fut annoncé « qu'il n'y aurait plus de problèmes de ce genre » car la querelle entre certaines fraternités des champs de courses avait été réglée à l'amiable[132]. Kimber avait été doublé. En août 1921, Beresford et Emanuel avaient formé la Bookmakers' and Backers' Racecourse Protection Association (BPA), devenant respectivement président et vice-président[133]. En un mois, ils avaient nommé huit gardiens, au salaire élevé de six livres par semaine, pour protéger les bookmakers du Sud du gang de Birmingham et de leurs alliés. Parmi ces gros bras figuraient Darby Sabini, certains de ses hommes et Philip Emanuel, un parent d'Edward Emanuel[134]. Malgré ses liens avec des gangsters, la nouvelle association fut accueillie à bras ouverts par le Jockey Club, qui gérait bon nombre des principaux hippodromes d'Angleterre[135]. Emanuel et les Sabini bénéficiant de cette légitimité, Kimber et ses hommes étaient moins en mesure de pouvoir les défier.

Les deux parties se trouvant dans une impasse, la presse exigea une action de la police contre le « hooliganisme » et les « ruffians » sur les turfs. Une réunion eut lieu au domicile de Beresford, à l'issue de laquelle il fut décidé de diviser l'Angleterre en sphères de contrôle des rackets de protection des hippodromes. Ceux du nord, des Midlands et du West Country seraient dirigés par le gang de Birmingham, qui avait de nouveaux dirigeants ; ceux du Sud et de l'East Anglia, par les Sabini et leurs alliés. La plupart des gangs de Birmingham vivant encore dans la ville, ils furent satisfaits. Avec eux, la trêve dura, mais du côté de Kimber et de ses amis londoniens, la colère se déchaîna. Une nouvelle guerre des courses éclata avec le gang Sabini et ses alliés[136].

Les suites

Des coups de couteau et des coups de rasoir, des fusillades et même une attaque à la machette firent l'actualité[137]. Il y eut encore des disputes entre alliés et, en septembre 1922, la BPA décida de se passer des services de ses gardes. Cette action faisait suite à des plaintes, dont l'allégation selon laquelle ils exigeaient une redevance d'un shilling sur chaque lot de listes qu'ils vendaient aux bookmakers[138].

Le 20 novembre 1922, il y eut même une violente confrontation dans la Petite Italie, lorsque Harry Boy et Darby Sabini furent abattus par deux des frères Cortesi, au club Fratalanza[139]. Anciens gardes de la BPA, ces derniers s'étaient apparemment brouillés avec les Sabini au sujet de la vente des listes de courses aux bookmakers. En témoignant, Darby Sabini révéla l'énorme montant des sommes engrangées : chaque liste était vendue cinq shillings, soit de 100 à 200 livres par jour, ce qui engendrait un revenu annuel de 3 000 à 4 000 livres. Il soutint que les listes étaient vendues par l'Association, ce qui était faux[140]. Imprimées par Emanuel, dont l'activité était en voie de légitimation, elles étaient en réalité vendues par le gang Sabini.

Dave Langham, fils de George Langham (Angelo Gianicoli), l'un des hommes de main, donna une idée du montant qui pouvait être tiré de ces ventes. Au début des années 1930, sa famille avait quitté Saffron Hill pour une maison avec salle de bains intérieure. Son père revenait des courses avec des sacs remplis d'argent et contenant tellement de pièces qu'il fallait les verser dans la baignoire. Elles étaient ensuite partagées avec ses associés[141].

Darby, qui n'était plus soutenu par les frères Cortesi, perdit aussi son frère Joe, qui fut condamné en 1922 à trois ans de prison pour avoir tiré avec l'intention de commettre un meurtre[142]. Quelques mois plus tard, Alf White, un autre allié majeur, chef du gang de King's Cross, fut emprisonné[143]. Puis, en 1924, Alfie Solomon fut renvoyé en prison pour trois ans[144]. Il avait joué aux cartes à l'*Eden Club*, représenté dans la deuxième série *Peaky Blinders* comme l'opulent club de jazz appartenant à Darby Sabini. En réalité, Brian

McDonald le décrit comme « rien de plus qu'un *spieler* occupant deux étages au-dessus d'un garage, avec un bar, des tables de jeu et une roulette[145] ».

Solomon était en compagnie de Son Éminence grise, Emanuel, alors qu'un client du nom de Barney Blitz en avait après lui. Ancien boxeur et dur à cuire, il se serait disputé avec Emanuel qui lui jeta un verre à la figure. Blitz frappa Emanuel « si fort avec un verre qu'il perdit toute raison ». On tenta de séparer les deux hommes, Solomon saisit un couteau et le plongea dans la tête de Blitz, lui infligeant une blessure mortelle. Un autre homme qui voulut lui arracher le couteau fut également blessé. Pour sa défense, Solomon déclara que tout ce dont il se souvenait « c'était de voir Emanuel saigner de la tête comme un cochon. J'ai cru que Blitz s'en prenait encore à lui[146] ».

Le jury rendit un verdict de meurtre volontaire, la défense souligna le caractère violent de Blitz, rassembla des témoignages de bonne moralité dans la communauté juive, produisit devant le tribunal les médailles de Solomon et ses papiers de décharge de l'armée[147]. Il eut de la chance en étant reconnu coupable d'homicide involontaire[148]. Lors de sa première comparution, il fut décrit comme « un jeune homme d'apparence juive, élégamment vêtu d'un long pardessus bleu, d'un chapeau gris et de chaussures marron[149] ». Dans les archives de la police métropolitaine, Solomon est noté comme mesurant un mètre soixante-dix, avec le teint clair, les yeux bleus, les cheveux bruns. Les cicatrices sur son poignet droit, pouce gauche, à l'arrière du cou et sur la lèvre supérieure étaient la preuve des attaques subies de la part de Kimber et autres. Solomon avait aussi des tatouages : sur le bras gauche, un coquillage, un lion et une femme japonaise avec un éventail, sur le bras droit, une autre femme japonaise[150].

Malgré les peines d'emprisonnement de Solomon et autres malfrats, le gang Sabini continuait d'intimider les bookmakers. Darby Sabini continuait aussi d'échapper à la condamnation. En 1923, la seule fois où il fut accusé d'avoir attaqué un bookmaker avec un poing américain, l'affaire fut classée sans suite[151].

Toutefois, Sabini finit par avoir des ennuis. Bien qu'habile, il commit une erreur de jugement en poursuivant le *Topical Times* pour diffamation. Le journal l'avait cité dans ses colonnes comme chef d'un gang de maîtres chanteurs terrorisant les bookmakers avec des revolvers. Hebdomadaire à fort contenu sportif, la publication appartenait à D.C. Thomson. En mars 1924, sous le titre « Comment nous avons déjoué un gang rival », il exposa les activités criminelles de Sabini, dans un article rédigé à la première personne, appartenant à un membre supposé du gang[152].

Réalisant que la publication contenait trop de preuves contre lui, Sabini chercha à mettre fin à l'action. En décembre 1925, il ne se présenta pas à l'audience. Les accusés déclarèrent que Sabini était associé à un gang de parasites des hippodromes, qu'ils disaient vrai dans les colonnes de leur journal et qu'ils disposaient de nombreux détails à l'appui. Un jugement avec dépens leur fut rendu[153]. Sabini, qui devait désormais à D.C. Thomson plus de 700 livres, n'assista pas à la première réunion de ses créanciers, le 10 juin 1926. Son adresse était inconnue. Pourtant, lui était encore visible sur les hippodromes, et il se disait qu'il ramassait encore de grosses sommes en vendant des cartes de course[154]. Une résolution de mise en faillite fut adoptée.

Sous le coup d'un mandat d'arrêt, Sabini comparut devant le tribunal des faillites de Londres le 29 juin. Cet homme, qu'on décrivait trapu, vivait désormais dans des appartements de Russell Street, à Brighton, avec sa femme et leurs trois enfants. L'article du *Topical Times* lui fit beaucoup de tort. Il nia être le roi du gang Sabini qui aurait menacé les bookmakers refusant de payer les emplacements particuliers ou d'acheter les listes de courses qu'il vendait. Sabini reconnut qu'ils étaient vendus cinq shillings chacun, que lui et un autre homme gagnaient cinq pences, tandis que l'imprimeur de Portsea Press gagnait un shilling. Bien sûr, il s'agissait de l'imprimerie d'Emanuel. Sabini déclara que les bookmakers achetaient ces cartes parce qu'ils étaient membres de la BPA. Aucune menace ne leur était faite quand ils n'en voulaient pas.

Sabini contesta les informations avancées par le journal, selon lesquelles il gagnait de 20 000 à 30 000 livres par an en tant que chef du gang Sabini. Il s'esclaffa, expliqua que sur ses revenus de huit livres par semaine, il devait payer une livre et cinq shillings par jour en frais de déplacement, cinq shillings supplémentaires pour la nourriture et les boissons, sachant qu'il allait presque quotidiennement aux courses. Enfin, il admit ne pas avoir continué son action judiciaire contre les éditeurs de journaux car il n'avait pas réussi à rassembler les 75 livres que l'avocat réclamait au titre des dépens, ajoutant qu'il n'avait pas d'économies[155].

Des mesures énergiques avaient été prises contre les gangs d'hippodrome par la Flying Squad, la section spécialisée dans le crime et les opérations au sein du service de police métropolitain. Le Jockey Club avait également créé une unité chargée de surveiller les enceintes des hippodromes. Entaché par son emploi de membres du gang, la BPA s'était dissocié des Sabini et avait formé des comités de *pitch* afin de protéger et sauvegarder les droits des bookmakers. En 1929, le Jockey Club encouragea cette approche. Désormais, les emplacements étaient attribués non pas par les gangs, mais par le personnel de l'hippodrome en liaison avec la BPA local.

À ce moment-là, le gang Sabini était vraisemblablement dirigé par le plus jeune frère de Darby, Harry Boy, qui fournissait des « gardiens » et autres services aux clubs de boissons et de jeux du West End. Quant à Darby Sabini, il resta à Brighton. On le retrouve en tant que bookmaker, lorsqu'en 1929 il fut condamné à une amende de cinq livres sterling pour avoir agressé un autre bookmaker au stade de courses de lévriers de Hove[156]. Son ancien allié, Alfie Solomon, avait repris du service après sa sortie de prison et, selon les dossiers de la police, il avait de nouveau formé un gang. En février 1930, il se rendit avec ses hommes au stade de courses des lévriers de Clacton et demanda de l'argent aux bookmakers. Solomon et ses hommes furent éjectés du stade. Cependant, il affirma plus tard que c'était lui qui avait été menacé ce soir-là par des hommes du gang de Bethnal Green, dirigé par Dodger Mullins[157].

Mullins était une terreur qui détestait les Sabini et leurs associés. Début 1936, il fut très gravement entaillé au visage et au dos à coups de rasoir, par les hommes de Solomon[158]. Pour se venger, Mullins s'associa aux gars d'Hoxton Mob et à Wal McDonald des Elephant Boys, pour les Lewes Races de juin. Ils arrivèrent avec des hachettes, des poings américains et autres armes dangereuses. Solomon reçut plusieurs coups, fut blessé à la tête, mais réussit à s'enfuir. Son commis n'eut pas cette chance et fut violemment battu[159].

Cette « bataille de Lewes » suscita de gros titres à sensation – et inexacts – sur une nouvelle guerre des hippodromes et l'implication de gangsters américains[160]. Il n'en était rien, les gangsters vieillissants des hippodromes déclinaient depuis le milieu des années 1920. L'attaque inspira le roman *Brighton Rock* (1938) de Graham Greene[161], avec ses criminels bien brossés sans être pour autant des portraits issus de la fantaisie médiatique. Colleone, son riche gangster est inspiré par Sabini[162]. Greene m'écrivit en 1988 :

« *Brighton Rock*, mon roman, est vrai, il traite d'un gang similaire à celui de Sabini, mais j'ai oublié ce que j'ai pu savoir à l'époque où je l'écrivais. J'avais l'habitude d'aller fréquemment à Brighton où, une fois, j'ai passé ma soirée avec un membre d'un gang qui m'a raconté l'argot en usage et m'a conduit dans l'un des lieux de rencontre de ses camarades gangsters[163]. »

Deux ans après la publication du livre, en avril 1940, Sabini fut arrêté à l'hippodrome de Hove, puis interné en vertu du règlement de défense 18B. La police et le service de sécurité (MI5) le considéraient comme un « gangster dangereux et un racketteur de la pire espèce » avec des sympathies fascistes qui étaient « susceptibles de mener à des insurrections internes contre le pays », à la demande d'une puissance occupante. C'était une hypothèse des plus étranges, dont le chef de la police locale et d'autres doutaient[164].

Sabini fut libéré. Mais en juin 1943, avec un autre homme, il fut condamné à deux ans de travaux forcés pour avoir reçu des biens volés d'une valeur de 383 livres[165]. Il décéda des années plus tard, en 1950[166], son métier étant alors de revendeur. Selon la légende, il vivait dans un penthouse à Brighton, sans trop d'argent[167]. Sa véritable adresse était 16 Old Shoreham Road[168], celle où sa femme décéda en 1978 en laissant derrière la somme de 16 730 livres[169].

Au milieu des années 1920, Kimber était également impliqué dans les boîtes de nuit du West End et continuait le racket sur les hippodromes du Sud-Ouest[170]. Le 19 juillet 1926, il épousa Elizabeth Garnham, une sœur de son ami et allié, John Garnham, du gang de Chapel Street Market[171]. Kimber s'était alors déclaré veuf, et il l'était réellement, Maud étant décédée depuis peu[172]. Avec les McDonald, il continuait la lutte contre les Sabini. Vers 1927, Kimber et Bert McDonald tirèrent à travers les fenêtres du *Griffin*, un pub de Clerkenwell fréquenté par le gang Sabini.

Les deux hommes fuirent en Amérique. Brian McDonald pense que Kimber fut tué par un homme refusant de payer l'argent d'une faveur rendue. Kimber et Bert McDonald allèrent de l'Arizona à Los Angeles, où vivait Wag McDonald. Il s'y était établi pour éviter d'être arrêté après la bataille d'Epsom, en 1921, et était devenu le garde du corps de Jack Dragna, le patron de la mafia de la ville. Kimber déménagea ensuite à Chicago, où il aurait été caché par Murray Humphreys[173]. Ce dernier, né de parents gallois, était une figure de proue du gang d'Al Capone[174].

Dans son livre *Elephant Boys*, Brian McDonald raconte l'histoire passionnante de son oncle Wag en Amérique, un grand ami de l'acteur Victor McGlagen, apparu dans de nombreuses scènes de foule de film[175]. Il n'y a aucune preuve suggérant que Kimber aurait fait appel ou se serait impliqué dans le gang de Capone. Il n'y en a pas non plus pour soutenir l'idée d'un lien fort entre le gang de Birmingham de Kimber et les gangsters américains autres que dans la vie non conformiste de Jimmy Spenser[176].

Spenser, ou « le tireur de Birmingham », comme le surnomma la *Birmingham Daily Gazette* en mars 1933, s'était installé à Londres et avait rejoint Kimber au début des années 1920[177]. Selon Brian McDonald, son vrai nom était Francis Harold Guest. Il se lia d'amitié avec les Elephant Boys[178]. Comme l'auteur le raconte dans *Limey*, Spenser quitta l'Angleterre pour l'Amérique en 1925, où il devint tireur à gages pour Jack Brussi, un gangster et pirate de Long Island City. Se rendant ensuite en Californie, il rejoint les activités illicites de Niley Payne, puis il fit équipe avec Wag et Bert McDonald et finit à la prison de San Quentin. Après sa libération, en 1932, il fut expulsé en Grande-Bretagne[179].

Kimber était retourné en Angleterre trois ans auparavant, et s'occupait en tant que bookmaker. À la fin des années 1930, se présentant comme « Bill Kimber, un homme fiable », il devint président de la Devon and Cornwall Bookmakers Protection Association[180]. Il y avait là une certaine ironie, car c'était la fondation de la BPA en 1921 par son grand rival Emanuel, qui avait sonné le glas des rackets de protection de Kimber sur les hippodromes anglais.

Kimber mourut en 1945. Dans la rubrique nécrologique du journal local, on lit : « Son grand intérêt dans la vie, à la fois personnel et professionnel, était la course. Il était bien connu et respecté sur tous les hippodromes d'Angleterre. » Il laissait à sa veuve, Elizabeth, leur maison du 10 Park Hill Road, à Torquay, et 3 665 livres[181]. Le couple avait eu deux filles, l'une mariée à un chef d'escadron de la RAF, titulaire de la Distinguished Flying Cross. Les enfants issus de son deuxième mariage – et envoyés en Suisse pour l'école secondaire – menèrent une vie très différente des enfants du premier mariage, que Kimber avait abandonnés à Birmingham[182].

Emanuel, son ennemi juré, amassa encore plus d'argent. En 1930, son imprimerie de Portsea se trouvait maintenant à Hackney. Il vivait avec sa femme, Elizabeth, dans une grande maison au 965 Finchley Road, Golders Green, un quartier qui attirait les familles juives de la classe moyenne[183]. Il mourut en 1943[184]. Sa femme décéda sept ans plus tard, en léguant dans son testament 22 656 livres à ses deux filles[185].

Quant à Alfie Solomon, il mourut en 1947. Sa dernière adresse connue en 1924 était Gerrard Street à Soho, près de l'endroit où il avait grandi à Covent

Garden[186]. Aucun testament ne fut trouvé. Bien que leurs vies soient romancées dans la série *Peaky Blinders*, Billy Kimber, Alfie Solomon et Darby Sabini étaient de vraies personnes. En revanche, Luca Changretta, le mafieux de la série 4, ne l'était pas.

Épilogue

Au cours d'un combat brutal, dans l'épisode 2 de la troisième série *Peaky Blinders*, John Shelby lutte contre Angel Changretta et son garde du corps. Ce fils de Vicente Changretta, gangster italien de Birmingham, est surpris par Shelby dans l'arrière-boutique d'une blanchisserie chinoise, alors qu'il inspecte les costumes suspendus sur un râtelier, à la recherche du sien. John Shelby apparaît tout sourire. Le Peaky Blinder bouscule Changretta qui tombe lourdement, il frappe son garde du corps. L'Italien se relève tant bien que mal, Shelby le pousse à nouveau, puis le traîne sur le sol. Changretta s'effondre. Shelby retire sa casquette et entaille la joue de son ennemi. Changretta hurle en se couvrant le visage, le sang coule entre ses doigts[1]. Dans les guerres qui s'ensuivent entre les deux gangs, Angel Changretta est tué, son père assassiné. Leur mort enrage un autre fils, Luca Changretta, mafieux à New York, qui jure de les venger. Ce dernier devient le principal ennemi de Tommy Shelby dans la quatrième saison.

Le gang Changretta n'existait pas, mais à partir de la fin du XIXe siècle, il y eut une vraie famille Changretta à Birmingham. Ses membres étaient l'antithèse des gangsters italiens de la série. L'utilisation de leur nom met en relief la tension entre la fiction historique et les réalités historiques.

La vraie famille est arrivée à Birmingham avec Martino Ciangretta, qui a orthographié son nom « Changretta » en Angleterre. Travailleur pacifique, il était dévoué à sa famille et eut un impact positif et durable sur Birmingham. Il appartenait à une petite communauté italienne respectueuse des lois qui n'avait aucun lien avec la Sicile, la mafia ou les gangsters. Cette communauté s'était développée à partir de la fin des années 1870, lorsqu'un nombre croissant d'Italiens du Sud émigrèrent en raison d'une extrême pauvreté.

Les premiers maillons d'une chaîne migratoire se formèrent par les jeunes des communes de Picinisco, Atina, Gallinaro et Carnello, villages dans la vallée de Comino, aujourd'hui dans la province de Frosinone. Ils sont proches de la ville de Sora[2]. Les émigrants s'installèrent dans Bartholomew Street et Duddeston Row, près de l'actuel Millennium Point. Il y avait là des logements bon marché à louer, et la proximité du Bull Ring leur permettait de gagner de l'argent en jouant de l'orgue de Barbarie. Ils se trouvaient également à peu de distance de l'église catholique romaine St Michael sur Moor Street, qui finit par être considérée comme l'église des Italiens[3].

Les certificats de baptême et de mariage soulignent l'importance d'un certain Giuseppe Delicata, au début de la lignée commencée dans les années 1880. Lui et sa famille formaient la base des nouveaux arrivants liés par loyauté communautaire et parentale[4]. Il était aussi un *padrone*, c'est-à-dire un homme établi en

Angleterre qui retournait régulièrement en Italie pour trouver des jeunes à ramener à Birmingham. Il payait pour leur passage, leur nourriture et leur entretien. Les jeunes devaient le rembourser en travaillant pour lui pendant une durée déterminée. Leur tâche était d'arpenter les rues en jouant de l'orgue de Barbarie[5]. L'un de ces jeunes était Martino Changretta.

Né en 1868, Martino Changretta se déclara originaire de Sora, comme tous les Italiens de Birmingham, en provenance de la vallée de Comino[6]. Changretta arriva en Angleterre en 1887[7]. Six ans plus tard, en février 1893, Ciangetto Martino, comme un article de journal le nommait, et un autre « gratteur de piano » furent agressés. S'exprimant par l'intermédiaire d'un interprète, Changretta déclara au tribunal qu'ils jouaient sur Hagley Road lorsque deux autres Italiens leur demandèrent de partir car leur *padrone* avait écumé ce coin pendant treize ans. S'ils refusaient, ils seraient tués. Les deux garçons ignorèrent la menace, mais peu après, l'un des hommes frappa Changretta à la lèvre et à la tête avec un couteau, et le battit avec une barre de fer. L'agresseur fut seulement condamné à verser deux shillings[8].

À cette époque, Martino Changretta, âgé de vingt-cinq ans, avait rencontré sa femme, Ann Kitchen. Leur petite-fille, Victoria Hooper, écrit que, bien que sa grand-mère soit née à Chipping Norton dans les Cotswolds, en 1873, la famille avait déménagé à Bartholomew Street au milieu des années 1880. Dans le quartier italien, « Gran a rencontré Martino Ciangretta, un Italien aux yeux noirs et aux cheveux bouclés. Il mesurait plus d'un mètre quatre-vingts, alors que Gran était une toute petite jeune femme d'à peine un mètre cinquante, avec de longs cheveux blonds qui lui arrivaient à la taille. Comme ils avaient mis la charrue avant les bœufs, ils se sont vite mariés à St Michael, en octobre 1893 et ma tante Chris est née un mois plus tard[9]. »

Les Changretta eurent quatorze enfants. Une autre petite-fille, Pam Ovethrow, explique que l'aînée de la nombreuse fratrie était née en 1893, la plus jeune en 1917. Quatre enfants moururent en bas âge. Son grand-père serait parti en Amérique à une certaine époque, « pour voir si la vie ne serait pas meilleure pour sa famille, mais comme cela n'a pas marché, il est revenu auprès d'Annie et les enfants[10] ».

Quelque temps après son mariage, Changretta quitta le service de Delicata et devint maçon. En 1922, il était contremaître, chargé des travaux de dégagement du site de Broad Street pour le Hall of Memory de Birmingham, qui honorerait les hommes de la ville morts pendant la Première Guerre mondiale. Ce rôle suscita la colère : des lettres furent adressées aux journaux locaux demandant pourquoi des étrangers avaient été engagés au lieu d'hommes qui avaient combattu et aidé à payer le mémorial. Les entrepreneurs répondirent que sur les seize employés, le seul étranger était un Italien, expert en travaux de démolition, tandis que leur contremaître était un Anglais naturalisé.

Changretta répondit aussi aux critiques sous le nom de T(homas) Martin, le nom anglais qu'il avait adopté. Il fit remarquer qu'il était à Birmingham depuis trente-cinq ans, marié à une Anglaise et qu'il avait servi dans la guerre des Boers. De plus, son fils aîné avait fait le sacrifice suprême, ayant été tué au combat pendant la Première Guerre mondiale. Les autres « étrangers » étaient ses gendres, « nés de mère anglaise dans cette ville ». Ils avaient chacun servi et subi la guerre. Blessé par ces critiques, Changretta déclara qu'il était « en charge d'un travail qui aboutirait au mémorial aux morts, parmi lesquels, si les noms étaient inscrits, il y aurait celui de son fils[11] ». Ils furent gravés. L'artilleur K. G. Changretta de la Royal Garrison Artillery figure dans le tableau d'honneur de Birmingham, du Hall of Memory.

Changretta lança ensuite sa propre entreprise de démolition à Lawley Street. Il effectua de gros travaux pour le conseil de Birmingham, nettoyant tous les murs intérieurs de Curzon Hall afin que celui-ci puisse être converti en *West End Cinema*[12].

Martino et Annie Changretta subirent encore des épreuves pendant la Seconde Guerre mondiale. Leur maison de Belmont Row fut bombardée en 1942. Hooper s'en souvient : « Gran et mes cousins, Alfie et Ray, furent extraits des ruines, de l'essence coulait dans la rue depuis le garage voisin ». Dieu merci, ils allaient tous bien, bien que Gran soit devenue sourde par la suite. Encore de la tristesse avec la mort de l'oncle Vic survenue en Italie, en septembre 1943. Son nom continue de vivre dans la famille qui fut beaucoup aimé de ses nièces et neveux[13].

Victor Changretta, né en 1917, était le plus jeune enfant. Il servit comme soldat dans le 1/6 bataillon du Queen's Royal Regiment (West Surrey). Marié, il fut tué au combat le 30 septembre 1943 à vingt-cinq ans. Détail poignant, il mourut lors du débarquement allié à Salerne, en Italie, le pays de son père. Un an plus tard, sa famille élargie l'honora par dix avis qui furent publiés dans la colonne « In Memoriam » du *Birmingham Mail*. Sa femme, Florrie, écrit qu'il était parti courageusement se battre pour la Grande-Bretagne[14]. Travailleurs, respectueux des lois, honorables et fidèles, les vrais Changretta ont beaucoup donné à leur pays et à leur ville, contrairement aux vrais gangsters de l'Angleterre des années 1920.

Pourtant, ce ne sont pas les vraies familles respectables et respectées comme les Changretta qui ont un attrait séduisant pour le drame ; ce sont les gangsters, fictifs et glamourisés. À l'instar des *mafiosi*, on les présente prenant soin de leurs familles et en défenseurs de leur communauté. Hommes d'honneur, ils n'infligent des violences qu'aux gangsters adverses ou aux personnes qui violent un code de conduite considéré comme « moral ». Ceux qui n'ont pas affaire à de tels mafieux n'ont rien à craindre, les épouses et les mères sont respectées, les personnes âgées sont honorées, les enfants protégés. Loyaux, honnêtes, sans peur, dignes de confiance et dotés de principes, ils sont admirés en tant que personnalités anti-establishment qui ont créé une société « alternative ». Bien qu'étrangers et criminels, ils réussissent, ils ont de l'argent, sont bien habillés et respectés. Le gangster devient ainsi une figure romancée, comme Tommy Shelby[15].

En réalité, il n'y avait rien de romantique ou de glamour dans les gangsters des hippodromes de l'Angleterre des années 1920 qui ont été mis en avant dans la série *Peaky Blinders*. Billy Kimber était un pickpocket et un extorqueur, devenu prospère grâce à la brutalité et à la peur qu'il inspirait. Déloyal envers sa première femme et ses enfants, il les abandonna à une vie de misère. Bien que considéré par certains comme « le gentleman du gang », Darby Sabini était un autre voyou qui acquit sa richesse par intimidations ouvertes et attaques impitoyables contre ceux qui le croisèrent. Il n'était pas aussi puissant que Sabini ou Kimber, mais comme eux, Alfie Solomon était violent : il tua un homme à l'*Eden Club* et eut surtout la chance d'être reconnu coupable d'homicide involontaire et non de meurtre, pour lequel il aurait été pendu.

Aucun d'eux – ni non plus d'autres comme Edward Emanuel, Harry Boy Sabini – n'étaient des hommes admirables ou honorables, avec des principes moraux. Les vrais Peaky Blinders et les cogneurs de Birmingham ne l'étaient pas non plus. Des jeunes et des adultes brutaux se délectaient à infliger douleurs et blessures sanglantes à leurs ennemis. Beaucoup ressemblaient à John Sheldon, qui évitait les combats équitables et se battait plutôt entouré de ses sbires armés.

D'autres encore étaient les mêmes que mon arrière-grand-père, Edward Derrick, un petit voleur qui agressa sa femme et un policier, et blessa une autre personne. Ils étaient méprisables. Ceux qu'il faut admirer sont ceux qui leur ont tenu tête : des gens comme Edwin Cook, qui affronta des cogneurs ; Constable Lines, qui fut tué par un gang en sauvant un officier ; la courageuse Harriet Chaplin, qui suivit des voyous ayant agressé nombre d'hommes et qui alla les identifier à la police.

La grande majorité des pauvres mérite aussi notre admiration, ceux qui ne se sont pas tournés vers la criminalité et la violence, mais qui ont dû endurer le règne des Peaky Blinders jusqu'à ce qu'il soit terminé. Ils vivaient dans une société injuste et indifférente, mais malgré la bataille sans fin contre l'ennemi implacable – la pauvreté –, ils se sont efforcés quotidiennement de rester propres, honnêtes et décents. Dans ce que les curieux mal informés dénigraient et appelaient « bidonvilles », des mères, tantes, grands-mères, grandes sœurs, forgèrent des quartiers viables grâce à leurs relations de parenté et de voisinage. Contrairement aux Peaky Blinders et aux gangsters des hippodromes, ces femmes étaient loyales, honorables, honnêtes. Elles fondaient leurs actes sur des principes et adhéraient à un code de conduite moral. Ce sont elles qu'il faut respecter.

SUGGESTIONS DE LECTURE

Cette courte liste met en évidence les ouvrages les plus pertinents sur les Peaky Blinders et les gangs des années 1920.

CHINN Carl, *The Real Peaky Blinders: Billy Kimber, the Birmingham Gang and the Racecourse Wars of the 1920s* (Studley, 2015).

DAVIES Andrew, « Youth, Violence, and Courtship in Late-Victorian Birmingham: The Case of James Harper and Emily Pimm », *The History of the Family*, 11, 2 (2006), p. 107-120.

DAVIES Andrew, *The Gangs of Manchester: The Story of the Scuttlers, Britain's First Youth Cult* (Preston, 2008).

GOODERSON Philip, *The Gangs of Birmingham: From the Sloggers to the Peaky Blinders* (Lancashire, 2010).

MCDONALD BRIAN, *Elephant Boys, Tales of the London and Los Angeles Underworlds* (Édimbourg-Londres, 2000).

MCDONALD BRIAN, *Gangs of London: 100 Years of Mob Warfare* (Wrea Green, 2011).

SHORE Heather, « Criminality and Englishness in the Aftermath: The Racecourse Wars of the 1920s », *Twentieth Century British History*, 22, 4 (décembre 2011), p. 474-497.

SHORE Heather, « Rogues of the Racecourse. Racing Men and the Press in Interwar Britain », *Media History*, 20, 4 (Published online : 28 août 2014), p. 352-367.

SHORE Heather, *London's Criminal Underworlds, c.1720-c.1930. A Social and Cultural History* (Basingstoke, 2015).

Vous trouverez dans les notes détaillées
de nombreuses références de livres et d'articles
pour une lecture plus approfondie.

NOTES

Introduction

1. *Red Right Hand* ; auteurs : Mick Harvey, Nick Cave et Thomas Wydler, tiré de *Let Love In*, producteur Tony Cohen (Mute, 1994).

2. Séries 1, Épisode 1, *Peaky Blinders* (BBC Two, 2013).

3. Lanre Bakare & Gwilym Mumford, « Peaky Blinders: Brummie Boardwalk or shopsoiled Sopranos? », The *Guardian*, 29 septembre 2014 (https://www.theguardian.com/tv-andradio/2014/sep/29/peakyblinders-cillian-murphy) ; et Alex Fletcher, *Peaky Blinders*'review: « Did the British *Boardwalk Empire* » *cut it?*, *Digital Spy*, 12 septembre 2013 (http://www.digitalspy.com/tv/news/a514949/peaky-blinders-review-did-the-british-boardwalk-empire-cut-it/).

4. Julian Ralph, « The Best-governed City in the World », *Harper's Magazine* (juin 1890) ; voir par exemple « Street Ruffianism in Birmingham », *Portsmouth Evening News* (21 septembre 1883).

5. « Black Country Memories: Black Country Irish », *Express and Star* (14, 21 et 28 mai 2009).

6. « The Perils of the Police », *Birmingham Mail* (ci-après *BM*) (12 juin 1871).

7. « Balsall Heath Police Court », *BM* (13 février 1891).

8. « Penn Street Industrial School for Boys, Birmingham, Warwickshire » ; http://www.childrenshomes.org.uk/BirminghamPennStreetIS/index.shtml

9. Edward Derrick, Calendar of Prisoners, General Quarter Sessions of the Peace, QS/B/20/65 (29 octobre 1906).

10. William Chinn, Interview, « *Birmingham Lives Archive* », ci-après *BLA* (1979).

11. « For the Sake of Beer », *BM* (30 juillet 1906).

12. Carl Chinn, *The Real Peaky Blinders* (Studley, 2015) p. 16.

13. TNA, Divorce Court File: 4333. Appellant: Ada Derrick. Respondent: Edward Derrick. Type: Wife's petition for divorce [wd], J 77/1744/4333 (1921).

14. « Woman's Divorce », *Birmingham Daily Gazette* [ci-après BDG] (25 avril 1923).

15. « Cleaned Up Black Spots », *BDG* (24 août 1935).

Chapitre 1 : Avant les Peaky Blinders : les gangs de cogneurs

1. Michael Bradley, « Birmingham's real Peaky Blinders », *BBC News*, West Midlands (12 septembre 2013 ; http://www.bbc.com/news/uk-england-birmingham-24047750).

2. Charles Anthony Vince, *History of the Corporation*, vol. III (Birmingham, 1903), p. 226, 228-229 et 23 ; également Joseph Trevor Jones, *History of the Corporation of Birmingham*, vol. V (1915–1935), part II (Birmingham, 1940), p. 354 et 373. Le bond notable de la population s'explique par l'extension de Birmingham en 1911 afin d'y intégrer les collectivités locales d'Aston, Erdington, Handsworth, Kings Norton et Yardley, ainsi que différents autres quartiers.

3. « Year's Crime in Birmingham », *BDG* (1er septembre 1920).

4. Jones, *History of the Corporation of Birmingham*, vol. V, part II (Birmingham, 1940), p. 371; « Glasgow Disorder », *The Scotsman* (1er février 1919) ; « Riot Act Read in Birkenhead », *Aberdeen Press and Journal* (4 août 1919) ; « Mob Law », *Leicester Daily Post* (23 juillet 1919) ; et « Serious Riots », *Leeds Mercury* (2 juin 1919), p. 9.

5. « Mons Man Killed in Cardiff Riots », *Globe* (13 juin 1919) ; et « The Racial Riots », *Hartlepool Northern Daily Mail* (12 juin 1919), p. 21.

6. « Hooliganism Redivivus », *BM* (5 novembre 1901).

7. « Sparring », *Morning Advertiser* (23 juillet 1824).

8. « Riot in Birmingham by the Slogging Gang », *Birmingham Daily Post* [ci-après *BDP*] (8 avril 1872).

9. « The Slogging Gang », *BDP* (10 avril 1872).

10. « The Slogging Gang », *BDP* (11 avril 1872).

11. « A Caution to Juvenile Stone Throwers », *BDP* (3 juin 1872).

12. Voir, par exemple, « Burslem Stone Throwing Battle », *BDG* (27 avril 1870).

13. « Infringement of the Bye-Laws », *BDG* (10 mai 1872).

14. Jerry White, *The Worst Street in North London. Campbell Bunk, Islington, Between the Wars* (Londres, 1986), p. 69.

15. Dyke Wilkinson, *Rough Roads. Reminiscences of a Wasted Life* (Londres, 1912), p. 12.

16. Donald Philips, *From Biggles to Biggles: A Birmingham Childhood* (Ms. non publié, sans date ; merci à David Phillips), p. 2.

17. George Wood, « Interview », *BLA* (1985).

18. Fred Franklin, « Interview », *BLA* (1982).

19. Buck Chinn, « Interview », *BLA* (1989).

20. Jones, *History of the Corporation of Birmingham*, vol. V, part 2, p. 373.

21. Sydney Hetherington, *From the Slums to Eastbourne's Belgravia* (Ms. non publié, 1998), p. 16-17.

22. « Sunday Nuisances », *Birmingham Journal* [ci-après *BJ*] (16 novembre 1839).

23. Geoffrey Floy, *Policing Birmingham: A Study of a Borough Police Force, 1839-1914* (University of Birmingham, M.Phil., 1997), p. 5-56, 92.

24. Voir par exemple « Bathing in the Canal », *BDP* (26 août 1859) ; « A Pigeon Flyer Caught » *et* « Obstructions », *BDP* (12 avril 1859) ; « The Black Your Boots Nuisance », *BDP* (26 août 1859).

25. « Church Pastoral Society », *Aris's Birmingham Gazette* [ci-après *ABG*] (17 mars 1856).

26. « Crusade against Street Gambling », *BJ* (27 septembre 1857).

27. « Caution to Street Gamblers », *BJ* (12 novembre 1853).

28. « Assault on the Police », *BJ* (2 mai 1857).

29. « Gambling in the Streets and Assaulting the Police », *BDP* (28 avril 1858).

30. « Police Crusade against Pitch and Toss in the Streets », *BJ* (1 septembre 1860) ; et, par exemple, « New Vauxhall », *BDP* (5 avril 1860).

31. « Sabbath Breaking and the Police », *BDP* (11 avril 1861).

32. Floy, *Policing Birmingham*, p. 128.

33. J. T. Bunce, *History of the Corporation of Birmingham*, vol. II (Birmingham, 1885), p. 294, 300.

34. Barbara Weinberger, *Law Breakers and Law Enforcers in the Late Victorian City: Birmingham 1867-1877* (University of Warwick, Ph.D. 1981) p. 231.

35. Voir par exemple, « Street Ruffianism in the Ascendant », *The Era* (6 décembre 1863).

36. « Street Ruffians », *ABG* (18 juin 1864).

37. « Correspondence », *BDP* (7 juillet 1866).

38. « The Street Gambling Nuisance », *ABG* (23 mai 1868).

39. « Pitch and Toss », *BDG* (4 avril 1871).

40. Gooderson, *The Gangs of Birmingham*, p. 77.

41. « Barford Street », *BDG* (10 avril 1871).

42. « Correspondence », *BDP* (16 mars 1868) ; « Capture of a Gang of Roughs », *BDP* (8 juin 1870).

43. « Street Ruffians », *BDG* (28 septembre 1870) ; et « News of the Day », *BDP* (8 novembre 1870).

44. « A Riot », *BDP* (4 mai 1871).

45. Bunce, *History of the Corporation of Birmingham*, vol. II, p. 294, 300.

46. « Eleven Weeks Ruffianism in Birmingham », *BDP* (11 avril 1873).

47. « Rowdyism in Birmingham », *BDP* (12 août 1873).

48. « Street Ruffianism in Birmingham », *BDP* (1er avril 1873).

49. « Eleven Weeks Ruffianism in Birmingham », *BDP* (11 avril 1873).

50. « The Slogging Gang », *BDP* (29 mars 1873).

51. « The Slogging Gang », *BDP* (22 septembre 1873) ; « A Terror to the Neighbourhood », *BDP*, (30 octobre 1873).

52. Weinberger, *Law Breakers and Law Enforcers in the Late Victorian City*, p. 233-38.

53. « Ruffianism in Birmingham. Dastardly Assaults », *BDP* (24 juin 1873).

54. « News of the Day », *BDP* (2 juillet 1873).

55. « News of the Day » (2 juillet 1873) et « Warwickshire Assizes », *BDP* (9 juillet 1874).

56. « A Caution to Rioters », *BDP* (8 juillet 1874).

57. « The Barn Street "Sloggers" », *BDP* (12 septembre 1874).

58. « Incidents of the "Slogging Gang" », *BM* (28 septembre 1874).

59. 1871 Census, TNA, Class : RG10 ; Piece : 3086 ; Folio : 129 ; Page : 59 ; GSU roll : 838895.

60. 1881 Census, TNA, Class : RG11 ; Piece : 2987 ; Folio : 23 ; Page : 39 ; GSU roll : 1341714.

61. « Incidents of the "Slogging Gang" », *BM* (28 septembre 1874).

62. Weinberger, *Law Breakers and Law Enforcers in the Late Victorian City*, p. 174.

63. Gooderson, *The Gangs of Birmingham*, p. 35.

64. *The 'Murphy Riots'. Demolition of Park Street, Birmingham 17 et 18 June 1867* (Birmingham, 1867), p. 9.

65. Patsy Davis, « Birmingham's Irish Community and the Murphy Riots of 1867 », *Midland History*, 31 (2006), p. 50-51.

66. « Sunday Riots », *BDP* (30 avril 1872).

67. Gooderson, *Gangs of Birmingham*, p. 111.

68. « Violent Assault upon "A Copper" », *BDP* (30 mai 1872).

69. « Our Roughs » et « A Warning to Street Rioters », *BM* (14 juillet 1874).

70. « The Stone-Throwing Nuisance at Ashted », *BDP* (23 mars 1875).

71. « Navigation Street Riot. Death of Police-Constable Lines », *BDP* (25 mars 1875).

72. « The Riot in Navigation Street. The Sentences », *BDP* (13 juillet 1875).

73. « Murder of PC Lines », *BWP* (27 mai 1955).

74. « The Suppression of Rowdyism in Birmingham » et « News of the Day », *BDP* (21 mai 1875).

75. « More Persecution of Witnesses », *BDP* (19 juillet 1875).

76. « News of the Day », *BDP* (21 mai 1875) et « The Suppression of Rowdyism in Birmingham », *BDP* (21 mai 1875).

77. « News of the Day », *BDP* (15 février 1876).

78. « Birmingham Watch Committee », *BDP* (28 février 1877).

79. « Street Crimes in Birmingham. A warm dis-. », *The Times* [Londres, Angleterre] 28 nov. 1877, *The Times Digital Archive* (consulté 28 juin 2018).

80. Weinberger, *Law Breakers and Law Enforcers in the Late Victorian City*, p. 63-64.

81. J. T. Bunce, *History of the Corporation of Birmingham*, vol. II (Birmingham, 1885), p. 300.

82. Voir par exemple, « A Street Waif », *BM* (25 mars 1881).

83. « Sunday Gambling at Aston », *BDP* (28 avril 1885).

84. « News of the Day », *BDP* (8 mai 1883).

85. Lil Perry, « Old Days of Aston », *BLA* (1978), et pour Londres, voir White, *The Worst Street in North London*, p. 118–119.

86. « Slogging Gangs' in Birmingham », *BM* (5 juin 1882).

87. « Street Ruffianism », *BM* (13 septembre 1882) ; et « Revival of the Slogging Gangs », *BM* (11 août 1882).

88. « Birmingham Watch Committee », *BM* (10 octobre 1882).

89. « A Warning to Stone Throwers », *BDP* (1er avril 1884).

90. « A Warning to Street Ruffians », *BDP* (21 juillet 1886).

91. « The Aston Slogging Gang », *BDP* (18 août 1886).

92. « Street Rowdyism », *BDP* (11 août 1886) ; « Stone-throwing », *BDP* (13 avril 1886) ; « More Attacks on Policemen », *BDP* (23 novembre 1886) ; « The Aston Slogging Gang », *BDP* (4 octobre 1888).

93. « Alleged Serious Wounding », *BDP* (22 décembre 1888).

94. « News of the Day », *BDP* (1er septembre 1888).

95. « Punishment for "Sloggers" », *BDP* (26 février 1889).

96. « A Violent Assault », *BDP* (20 février 1889).

97. « Ruffianism at Aston », *BDP* (31 juillet 1889).

98. Malcolm Archibald, *Liverpool: Gangs, Vice and Packet Rats: 19th Century Crime and Punishment* (Édimbourg, 2015), p. 171-182 ; Heather Shore, *London's Criminal Underworlds, c.1720-c.1930: A Social and Cultural History* (Basingstoke, 2015), p. 141-166 ; pour Londres, voir aussi Brian McDonald, *Gangs of London: 100 Years of Mob Warfare* (Wrea Green, 2010), p. 59-73 ; et pour Manchester, Andrew Davies, *The Gangs of Manchester: The Story of the Scuttlers Britain's First Youth Cult* (Preston, 2008), p. 38-141.

99. Davies, *Gangs of Manchester*, p. 17-18.

100. « Members of the "Slogging Gang" », *BDP* (6 avril 1886) ; et « Street Rowdyism », *BDP* (11 août 1886).

101. « Deeds of Violence », *Liverpool Mercury* (4 août 1887) ; et « Assaulted by a Slogging Gang », *BDP* (21 septembre 1888).

102. « A Slogging Gang », BDP (24 juillet 1889) ; « The Outrage by Militia Men at Small Heath », *BDP* (2 juillet 1889) ; « An Ornament to the Slogging Gang », *BDP* (1er juillet 1889) ; « A Slogging Gang », *BDP* (13 juin 1889) ; « A "Slogging Gang" Broken Up », *BDP* (1er juin 1889) ; et « Tackling "Slogging Gangs" », *BDP* (27 février 1889).

103. « Notes and Comments », *Sheffield Daily Telegraph* (10 juin 1882).

Chapitre 2 : La cité des Peaky Blinders

1. Séries 1, Épisode 2, *Peaky Blinders* (BBC Two, 2013). Pour un aperçu complet sur le *tossing*, voir Chinn, *Better Betting*, p. 85-93.

2. Louisa Mellor, « Steven Knight on Peaky Blinders, series 2 […] », Den Of Geek (11 septembre 2013) ;

https://www.denofgeek.com/tv/steven-knight-on-peaky-blinders-birmingham-accents-working-class-drama-sam-neill-cillian-murphy-more/

3. John Crace, « Peaky Blinders; The Guilty – TV review », *Guardian* (13 septembre 2013) ; https://www.theguardian.com/tv-and-radio/2013/sep/13/peaky-blinders-tv-review

4. « Incidents of Full Career. Campaign Against the “Peaky Blinders” », *Warwick and Warwickshire Advertiser* (2 novembre 1929).

5. R. E. Corder, « The Seamy Side », *Daily Mail*, 3 avril 1929, p. 8. *Daily Mail Historical Archive*, 1896-2004.

6. « Belt and Buckle Days. Saga of Birmingham’s Peaky Blinders », *BM* (15 avril 1939).

7. « Death of Norman Tiptaft. Vigilante Extraordinary », *BDP* (14 octobre 1970).

8. « Mr Butler Urged to Punish or Resign », *BDP* (20 juillet 1961).

9. Norman Tiptaft, *The Individualist* (Birmingham, 1954).

10. John Douglas, *A Walk Down Summer Lane* (1re éd. 1977, Londres, 1983), p. 126.

11. Pauline et Bernard Mannion, *The Summer Lane and Newtown of the Years between the Wars, 1918-1938* (Birmingham, 1985), p. 1, 31, 81.

12. « Gang Warfare and the Peaky Blinders », Letter from George Morris, *Birmingham Weekly Post* [ci-après *BWP*] (6 mai 1955).

13. Arthur L. Matthison, *Less Paint, More Vanity* (Londres, 1937), p. 62-63.

14. « A Cowardly Rogue », *BDP* (29 octobre 1891) ; « Table Talk », *BM* (11 octobre 1890) ; et « Local News and Jottings », *BM* (25 juin 1891).

15. « The “Peaky Blinders” Barber », *BM* (30 mai 1914).

16. « Man Found Drowned », *BDP* (19 mai 1891).

17. F. Atkins, Letter, (15 octobre 1936), mentionnée dans Gooderson, *The Gangs of Birmingham*, p. 217.

18. « Letter from Norma K. Beattie », *BLA*, (19 juillet 1987).

19. Corinne Brazier, « Potentially the oldest police custody photo… in the world? », *WM Peelers* (19 mars 2018) [https://www.wmpeelers.com/single-post/2018/03/19/Potentially-the-oldest-police-custody-photo-in-the-world consulté le 24 juin 2018].

20. V. W. Garrett, *A Man in the Street* (Londres, 1939), p. 65-6.

21. Fred Sutton, « Interview », *BLA* (1989).

22. « Table Talk », *BM* (30 mai 1896) ; « Table Talk », *BM* (14 mai 1904) ; et « The "Peaky Blinders" Barber », (30 mai 1914).

23. « The "Peaky Blinders" Barber », *BM* (30 mai 1914).

24. « Local News and Jottings », *BM* (13 août 1906).

25. Geoffrey Pearson, « Disturbing continuities: "peaky blinders" to "hoodies" », *Criminal Justice Matters*, 65:1, mars 2008, p. 6-7.

26. Davies, *Gangs of Manchester*, p. 22. Voir aussi Charles E. B. Russell, *Manchester Boys: Sketches of Manchester Boys at Work and Play* (Manchester, 1905), p. 16, où il est indiqué qu'un saboteur portait « une casquette à visière plutôt sur un œil ».

27. J.R.C., « Peaky Blinders », *Central Literary Magazine*, XIV, 2 (avril 1879), p. 71.

28. Andrew Davies, « Youth, Violence, and Courtship in Late-Victorian Birmingham: The case of James Harper and Emily Pimm », *The History of the Family*, 11 (2006), p. 111.

29. Shore, *London's Criminal Underworlds*, p. 165.

30. Voir par exemple, « Sidelights on Low Life. Birmingham "Peaky" sent to Prison », *BM* (26 mai 1900) ; Davies, « Youth, Violence, and Courtship in Late-Victorian Birmingham ».

31. Voir Alan Mayne, *The Imagined Slum: Newspaper Representation in Three Cities, 1870-1914* (Leicester, 1993), et Alan Mayne, « Representing the slum », *Urban History*, 17, (mai 1990), p. 66-84.

32. Davies, « Youth, Violence, and Courtship in Late-Victorian Birmingham », p. 108-09, 118.

33. « The Peaky's Courtship », *BDM* (19 novembre 1898).

34. « Table Talk », *BM* (14 mai 1904).

35. Benny Green, « Introduction », in Clarence Rook, *The Hooligan Nights* (publié en 1899, nouv. éd. Oxford 1979), p. VIII.

36. 2-7 *My Bloke's a Peaky* (Roud 24185) Cecilia Costello, *Old Fashioned Songs*.

37. Davies, *Gangs of Manchester*, p. 277-295.

38. J.R.C., « Peaky Blinders », p. 71.

39. « Slogging Gang », *Lakes Herald* (7 mai 1897).

40. « Brummagem Beauties », *Sheffield Evening Telegraph* (29 juillet 1897).

41. *The Wellington Journal & Shrewsbury News* (26 août 1899)

42. « A Man's Skull Fractured », *BM* (24 mars 1890).

43. « The Birmingham "Slogging Gangs" », *St James's Gazette* (9 avril 1890).

44. « "Slogging Gangs" of Birmingham », *Aberdeen Evening Express* (10 avril 1890) ; « Slogging Gangs », *Chichester Observer* (16 avril 1890).

45. Gooderson, *The Gangs of Birmingham*, p. 219-219.

46. « Serious Charges of Assault », *BM* (28 mai 1890).

47. « A Brutal Assault », *BM* (25 juin 1890).

48. 1891 Census, TNA, Class : RG12 ; Piece : 2407 ; Folio : 10 ; Page : 16.

49. « The Crusade Against Ruffianism », *BDP* (16 avril 1890).

50. « The Highgate Street Slogging Gang », *BM* (11 avril 1890) ; « Ruffianism in Birmingham », *BM* (12 avril 1890).

51. « A Slogging Gang at Perry Barr », *BM* (11 avril 1890) ; « The Sparkbrook Slogging Gang », *BDP* (10 avril 1890).

52. « The Chief Constable and the Sloggers », *BM* (23 avril 1890).

53. « News of the Day », *BDP* (10 avril 1890).

54. « Ruffianism at Sparkbrook », *BDP* (24 mars 1890).

55. « Heavy Sentences on Sloggers », *BDP* (16 avril 1890).

56. « Notes and News », *BM* (15 avril 1890).

57. « The Band of Friendship », *BDP* (21 juin 1890).

58. William Chinn, « Interview », *BL* (1979).

59. « One of a Gang », *BDP* (24 mars 1891).

60. « Assault by a "Ganger" », *BDP* (14 avril 1891), et « Assaulted by Roughs », *BM*, (28 avril 1891).

61. « A Cowardly Ruffian », *BM* (28 octobre 1891).

62. « The Stone-Throwing Nuisance », *BM* (8 juillet 1891), et « Street Ruffianism in Birmingham », *BDP* (24 juin 1892).

63. « Cliveland Street vs Weaman Street », *BDP* (2 août 1893), et « A Nechells Slogging Gang », *BDP* (18 octobre 1893).

64. « A Heavy List », *BDP* (26 juin 1894).

65. « Birmingham Slogging Gangs », *Manchester Evening News* (27 juin 1895).

66. « Assault on the Police », *BDP* (29 octobre 1895), et « The Bromsgrove Street Disturbance », *BDP* (30 octobre 1895).

67. « Slogging in Kenyon Street », *BDP* (5 novembre 1895) ; « Unlawful Wounding at Aston », *BDP* (10 décembre 1895).

68. Archibald, *Liverpool: Gangs*, p. 189-191.

69. « Heavy Sentence on Slogging Gang », *BDP* (11 décembre 1895)

70. « A Violent Ruffian », *BDP* (3 décembre 1895).

71. « Balsall Heath Police Court », *BDP* (13 janvier 1877).

72. « Ruffianism at Balsall Heath », *BDP* (20 novembre 1879).

73. « Riotous Proceedings in Balsall Heath Road », *BM* (9 mars 1883).

74. « Hardened Young Criminals », *BDP* (2 novembre 1888).

75. Henry Lightfoot, Calendar of Prisoners 1870-1935 [ci-après Calendar of Prisoners], Birmingham Quarter Sessions, 1839-1971 (QS/B/20/69). Library of Birmingham (29 avril 1907).

76. Henry Lightfoot 3200, New Soldiers Records. Short Service Attestation, [ci-après Short Service Attestation], TNA, War Office: Soldiers' Documents from Pension Claims, First World War, WO364 ; Piece : 2097 (1914).

77. Henry Lightfoot 201128, Territorial Force Attestation, TNA, War Office: Soldiers' Documents from Pension Claims, First World War, WO364 ; Piece : 2097 (1925).

78. « "Tommy Giblin" and the Roughs generally », *BM* (8 janvier 1896).

79. C. H. Lea, « The Fair – But Not the Onions », *BDG* (26 septembre 1935).

80. « Seventy Years a Showman », *BDP* (4 novembre 1939).

81. « Terry Proctor Letter », *BLA* (8 mars 1996).

82. « Peaky Blinders », *Coventry Evening Telegraph* (30 décembre 1896).

83. « Topics of the Day », *Coventry Evening Telegraph* (11 octobre 1895).

84. « Tommy Giblin and Roughs Generally », *BM* (10 janvier 1896).

85. Voir par exemple « The Reign of the Rough in Birmingham », *Dundee Courier* (22 juillet 1897), et « Birmingham Roughs on the Rampage », *Leeds Times* (24 juillet 1897).

86. « Policeman Killed in Birmingham », *Manchester Evening News* (19 juillet 1897).

87. « Assault on a Policeman », *BDP* (29 septembre 1891) ; « Cowardly Assaults on the Police », *BDP* (23 février 1892) ; « Assaults on the Police », *BDP* (26 avril 1892) ; « Assaulting Neighbours and Policeman », *BDP* (23 août 1892) ; « Assaulting Policemen », *BDP* (13 mars 1894) ; « Assaults on Constables », *BDP* (9 avril 1895) ; et « Violent Assaults on Policemen », *BDP* (12 novembre 1895).

88. « Funeral of Snipe », *Sports Argus* (24 juillet 1897) ; « The Reign of Violence in Birmingham », *Lloyd's Weekly Newspaper* (25 juillet 1897).

89. « VIOLENCE IN BIRMINGHAM », *The Times* [Londres, Angleterre] (14 octobre 1897), *The Times Digital Archive* (consulté 28 juin 2018).

Chapitre 3 : Le règne des Peaky Blinders se termine

1. Séries 1, Épisode 2, *Peaky Blinders* (BBC Two, 2013).

2. « Chief Constable Rafter. A Character Sketch », *Weekly Irish Times* (28 octobre 1899), et « An Epidemic of Brutality », *Globe* (30 juillet 1897).

3. Voir Gooderson, *The Gangs of Birmingham*, p. 263-64.

4. « The Epidemic of Ruffianism in Birmingham », *Edinburgh Evening News* (12 août 1897).

5. Vince, *History of the Corporation*, vol. III, p. 218.

6. Geoffrey Pearson, « Victorian Boys, We are Here! » in Yvonne Jewkes et Gail Letherby (éds), *Criminology. A Reader* (Londres, 2002), p. 8.

7. Vince, *History of the Corporation*, vol. III, p. 218, 226-229, 232, et aussi Bunce, *History of the Corporation*, vol II (Birmingham, 1885), p. 300.

8. « Cheltenham Man Injured », *Cheltenham Chronicle* (30 avril 1898).

9. *The Moseley and Kings Heath Journal*, vol. 8 (août 1899). p. 1-14.

10. « Street Ruffianism », *Globe* (21 janvier 1899).

11. « Exit Mr Farndale », *The Birmingham Owl* (20 juin 1899), p. 9 ; voir aussi « Death of Mr Joseph Farndale », *BDG* (9 août 1901).

12. Voir par exemple « Playing Space Problem », *Sports Argus* (29 juin 1901).

13. « Cleaned Up Black Spots », *BDG* (24 août 1935).

14. « Thousands See the Passing of Sir Charles Rafter in Birmingham », *BDG* (28 août 1935).

15. « Death of Sir C. Rafter », *Police Review* (30 août 1935).

16. « Cleaned Up' Black Spots », *BDG* (24 août 1935).

17. « The New Chief », *The Birmingham Owl* (21 juillet 1899), p. 9.

18. « Chief Constable Rafter. A Character Sketch », *Weekly Irish Times* (28 octobre 1899).

19. Percy Langridge, MEPO 6 Metropolitan Police: Habitual Criminals Register 1904, Piece 15.

20. « Ruffianism in Birmingham », *BM* (29 juin 1900).

21. Vince, *History of the Corporation of Birmingham*, vol. IV, p. 226, 246.

22. « Sentence on a "Peaky Blinder" », *Cheltenham Chronicle* (12 janvier 1901). L'agent Bennett, devenu surintendant en chef, est reconnu pour avoir joué un rôle de premier plan dans la suppression de la vendetta Garrison Lane, en traduisant les chefs de file en justice ; « B'ham Former Police Chief Dies », une coupure de presse prêtée par Ruby Massa, la petite-fille de Bennett.

23. « A Ruffian Silenced for a Time », Ross Gazette (10 janvier 1901) ; « Penal Servitude for a Hooligan », *Sheffield Daily Telegraph* (10 janvier 1901).

24. « Rowdysim in Garrison Lane », *BM* (10 juillet 1901).

25. Walter G. Chinn, *From Victoria's Image (A Reminiscence in Reflection)* (Ms. non publié, Birmingham, c. 1978), p. 18.

26. « Ruffianism in Birmingham the Stipendiary's Resolution », *BM* (5 novembre 1901).

27. J. Cuming Walters, *Scenes in Slumland: Pen Pictures of the Black Spots in Birmingham* (Birmingham, 1901), p. 5.

28. « The Gunter Case », *BM* (14 décembre 1901).

29. « Verdict of Wilful Murder », *BM* (30 octobre 1901).

30. « Funeral of the Victim », *BM* (31 octobre 1901).

31. « The Gunter Murder Trial. Verdict and Sentences », *BM* (14 décembre 1901).

32. T. J. Bass, *Hope in Shadowland* (Birmingham, 1903), p. 31 ; « The Birmingham Peaky Blinders », *BDG* (14 décembre 1901).

33. À propos d'intimidation, lire « The Gunter case. Alleged intimidation of Witnesses », *BM* (7 novembre 1901).

34. « Terrible Assault in Birmingham », *Coventry Herald* (31 janvier 1902).

35. « The Murderous Attack on PC Blinko », *BDG* (15 mars 1902).

36. « Murderous Attack on a Police Constable », *London Daily News* (29 janvier 1902).

37. « The Murderous Attack on PC Blinko », *BDG* (15 mars 1902).

38. *BDG* (25 mars 1903).

39. Vince, *History of the Corporation of Birmingham*, vol. IV, p. 346.

40. *BDG* (13 septembre 1905).

41. « Two Murder Trials », *BDG* (16 décembre 1905).

42. Vince, *History of the Corporation of Birmingham*, vol. IV, p. 346.

43. « Hooligan outrages », *BDG* (11 janvier 1907).

44. « Night Adventure », *BDG* (19 novembre 1912).

45. Davies, *Gangs of Manchester*, p. 334-343.

46. Gooderson, *Gangs of Birmingham*, p. 255 ; voir aussi « Birmingham's Sporting Parson », *BDG* (11 décembre 1934).

47. « The Rev. Arnold Pinchard », *Pall Mall Gazette* (4 octobre 1907) ; pour le père Jay, voir Raphael Samuel, *East End Underworld. Chapters in the Life of Arthur Harding* (Londres, 1981), p. 2, 19, 286-288 ; et pour Old Nichol, Sarah Wise, *The Blackest Streets: The Life and Death of a Victorian Slum* (Londres, 2009).

48. Sarah Wise, « Inside the Skin of a Slum », *Church Times* (2 juillet 2008).

49. J.R.C. « Peaky Blinders », p. 72.

50. « Table Talk », *BM* (16 avril 1881).

51. « Sparkbrook Boxing Club », *BDG* (12 août 1908).

52. « Changed a Bad Parish », *BDG* (11 décembre 1934).

53. « Women's Election Preparations », *BDG* (23 janvier 1929).

54. « Birmingham Kyrle Society in the Seven Dials », *BDP* (8 juillet 1889) ; « The Birmingham Kyrle Society. A Proposed "Kyrle Hall" », *BDP* (27 novembre 1891).

55. « The Birmingham Kyrle Society », *BDP* (27 septembre 1893).

56. « Birmingham Street Boys Union », *BM* (27 septembre 1906).

57. Arnold Freeman, *Boy Life and Labour: The Manufacture of Inefficiency* (Londres, 1914), p. 130.

58. Davies, *Gangs of Manchester*, p. 343-44, 353.

59. Voir par exemple « Aston Board School Football Association », *BDP* (12 mai 1886) ; « Junior League », *Sports Argus* (21 octobre 1905).

60. Freeman, *Boy Labour*, p. 110-115.

61. Davies, *Gangs of Manchester*, p. 353-54.

62. Freeman, *Boy Labour*, p. 133, 88-89.

63. « Ruffianism in Birmingham the Stipendiary's Resolution », *BM* (5 novembre 1901).

64. « Hooliganism Redivivus », *BM* (5 novembre 1901).

65. « The Navigation Street Riot », *BDP* (25 mars 1875).

66. T. J. Bass, *Everyday Life in Blackest Birmingham: Facts Not Fiction* (Birmingham, 1898), p. 9.

67. « Hooliganism in Birmingham », *BM* (13 mai 1901).

68. « Police Attacked at Key Hill. Civilians to the Rescue », *BM* (27 mars 1905).

69. Vince, *History of the Corporation of Birmingham*, vol. IV, p. 326-7.

70. « Local News and Jottings », *BM* (14 décembre 1901).

71. « Birmingham Watch Committee », *BM* (13 novembre 1901).

72. « Wanted », *Cheltenham Chronicle* (30 juillet 1910).

73. « Cowardly Constable », *Worcestershire Chronicle* (19 septembre 1903).

74. « Memories of Peaky Blinder Gangs », *Evening Despatch* (29 janvier 1930).

75. « Murder of PC Lines », *BWP* (27 mai 1955).

76. « News of the Day », *BDP* (2 juillet 1900).

77. « Police Orders 17 Dec. 1901 To 8 Oct. 1903 ».

78. « Testing the Police Staves », *BDP* (22 novembre 1890).

79. « Notes and News », *BM* (9 décembre 1890).

80. Walter Chinn, « Interview », *BLA* (n. 2, 1979).

81. Voir « The History of Police Uniform in Manchester Up Until WW2 », http://www.gmpmuseum.co.uk/collectionitem/the-history-ofpoliceuniform-in-manchester-upuntil-ww2/ [consulté le 15 juillet 2018].

82. « Connaught Man », *Weekly Irish Times* (19 octobre 1907).

83. « Reservists and the Birmingham City Police », *BM* (11 février 1901).

84. « Table Talk », *BM* (24 août 1901).

85. « The Birmingham Police Force. Where The Recruits Come From », *BM* (26 octobre 1901).

86. Chief Superintendent C. W. Lloyd, Letter, *BLA* (18 juin 1987).

87. « Ex-Police Chief », *BDG* (13 février 1928).

88. « Half-Century of Police Service », *BDG* (6 mars 1918).

89. « Juvenile Slogging Gangs », *BM* (21 septembre 1918).

90. « The Resignation of Superintendent Walker », *BM* (6 février 1900).

91. « The Disappearance of Tramps », *BM* (4 décembre 1915).

92. « Murder of PC Lines », *BWP* (27 mai 1955).

93. « The Ten Arches Gang », *BM* (10 janvier 1883) ; « Aston Police Cricket Club », *BDP* (18 janvier 1895).

94. « Rowdyism at Ten Arches », *BDP* (22 mai 1900).

95. George Hickling 145403, Short Service Attestation, TNA, Soldiers' Documents, First World War "Burnt Documents" (1915).

96. C.R.S., « Forward. How Birmingham is Changing », *BDG* (30 décembre 1925).

97. « Less Crimes. Birmingham Returns », *BDG* (9 mai 1929).

98. « Bricks and Bottles Thrown by a Hostile Crowd », *BDG* (21 juin 1910).

99. « Street Terrorists. Six Months' Hard Labour for Young Hooligans », *BDG* (15 juin 1920).

100. *Dundee Evening Telegraph* (21 mars 1927).

101. « Terrorising Gang Sent to Prison. Expert Crooks' Crimes », *BDG* (8 mai 1930).

102. Il n'y a pas de Peaky Blinders mentionnés dans les années 1920 à Deritend et Bordesley, ils sévirent dans ces deux villes jusqu'à quelques années avant la Première Guerre mondiale. Voir, par exemple, Mary Elizabeth Shott, Brum et Candlelight, *A Walk Down Memory Lanes* (1995), et Tom Golding, *96 Years a Brummie, 1889-1896* (1986).

103. Beattie Hamill, née Carson, « Interview », *BLA* (1987).

104. Victor J. Andrews, *Patched Parts* [initialement publié en série dans le *Sunday Mercury*: « I Remember Garrison Lane »] (Birmingham, 1999), p. 37-40.

Chapitre 4 : Bookmakers illégaux et vendetta

1. Séries 1, Épisode 1, *Peaky Blinders* (BBC Two, 2013).

2. « Behind the scenes on the set of BBC drama Peaky Blinders » ; http://www.bbc.com/news/av/entertainment-arts-23795850

3. Chinn, *Better Betting*, p. 102; et Geoffrey Floy, *Policing Birmingham*, p. 226, 203.

4. Voir David Dixon, « "Class Law": The Street Betting Act of 1906 », *International Journal of the Sociology of Law* vol. 8 (1980), p. 109.

5. Charles Vince, *History of the Corporation of Birmingham*, vol. IV (1900-1915) (Birmingham, 1923), p. 348-49.

6. Floy, *Policing Birmingham*, p. 228.

7. Chinn, *Better Betting*, p. 136-40.

8. « Year's Crime in Birmingham », *BDG* (1er septembre 1920).

9. Chinn, *Better Betting*, p. 136-40.

10. Harry Vokes, Letter, *BLA* (1988).

11. Hetty Bradbury, Letter, Carl Chinn Bookmaking Archive [ci-après *BA*], Cadbury Research Library, University of Birmingham.

12. Voir « Law on Betting », *BDG* (9 mai 1913).

13. Chinn, *Better Betting*, p. 109, 142-44.

14. Clements, « Historia Interviews: Steven Knight ».

15. Albert Judd, « Interview », *BA* (1988).

16. Mr A. T. Richardson, Letter, *BLA* (23.3.88).

17. George W. Langham, Letter, *BLA* (1988).

18. Vokes, Letter, *BLA* (1988).

19. Chinn, *Better Betting*, p. 125.

20. Richardson, Letter, *BLA* (1988).

21. Carl Chinn, *The Anatomy of a Working-Class Neighbourhood: West Sparkbrook, 1871 to 1914* (University of Birmingham, Ph.D. thesis, 1986), p. 151.

22. « Successful Novel Police Ruse », *BDG* (17 novembre 1928).

23. Chinn, *Better Betting*, p. 208.

24. William Chinn, *Interview*, *BLA* (1987).

25. Mrs V. G. Pullin (née Foster), Letter, *BLA* (2007).

26. Olga Packer, née Pickering, « Interview » (1988) ; et pour les paris des femmes, Chinn, *Better Betting*, p. 144-47.

27. Richard Pickering, « Interview », *BA* (1993).

28. Chinn, *Better Betting*, p. 130-31.

29. Katherine Clements, « Historia Interviews: Steven Knight », *Historia* (2 mai 2016) ; http://www.historiamag.com/historia-interviews-steven-knight/

30. Jonathan Wright, « *Peaky Blinders*: Behind the scenes with creator Steven Knight », *HistoryExtra* (5 mai 2016) ; https://www.historyextra.com/membership/peaky-blinders-behind-the-scenes-with-creator-steven-knight/

31. Pour les Burger Boys et Johnson Crew, voir Caroline Gall, « Birmingham gangs: How two rivals

poisoned a city's streets » (23 août 2017, *BBC News*, Birmingham & Black Country) ; https://www.bbc.com/news/ukengland-birmingham-41024825.

32. 1871 Census, TNA, Class : RG10 ; Piece : 3015 ; Folio : 17 ; Page : 27 ; GSU roll : 838861.

33. 1881 Census, TNA, Class : RG11 ; Piece : 3013 ; Folio : 108 ; Page : 51 ; GSU roll : 1341720.

34. Voir G. C. Allen, *The Industrial Development of Birmingham and the Black Country, 1860-1927* (1re éd. 1929, New York 1966), p. 233-43).

35. 1891 Census, TNA, Class : RG12 ; Piece : 2413 ; Folio : 76 ; Page : 4.

36. 1911 Census, TNA, Class : RG14 ; Piece : 18165.

37. 1901 Census, TNA, Class : RG13 ; Piece : 2855 ; Folio : 44 ; Page : 38 ; et Census 1911, Class : RG14 ; Piece : 18357.

38. « Birmingham Police Court », *BM* (23 avril 1881).

39. « Riding without a Ticket », *BM* (10 janvier 1884).

40. « Unprovoked Attack », *BDP* (6 novembre 1895).

41. « Alleged Counterfeiters at Warwick », *Leamington Spa Courier* (4 juillet 1896) ; « Counterfeiters get their Deserts », *Leamington Spa Courier* (11 juillet 1896).

42. « Samuel Sheldon, 147 », Convicts on License 9 (Birmingham City Police, 1911-1912), West Midlands Police Museum ; « Samuel Sheldon 2546, Prisoners' Photographs » (29 octobre 1907), West Midlands Police Museum.

43. « An Intolerable Nuisance », *BDP* (29 juin 1886).

44. « Assaulting the Police », *BM* (14 mai 1887).

45. « Another Rough Severely Punished », *BDP* (15 novembre 1888).

46. « The Assault in Allison Street », *BDP* (3 août 1889).

47. « Disgraceful Assault on a Girl », *BDP* (5 novembre 1889).

48. « Street Ruffianism », *BDP* (9 juillet 1890).

49. « Committed for Trial », *BDP* (20 mars 1895), et aussi Samuel Sheldon, Calendar of Prisoners (28 octobre 1907), QS/B/20/72.

50. Bans, St Laurence, Samuel Sheldon (22 septembre 1890) ; Reference Number : EP 69/2/3/1 ; Archive Roll : 12.

51. 1891 Census, TNA, Class : RG12 ; Piece : 2403 ; Folio : 55 ; Page : 12.

52. « The Most Lawless Part of Birmingham », *BDP* (28 février 1900).

53. 1901 Census, TNA, Class : RG13 ; Piece : 2855 ; Folio : 37 ; Page : 23.

54. 1911 Census, TNA, Class : RG14 ; Piece : 18264.

55. Bans, *St James the Less Ashted, Ella Maria Small* (6 août 1917) ; Reference Number : DRO 10 ; Archive Roll : 643.

56. '*Daring Robbery in Leicester*', *Leicester Chronicle* (28 July 1900).

57. Samuel Sheldon, Calendar of Prisoners (28 octobre 1907), QS/B/20/72.

58. Voir aussi : https://www.legislation.gov.uk/ukpga/Geo4/5/83/section/4.

59. « The Stratford Road Riot », *BM* (5 juin 1905).

60. « Quarter Sessions », *BDG* (31 octobre 1907).

61. « Samuel Sheldon, 147 », Convicts on License 9.

62. Joseph Sheldon, Calendar of Prisoners (19 novembre), QS/B/20/94.

63. John Sheldon, MEPO 6, The Metropolitan Police Criminal Record Office containing the Habitual Criminals Registers and Miscellaneous Papers (1914).

64. « Charge of Uttering Base Coin », *Worcestershire Chronicle* (27 juin 1903).

65. « House Ransacked », *BDG* (20 mai 1905).

66. 1901 Census, TNA, Class : RG13 ; Piece : 2855 ; Folio : 32 ; Page : 13 ; et « John Sheldon », Calendar of Prisoners (17 mars 1906), QS/B/20/112.

67. « Racecourse Pests », *Nottingham Evening Post* (3 septembre 1919).

68. « John Sheldon », MEPO 6, The Metropolitan Police Criminal Record Office containing the Habitual Criminals Registers and Miscellaneous Papers (1903).

69. « Policeman and a Commission Agent » (21 mars 1906).

70. 1901 Census, TNA, Class : RG12 ; Piece : 2403 ; Folio : 62 ; Page : 25.

71. Janice Jackson, « E-mail » (novembre 2014); « William Beach », Militia Attestation (22 septembre 1898) ; « William Beach 24109 », Canada, WWI CEF Personnel Files, 1914-1918, Bea – Bel Box 0530 (Beach, Oliver – Beech, William James).

72. Margaret Beale, « E-mail » (1er octobre 2014).

73. Mr Beasley, « Interview », *BA* (1989).

74. Ray Lewis, « Interview », *BA* (1989) ; Terry Lines, « E-mail » (24 février 2014).

75. « Garrison Lane Vendetta », *Birmingham Gazette and Express* [ci-après *BGE*] (14 octobre 1912).

76. « Shooting Affray », *BDG* (9 janvier 1909).

77. « Shots in a City Street », *BDG* (22 juin 1908).

78. « Charles Jones », Calendar of Prisoners (19 novembre 1910), QS/B/20/112.

79. Acting Superintendent, « Re Unlawful Assemblies in Watery Lane and district » (Ms. 1909) [West Midlands Police Museum], p. 1.

80. Beasley, « Interview », *BA* (1989).

81. « Shooting Affray », *BDG* (9 janvier 1909).

82. « Birmingham Vendetta », *BM* (30 janvier 1909).

83. « Theft of Cheese », *BDP* (1er mai 1900) ; « A Question of Time », *BDP* (29 septembre 1900) ; « Peace and Goodwill », *BDG* (29 décembre 1903).

84. « The Dartmouth Street Vendetta », *BDG* (3 mai 1909) ; « Garrison Street Vendetta », *BGE* (20 septembre 1920).

85. Acting Superintendent, « Re Unlawful Assemblies in Watery Lane and District », p. 1-2.

86. « Arthur Morris », Calendar of Prisoners (26 février 1913), QS/B/20/110.

87. « Dartmouth Street Vendetta », *BED* (5 mai 1909).

88. « William Beach », Calendar of Prisoners (26 mars, 1909), QS/B/20/83.

89. Lewis, « Interview », *BA* (1989).

90. « Garrison Street Vendetta », *BDG* (20 septembre 1910).

91. « Garrison Street Vendetta Case », *BDG* (29 novembre 1910).

92. « Garrison Street Vendetta. Heavy Sentences », *BDG* (1er décembre 1910).

93. « Birmingham Stabbing Case », *BM* (25 janvier 1911).

94. « Women Stabbed », *BDG* (22 mars 1911).

95. « Garrison Lane Vendetta », *BM* (27 mars 1912).

96. Beasley, « Interview », *BA* (1989).

97. Anonyme, 1912, octobre, 15 « A Birmingham Vendetta: Man Shot In The Head In A Public House », *The Manchester Guardian* (1901-1959), 11.

98. Garrison Lane, « Vendetta », *BGE* (30 octobre 1912).

99. « A Vendetta in Garrison Lane », *BDP* (7 décembre 1912).

100. « Rival Gangs », *BDP* (5 novembre 2912).

101. « Garrison Lane Vendetta », *BGE* (30 octobre 1912).

102. « Birmingham Vendetta », *News of the World* (8 décembre 1912).

103. « Garrison Lane Feud », *BDP* (14 octobre 1912).

104. « Garrison Lane Vendetta », *BGE* (30 octobre 1912).

105. « Reign of Terror », coupure de presse (West Midlands Police Museum).

106. « Garrison Lane Vendetta », *BM* (7 décembre 1912) et « Sentence Reduced », *BDG* (21 janvier 1913).

107. « Watery Lane Shooting Affray », *BM* (20 mars 1906).

108. « The End of the Peaky Blinders », *Sheffield Independent* (28 juin 1923).

109. « Racecourse Pests », *Nottingham Evening Post* (3 septembre 1919).

110. Janice Jackson, « E-mail » (21 novembre 2014).

111. « William Beach 24109 », Canada, WWI CEF Personnel Files, 1914-1918, Bea – Bel Box 0530 (Beach, Oliver – Beech, William James). Je remercie Janice Jackson de m'avoir alerté sur cette question. Pour la bataille durant laquelle Beach a été blessé, voir R.C. Fetherstonhaugh (éd.), *The 13th Battalion Royal Highlanders of Canada, 1914-1919* (Canada, 1925).

112. « William Beach », Midlands, England, Electoral Registers, 1832-1955, 33 Homes Buildings, Palmer Street, Deritend (1920).

113. Midlands, England, Electoral Registers, 1832–1955, Deritend, 1925, Charles Henry Street ; et TNA, 1939 Register ; Reference : RG 101/5538I.

114. England & Wales, Civil Registration Death Index, 1916-2007, Samuel Sheldon, décembre 1943, Birmingham, Volume 6d, p. 638.

115. TNA, 1939 Register ; Reference : RG 101/5541B.

116. England & Wales, Civil Registration Death Index, 1916-2000, John Sheldon, décembre 1941, Birmingham, Volume 6d, p. 208.

Chapitre 5 : Les vrais chefs de gangs des années 1920

1. Séries 1, Épisode 2, *Peaky Blinders* (BBC Two, 2013).

2. William Kimber, W168959, Certified Copy of an Entry of Birth, General Register Office (3 février 2005).

3. 1891 Census, TNA, Class : RG12 ; Piece : 2387 ; Folio : 125 ; Page : 37. Pour une présentation complète du profil de Kimber, voir Chinn, *The Real Peaky Blinders*, p. 44-46.

4. William Kimber, TNA, HO140, Calendar of Prisoners, Piece 239 (27 octobre 1904).

5. « Chase among the Chimney Pots », *Leominster News and North West Herefordshire & Radnorshire Advertiser* (5 octobre 1900) ; Census 1901, Class : RG13 ; Piece : 2853 ; Folio : 155 ; Page : 7.

6. William Kimber, TNA, MEPO 6, The Metropolitan Police Criminal Record Office containing the Habitual Criminals Registers and Miscellaneous Papers (1913).

7. William Kimber, Calendar of Prisoners (27 octobre 1904).

8. William Kimber, Bans, Reference Number: DRO 9 ; Archive Roll : 608 (1er novembre 1902).

9. Juliet Banyard, « E-mail » (7 septembre 2013).

10. William Kimber, Calendar of Prisoners (27 octobre 1904) ; « A Question of Identity », *BM* (29 octobre 1904).

11. « Trip Tickets », *BM* (29 janvier 1906).

12. « After the Races. Sequel to the Birmingham Derby. Loiterers Sentenced », *BDG* (24 mai 1907).

13. 1911 Census, TNA, Class : RG14 ; Piece : 24018.

14. Justin Jones, « E-mail » (27 août 2013).

15. Maude Kimber, Midlands, England, Electoral Registers, 1832-1955, West Birmingham, 5 Charlotte Street (1920 et 1925).

16. Banyard, « E-mail » (7 septembre 2013).

17. 1911 Census, TNA, Class : RG14 ; Piece : 17989.

18. « Roughs of the Turf », *The Daily Telegraph* (13 août 1898). Sur les Brummagem Boys, voir Chinn, *The Real Peaky Blinders*, p. 20-30.

19. « Cup Tie Prosecution », *Derby Daily Telegraph* (16 janvier 1913).

20. Joseph Kimber, Calendar of Prisoner, QS/B/20/64 (27 juillet 1906) ; « Doncaster Police Court. After the St Leger », *Yorkshire Post and Leeds Intelligencer* (13 septembre 1912) ; et « Scene at the Maze Races », *Northern Whig* (4 août 1913).

21. « Crowd Looks on While Constable is Attacked », *BDG* (17 février 1922).

22. Thomas McDonagh, « 154 and 83, Convicts on License 9 » (Birmingham City Police, 1911-1912 ; West Midlands Police Museum) ; « Slashed with a Razor », *BDG* (17 juin 1925).

23. McDonald, *Gangs of London*, p. 218, 123.

24. Brian McDonald, *Elephant Boys Tales of London and Los Angeles Underworlds* (Édimbourgh-Londres, 2000), p. 62.

25. Brian McDonald, « E-mail » (28 août 2013).

26. McDonald, *Gangs of London*, p. 125-28.

27. « A Charge of Stabbing », *Illustrated Police News* (20 février 1913).

28. « Alleged Wounding », *East London Observer* (15 mars 1913).

29. *Illustrated Police News* (20 février 1913). Tamplin est nommé Templier dans ce récit.

30. « After the Races », *Bedfordshire Advertiser and Luton Times* (17 avril 1914).

31. Voir Wray Vamplew, *A Social and Economic History of Horse Racing* (Londres, 1976) p. 62-75.

32. Denny Green, « Interview », *BA* (2005).

33. Chinn, *The Real Peaky Blinders*, p. 92-93.

34. « Englishmen Charged in Dublin », *Dublin Daily Express* (11 mai 1917). Pour Cope, voir Chinn, *The Real Peaky Blinders*, p. 92-93.

35. W. Kimber, ADM 194 : Courts Martial Registers, WO 86 : Judge Advocate General's Office : District Courts Martial Registers, Home and Abroad, Piece 078: *Register of Charges : Home and Abroad* (1917), p. 203 (11 octobre 1917).

36. « How Fortunes Have Been Lost and Won », *Hull Daily Mail* (14 novembre 1931) ; Thomas Henry Dey, *Leaves from a Bookmaker's Book* (Londres, 1931).

37. Mike Huggins, *Horseracing and the British, 1919-1939* (Manchester, 2003), p. 21.

38. Tom Divall, *Scoundrels and Scallywags (And Some Honest Men)* (Londres, 1929) p. 199.

39. *Centenary Supplement of the "Sporting Chronicle"* (29 mai, 1971).

40. « Charge of Molesting Bookmakers », *The Times* (24 juin 1919).

41. Sam Dell, « Interview », *BA* (1987).

42. Dave Langham, « Interview », *BA* (1988).

43. Dell, « Interview and Simmy Lewis (Simeon Solomon) », Interview (1988).

44. Dell, « Interview ».

45. Chinn, *Better Betting*, p. 177-8.

46. Divall, *Scoundrels and Scallywags*, p. 207-08.

47. McDonald, *Gangs of London*, p. 140-41.

48. « Desperate Thieves. » *Daily Mail* (18 octobre 1919) : 5. *Daily Mail Historical Archive.* 2 septembre 2018.

49. « Rogues of the Racecourse », *The Times* (17 juillet 1920) : 13. *The Times Digital Archive*. 2 septembre 2018.

50. McDonald, *Gangs of London*, p. 140, 103-128.

51. W. Bebbington, *Rogues Go Racing* (Londres, c. 1947) p. 95.

52. Ali Harris, « Interview », *BA* (1987) et Dell (1987).

53. Tommy Garnham, « Interview », *BA* (2013).

54. Divall, *Scoundrels and Scallywags*, p. 199, et McDonald, *Gangs of London*, p. 153-54.

55. 1901 Census 1, Class : RG13 ; Piece : 240 ; Folio : 103 ; Page : 42 et Census 1911, Class : RG14 ; Piece : 1191.

56. « Alfred Solomon 83939, Short Service Attestation ».

57. « Betting in City Road », *Hackney and Kingsland Gazette* (30 août 1907).

58. « Alfred Solomon 83939, Short Service Attestation ».

59. Simmy Lewis (Simeon Solomon), « Interview », *BA* (1989).

60. Edward Greeno, *War on the Underworld* (Londres, c. 1960), p. 17.

61. Moss Deyong, *Everybody Boo* (Londres, 1951), p. 55.

62. Pour un récit complet de l'attaque d'Armstrong, voir Chinn, *The Real Peaky Blinders*, p. 68-69.

63. McDonald, *Gangs of London*, p. 160, 146, 155-59.

64. Garnham, « Interview », *BA* (2013).

65. Alfred Solomon accusé du meurtre de BARNET BLITZ, TNA, MEPO 3/374, Image 3.

66. À propos de la famille d'Emanuel, voir 1871 Census, TNA, Class : RG10 ; Piece : 413 ; Folio : 38 ; Page : 1 ; GSU roll : 824629 ; 1841 Census, TNA, Class : HO107 ; Piece : 725 ; Book : 5 ; Civil Parish : St Botolph Aldersgate ; County : Middlesex ; Enumeration District : 16 ; Folio : 33 ; Page : 2 ; Line : 8 ; GSU roll : 438830 ; et *England & Wales, Civil Registration Death Index, 1837-1915*, pour Barnet Emanuel (1873) Q3-Jul-Aug-Sep E.

67. 1871 Census, TNA, Class : RG10 ; Piece : 413 ; Folio : 38 ; Page : 1 ; GSU roll : 824629 ; 1881 Census, TNA, Class : RG11 ; Piece : 567 ; Folio : 75 ; Page : 25 ; GSU roll : 1341129 ; et 1891 Census, TNA, Class : RG12 ; Piece : 376 ; Folio : 82 ; Page : 17. Sur la famille d'Emmanuel, voir 1871 Census, TNA, Class : RG10 ; Piece : 413 ; Folio : 38 ; Page : 1 ; GSU roll : 824629 ; 1841 Census, TNA, Class : HO107 ; Piece : 725 ; Book : 5 ; Civil Parish : St Botolphs, Aldersgate ; County : Middlesex ;

Enumeration District : 16 ; Folio : 33 ; Page : 2 ; Line : 8 ; GSU roll : 438830 ; et *England & Wales, Civil Registration Death Index, 1837-1915*, pour Barnet Emanuel (1873) Q3-Jul-Aug-Sep E.

68. 1891 Census, TNA, Class : RG13 ; Piece : 262 ; Folio : 56 ; Page : 22.

69. Edward Emanuel, Calendar of Prisoners (25 avril 1902).

70. « North London », *London Evening Standard* (24 décembre 1904).

71. *Old Bailey Proceedings Online* (www.oldbaileyonline.org, version 8.0, 24 août 2018), septembre 1908, procès de JOHN McCARTHY, (27, intérimaire) (t19080908-48).

72. 1911 Census, TNA, Class : RG14 ; Piece : 1410

73. Prince, « Interview », *BA* (1987) ; Samuel, *East Underworld*, p. 131.

74. « A Whitechapel Case », *Sheffield Daily Telegraph* (22 janvier 1912), et « The East End Gambling Raid », *East London Observer* (10 février 1912).

75. « Recruiting Scandal », *Lincolnshire Echo* (17 septembre 1917) ; « London Gambling Den. Patronised Mostly by Jews » ; *Nottingham Evening Post* (17 septembre 1917); *BDP* (18 septembre 1917) ; « Aliens Crowd Police Court », *The People* (23 septembre 1917).

76. « Aliens Crowd Police Court », *The People* (23 septembre 1917) ; « £300 fine for Gaming », *Daily Mirror* (18 septembre 1917).

77. Prince, « Interview », *BA* (1987) ; voir aussi McDonald, p. 145-6.

78. Raphael Samuel, *East Underworld: Chapters in the Life of Arthur Harding* (Londres, 1981), p. 131.

79. Prince, « Interview », *BA* (1987).

80. « £300 Fine for Gaming », Daily Mirror (18 septembre 1917).

81. 1891 Census, TNA, Class : RG12 ; Piece : 201 ; Folio : 96 ; Page : 104.

82. 1901 Census, TNA, Class : RG13 ; Piece : 1616 ; Folio : 7 ; Page : 5.

83. « The Savoy Club Raid », *Globe* (12 mai 1922) ; « The Raid on a Strand Club » ; et « The Police Raid on a Club », *Sunderland Daily Echo* (22 mai 1902) ; « Always First to Start Betting », *Daily Herald* (7 septembre 1931).

84. « Always First to Start Betting », *Daily Herald* (7 septembre 1931).

85. Netley Lucas, *London and its Criminals* (Londres, 1926), p. 76.

86. http://www.bbc.co.uk/programmes/profiles/3rgnlRdfWMFsMMwDXN14yW5/darby-sabini

87. Norman Lucas, *Britain's Gangland* (Londres 1969), p. 23 ; et « Ugly violent criminals of the past » (22 avril 2005) ; https://www.telegraph.co.uk/news/uknews/1488384/Ugly-violent-criminals-of-the-past.html

88. Catharine Arnold, *Underworld London: Crime and Punishment in the Capital City* (Londres, 2012), p. 284-86.

89. Edward T. Hart, *Britain's Godfather* (Londres, 1993) p. 3, 6-7, 13, 15, 56-71. Sabini en tant qu'italien est une construction qui a été élaborée et enrichie par les discussions que j'ai eues avec Sam Bernard, un étudiant de premier cycle à l'université de Birmingham, diplômé en 2017 et dont j'ai supervisé le mémoire de fin d'année sur le gang Sabini.

90. 1911 Census, TNA, Class : RG14 ; Piece : 902.

91. Ottavio Sabini, London Metropolitan Archives ; Reference Number : p76/phi/016 (21 décembre 1913) ; Doris Annie Amelia Sabini, London Metropolitan Archives, Church of England Parish Registers, 1754-1906 ; Reference Number : p90/jud/005 (25 janvier 1916).

92. TNA : HO45/23691, « Octavius Sabini, alias Darby Sabini Internment ».

93. Lucio Sponza, *Italian Immigrants in Nineteenth Century Britain Realities and Images* (Leicester, 1988) p. 32-36 ; et https://www.genesreunited.co.uk/boards/board/ancestors/thread/1163482 (16 juillet 2009).

94. David R. Green, « Little Italy in Victorian London. Holborn's Italian Community », *Camden History Review*, vol. 15 (1988), p. 5-6.

95. « Serious Assault Cases », *Morning Post* (28 décembre 1883).

96. London Metropolitan Archives, School Admission and Discharge Registers ; Reference : LCC/EO/DIV03/LAS/AD/002 ; England & Wales, Civil Registration Birth Index, 1837-1915, Londres, Holborn, Volume : 1b, Page : 683 (juillet-août-septembre 1888). Dans ce dernier, il est enregistré en tant que Ottavio Handley.

97. General Register Office, England & Wales, Civil Registration Birth Index, 1837-1915, Londres, Holborn, Volume : 1b, Page : 76881 (janv.-fév.-mars 1881) ; General Register Office, England & Wales, Civil Registration Birth Index, 1837-1915, Londres, Holborn, Volume : 1b, Page : 775 (janv.-fév.-mars 1883) ; et Census 1871, TNA, Class : RG11 ; Piece : 351 ; Folio : 12 ; Page : 17 ; GSU roll : 1341076.

98. « Denies He Is King of Sabini Gang », *Sunday Post* (4 juillet 1926) ; TNA : CRIM1/209 ; Charles Sabini Statement, (5 décembre 1922) ; TNA : HO45/23691, « Octavius Sabini, alias Darby Sabini Internment ».

99. 1891 Census, TNA, Class : RG13 ; Piece : 253 ; Folio : 170 ; Page : 1.

100. London Metropolitan Archives, School Admission and Discharge Registers ; Reference : LCC/EO/DIV03/LAS/AD/002.

101. http://www.childrenshomes.org. uk/DruryLaneID/index.shtml

102. Shore, *Organised Crime*, p. 183.

103. Ottavio Sabini, London Metropolitan Archives ; Reference Number : p76/phi/016 (21 décembre 1913) ; et Doris Annie Amelia Sabini, London Metropolitan Archives, Church of England Parish Registers, 1754-1906 ; Reference Number : p90/jud/005 (25 janvier 1916).

104. « Denied he was the King of the Sabini Gang », *Sunday Post* (4 juillet 1926).

105. Shore, *Organised Crime*, p. 186-87.

106. *Globe* (20 mai 1898).

107. « Serious Assault Cases », *Morning Post* (28 décembre 1883) ; « Stabbing in Clerkenwell », *Islington Gazette* (30 août 1888).

108. « Italians in Trouble », *Islington Gazette* (27 juin 1895) et « Italian Stabbing case », *Henley Advertiser* (10 mars 1894).

109. « Not Willing to be Killed for 5s 6d », *Islington Gazette* (24 juin 1909). Darby est souvent confondu avec Charles, alors que ce dernier est né en 1883, comme l'indique son âge dans cette affaire judiciaire et les recensements.

110. Old Bailey Proceedings Online (www.oldbaileyonline.org, version 8.0, 27 août 2018), janvier 1910, procès de CORTESI, George (20) et SABINI, Vincent (24, carman) (t19100111-46).

111. « Italian Affray », *Daily Telegraph & Courier* (28 décembre 1909).

112. 1891 Census, Class : RG12 ; Piece : 223 ; Folio : 58 ; Page : 8.

113. Calendar of Prisoners, HO140, Piece 226 (3 mai 1903) ; et TNA, Central Criminal Court: After Trial Calendars Of Prisoners, CRIM9, Piece 59, Folio 5 (22 avril 1913).

114. Voir Chinn, *The Real Peaky Blinders*, p. 70.

115. Shore, *Organised Crime*, p. 178.

116. Prince, « Interview », *BA* (1987).

117. Dival, *Scoundrels and Scallywags*, p. 199.

118. Pour Alf White, voir McDonald, *Gangs of London*, p. 101-02, 139-40 ; et James Morton, *Gangland* (Londres, 1993), p. 29-31, 33-4, 42-4.

119. « Crowd Shot at on Trotting Ground », *Nottingham Evening Post* (31 mars 1921).

120. Greeno, *War on the Underworld*, p. 21.

121. « Ugly Scene at Race Meeting », *The Courier* (*Dundee*), (25 mars 1921).

122. « Crowd Shot at on Trotting Ground », *Nottingham Evening Post* (31 mars 1921).

123. McDonald, *Gangs of London*, p. 156 ; Samuel, *East End Underworld*, p. 204-05.

124. « Shot after Orgy », *BDG* (6 avril 1921).

125. « King's Cross Mystery », *Nottingham Journal* (29 mars 1921).

126. « Hit First Then Shot », *BDG* (20 avril 1921).

127. « A Gang of Terrors », *Nottingham Journal* (28 avril 1921).

128. « Epsom Road Battle », *The Times* (4 juin 1921).

129. Pour un aperçu complet, voir Chinn, *The Real Peaky Blinders*, p. 72-76.

130. « Racing Gang's Vendetta », *The Gloucester Citizen* (18 août 1921).

131. « Rival Bookies' Vendetta », *The Sunday Post* (21 août 1921).

132. « Racecourse Feud. Is it a Settlement? », *Western Daily Press* (5 octobre 1921).

133. The Bookmakers and Backers Racecourse Protection Association. *What It Has Done and What It Can Do, with YOUR Help*, National Association of Bookmakers File, 'History' (1921)

134. « General Committee Minutes, Bookmakers and Backers Racecourse Protection Association » (12 septembre 1921).

135. « The B.P.A. », *The Sportsman* (10 décembre 1921).

136. Pour un aperçu complet de ces événements, voir Chinn, *The Real Peaky Blinders*, p. 82-91.

137. McDonald, *Gangs of London*, p. 167-185.

138. General Committee Minutes, Bookmakers and Backers Racecourse Protection Association (15 mai, 12 juin et 4 septembre).

139. « Sentence in Sabini Case », *Derby Daily Telegraph* (18 janvier 1923).

140. « Wild West in London Club », *Nottingham Journal* (16 janvier 1923).

141. Langham, « Interview », *BA* (1988).

142. « Racing Feud Sentences », *Pall Mall Gazette* (3 novembre 1922).

143. « Attempt to Bribe Warders », *The Scotsman* (2 juillet 1923).

144. « Club Tragedy Trial », *Hull Daily Mail* (18 novembre 1924).

145. McDonald, *Gangs of London*, p. 182.

146. « A Terrific Hit », *Nottingham Journal* (18 novembre 1924).

147. « A Silent Quarrel », *Sheffield Daily Telegraph* (10 octobre 1924).

148. « Club Tragedy Trial », *Hull Daily Mail* (18 novembre 1924).

149. « Street Stabbing Affray », *Dundee Evening Telegraph* (24 septembre 1924).

150. Alfred Solomon, MEPO6, Habitual Criminals Register 1927, Piece 39 (21 février 1927).

151. Pour les attaques sur les bookmakers, voir « Assault on bookmakers », *Western Daily Press* (14 octobre 1924) ; à propos du coup de poing américain, voir « It was a Fight among the Jews », *Evening Telegraph* (*Dundee*), (8 juin

1923), et « Alleged use of a Knuckleduster », *The Scotsman* (19 juin 1923).

152. « How We Outwitted a Rival Gang », *Topical Times* (19 mars 1924).

153. « A Libel Action Discontinued », *Hull Daily Mail* (15 décembre 1925).

154. « Sabini Bankruptcy », *Daily Herald* (11 juin 1926).

155. « Sabini's Admissions in Bankruptcy Court », *Dundee Evening Telegraph* (29 juin 1926).

156. Pour le gang Sabini et les boîtes de nuit, voir Morton, *Gangland*, p. 27-28 ; « Dispute Over a Bet », *The Citizen* (*Gloucester*), (30 octobre 1929).

157. TNA, MEPO 3/374 – Alfred Solomon charged with the wilful murder of Barnet Blitz (Image 2).

158. Bebbington, *Rogues Go Racing*, p. 102-03.

159. « Racecourse Scene Sequel », *Coventry Evening Telegraph* (27 juillet 1936).

160. Pour l'intégralité de la discussion, voir Chinn, *Better Betting*, p. 182.

161. Norman Sherry, *The Life of Graham Greene*, vol. 1, *1904-1939* (Londres, 1989), p. 634-35.

162. Voir, par exemple, Morton, *Gangland*, p. 32.

163. Graham Greene, « Letter », *BA* (9 mai 1988).

164. TNA HO 45/23691, WAR : Octavius Sabini, alias Darby Sabini, alias Frederick Handley, notorious racecourse gangster and racketeer : internment (1940-1941).

165. « Heavy Sentence on Receivers », *Kent & Sussex Courier* (25 juin 1943).

166. « £50 Produced from Sock », *Mid Sussex Times* (16 mai 1945) ; Civil Registration Death Index, 1916-2007, Volume : 5h, p. 351, Hove, Sussex, Ollavio Sabini (décembre 1950).

167. Morton, *Gangland*, p. 31-32.

168. 1939 Register ; TNA, Reference : RG 101/2511A.

169. Annie Emma Sabini, National Probate Calendar (Index of Wills and Administrations), 1858-1966, 1973-1995 (30 octobre 1978).

170. McDonald, *Gangs of London*, p. 188 ; « Nottingham Bookmaker Fined », *Nottingham Evening Post* (23 mars 1925).

171. General Register Office. England and Wales Civil Registration Indexes, Holborn (août-septembre 1926), Vol. 1b, p. 1341 (19 juillet 1926).

172. General Register Office. Civil Registration Death Index, 1916-2007 for Maud B Kimber, Vol. 6d, p. 11 (1926 Q3Jul-Aug-Sep K).

173. McDonald, *Gangs of London*, p. 344-45.

174. Federal Bureau of Investigation, « Subject: Murray Humphreys » ; https://archive.org/details/MurrayHumphreys.

175. McDonald, *Elephant Boys*, p. 102-31.

176. Stuart McGurk, « Peaky Blinders creator Steven Knight on last night's cliffhanger and the all-out war to come », *GQ* (16 novembre 2017) ; https://www.gq-magazine.co.uk/article/peaky-blinders-creator-steven-knight-on-last-nights-cliffhanger-and-the-all-out-warto-come.

177. « Birmingham's Gunman », *BDG* (4 mars 1933).

178. McDonald, *Gangs of London*, p. 262-64.

179. *Ibid.* ; et James Spenser, *Limey. An Englishman Joins the Gangs* (Londres, 1934).

180. *The Western Morning News* (18 avril 1938) ; et « Late Mr Bradshaw Smith », *Devon and Exeter Gazette* (25 octobre 1940).

181. William Kimber, England & Wales, National Probate Calendar (Index of Wills and Administrations), 1858-1966, 1973-1995 (20 octobre 1945).

182. Voir Chinn, *The Real Peaky Blinders*, p. 100-01.

183. London, England, Electoral Registers, 1832-1965, Hackney, Portsea Works ; et voir Pam Fox, *The Jewish*

Community of Golders Green: A Social History (Stroud, 2016).

184. General Register Office, England & Wales, Civil Registration Death Index, 1916-2007, Vol. 3a, p. 948, Edmonton, Essex, Edward Emanuel (mars 1943).

185. Elizabeth Mary Emanuel, National Probate Calendar (Index of Wills and Administrations), 1858-1966, 1973-1995 (3 février 1951).

186. *Yorkshire Post and Leeds Intelligencer* (10 octobre 1924).

Épilogue

1. Séries 3, Épisode 2, *Peaky Blinders* (BBC Two, 2016).

2. Carl Chinn, « We All Come from Round Sora: Italians in Birmingham », in Owen Ashton, Robert Fyson, Stephen Roberts (éds), *The Duty of Discontent: Essays for Dorothy Thompson* (Londres, 1995), p. 255-57.

3. Doreen Hopwood, Margaret Dilloway, Bella Brum: *A History of Birmingham's Italian Community* (Birmingham, 1996), p. 2.

4. Chinn, « We All Come from Round Sora », p. 258-59 ; « Serious Affray in Bartholomew Street », *BDP* (24 avril 1886).

5. « Importing Organ Grinders », *BDP* (3 février 1891).

6. 1901 Census, Class : RG13 ; Piece : 2868 ; Folio : 95 ; Page : 32 ; et 1939 Register ; TNA, Reference : Class : RG 78 ; Piece : 18142, Chinn, « We All Come from round Sora », p. 260.

7. « « Unemployed and the War Memorial », *BDM* (17 juillet 1922).

8. « Angry Italians », *BDP* (4 février 1893).

9. Victoria Hooper (née Jennings), « Gran and Granddad Ciangretta's Family », *Carl Chinn's Brummagem Magazine*, 194 (mai 2017), p. 6.

10. Pam Overthrow, « Letter » (14 mai 2018).

11. « Unemployed and the War Memorial », *BDM* (17 juillet 1922).

12. Charles Alberici, inédit Ms., *BLA*, (n.d.), p. 14-15.

13. Hooper née Jennings, « Gran and Granddad Ciangretta's Family ».

14. « Deaths on Active Service », *BM* (30 septembre 1944).

15. Pour un exposé clair et réfléchi sur cette question, voir Maria Konnikova, « Why Do We Admire Mobsters? », *The New Yorker* (16 septembre 2015) ; https://www.newyorker.com/science/maria-konnikova/why-do-we-admire-mobsters

Table

Ci-dessus : C'est dans cette courelle de Thomas Street que deux policiers furent caillassés par des hommes jouant avec des pièces de monnaie. C'était l'un des quartiers les plus pauvres de Birmingham.

À droite : George George porte la casquette large et la cravate nouée caractéristiques de la dernière génération des Peaky Blinders. Cependant, sa petite mèche sur le côté rappelle bien le style des premiers Peaky Blinders.

À gauche : Jeunes femmes et enfants devant les numéros 102, 103 et 105 de Bagot Street. Un quartier de cogneurs s'il en est. L'une des deux femmes se tenant sur le seuil de la porte (celle avec les bras croisés), arbore la longue frange typique des Peaky Blinders.

Ci-dessus : Jour de sortie pour les Peaky Blinders, en 1919. Au dernier rang, dans la voiture : Harry « Boy » Sabini (4e à droite) ; Billy Kimber (2e à droite) ; Bert McDonald (à sa droite) ; Joe Sabini (3e à gauche). Au premier rang, Darby Sabini (2e à droite) et Wag McDonald (à sa gauche). Wal McDonald avec son chapeau rond (4e à gauche) ; Enrico « Harry » Cortesi (dernier à droite des quatre hommes portant un canotier). Son frère, George Cortesi, porte un couvre-chef similaire (5e à droite).

Ci-dessus : La rue Glover Street dans les années 1920. C'est dans ce quartier que John et Samuel Sheldon ont vécu une grande partie de leur vie.

Ce sont les vrais héros de Birmingham : des mères de Deritend,
l'un des quartiers les plus pauvres de Birmingham.
Ces gens ont connu de grandes difficultés toute leur vie, et pourtant,
pour la plupart, ils étaient honnêtes, respectueux des lois et travailleurs.
Ils s'efforçaient de rester droits et participaient à la vie de leur quartier.

PAPIER CERTIFIÉ

Le Livre de Poche s'engage pour
l'environnement en réduisant
l'empreinte carbone de ses livres
Celle de cet exemplaire est de :
150 g éq. CO_2
Rendez-vous sur
www.livredepoche-durable.fr

Composition réalisée par PCA

Achevé d'imprimer en février 2024 en France par
MAURY IMPRIMEUR – 45330 Malesherbes
N° d'impression : 276137
Dépôt légal 1re publication : mars 2024
LIBRAIRIE GÉNÉRALE FRANÇAISE
21, rue du Montparnasse – 75298 Paris Cedex 06